渇欲

CROSS NOVELS

宮緒 葵
NOVEL: Aoi Miyao

梨とりこ
ILLUST: Toriko Nashi

CROSS NOVELS

CONTENTS

CROSS NOVELS

渇欲

7

鬼か人か

227

あとがき

235

CONTENTS

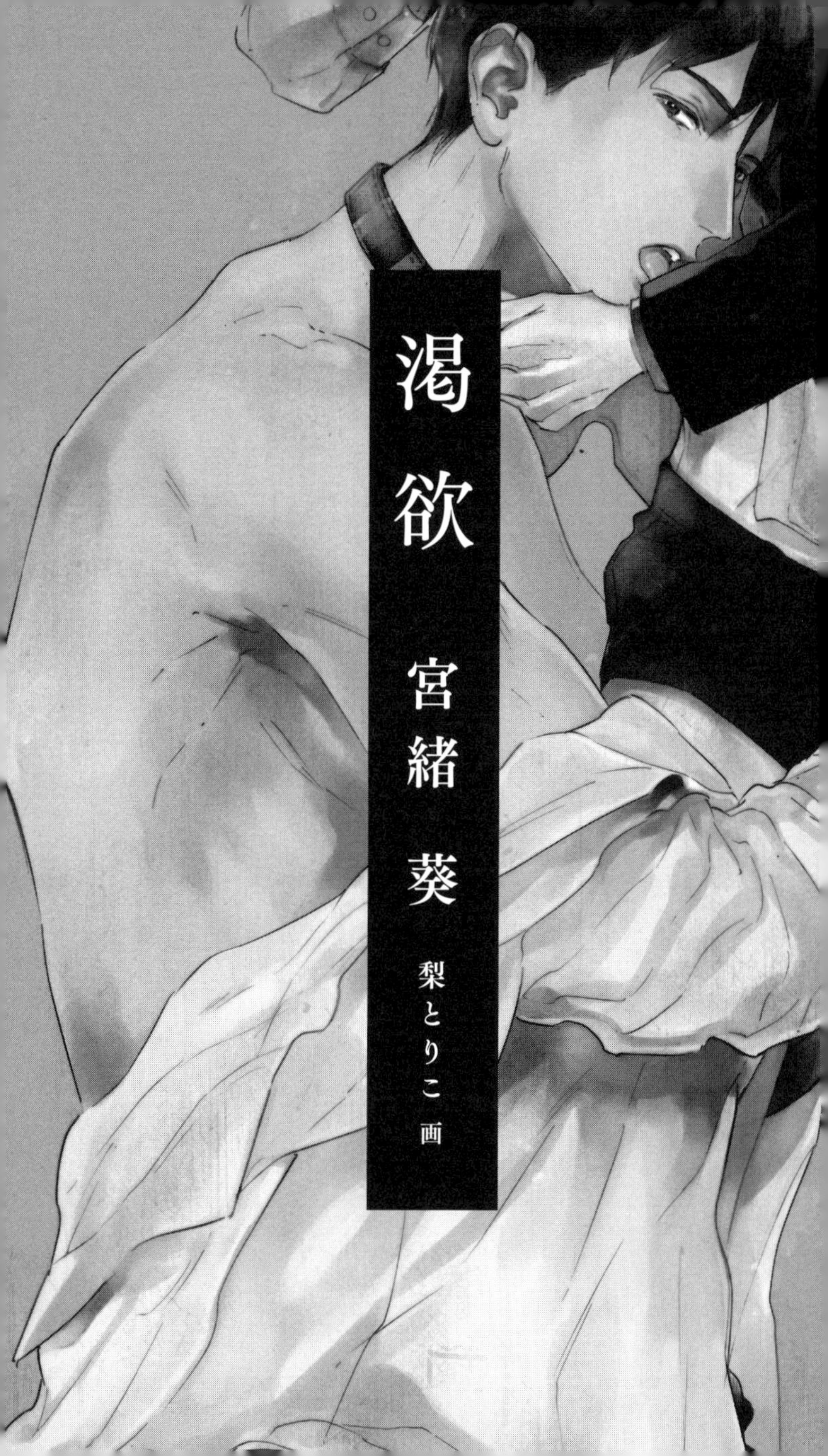
渇欲
宮緒葵
梨とりこ画

まだ世界に自分一人だけしか存在しなかった頃、達幸《たつゆき》はからっぽだった。

誰かに話しかけられれば、何を言われているのかはわかったが、悪意の棘《とげ》だらけの言葉に応える気にはなれなかった。

達幸の周囲の人々は皆、黙ったままの達幸を出来損ないだとさげすみ、しまいには近付こうとすらしなくなった。

達幸はそれでいいと思っていた。時折、投げ与えられる餌《えさ》を貪れば飢《う》えることは無かったし、自分一人だけの空虚な世界は、とても居心地が良かった。

なのに、明良《あきら》と出逢ってから、全てが変わった。変わってしまった。

からっぽの世界は鮮やかに色付き、綺麗で優しい明良に埋め尽くされた。きっとそこから、思考する生物としての達幸の命は始まったのだ。

――なんで？　ねえ、なんで？

思考を始めた達幸の頭は、今までからっぽだったのが嘘《うそ》のように、後から後から疑問と不満が湧き出るようになった。

――なんで、あーちゃんは俺をあーちゃんの犬にしてくれないの？

――なんで、あーちゃんはタツばっかり可愛がって、俺のことは構ってくれないの？

――なんで、あーちゃんはタツが何をしても喜ぶのに、俺があーちゃんのために何かすると怒るの？

――なんで、あーちゃんはタツには笑いかけるのに、俺には笑ってくれないの？

――なんで、あーちゃんはタツと一日じゅう一緒なのに、俺は傍に居させてくれないの？

――なんで、なんで、なんで？

際限無く溢れ返る疑問を明良自身にぶつけても、お前は人間なんだから犬になれるわけがない、タツとお前は違うんだと言われるだけだった。

『達幸は、明良のことがとても好きなんだね』

代わりに答えをくれたのは、明良の父親であり、達幸にとって恩人でもある公明《きみあき》だ。

『明良だって、達幸のことが嫌いなわけじゃないと思うんだ。本当に嫌いだったら、相手にもしないはずだからね。ただ…明良にも色々考えることがあって、なかなかお前のように素直にはなれないんだよ』

　では、考えることが無くなれば、明良は素直になってくれるのか？　達幸は僕の犬だよ、タツよりもずっとずっと可愛いよ、達幸が僕のためにしてくれることは何でも嬉しいよと微笑み、日がな一日、傍に置いてくれるのか？

　死ぬまで…いや、死んでからも、あの世に達幸を伴って、達幸だけを見詰めてくれるのか？　……達幸以外の何も、考えることが無くなったら？

　目を輝かせる達幸に、公明は静かに首を振った。

『それは不可能だよ、達幸。明良に限らず、人は周囲の様々な物事に繋がり、複雑に絡み合いながら生活するんだ。何か一つの物事だけに囚《とら》われて生きられるようには、出来ていないんだよ』

　公明は明良以外に達幸が大切に思う数少ない人物の一人だし、信頼もしているが、その言葉だけは納得出来なかった。

だって、何か一つの物事だけに囚われて生きることは出来ないというけれど、達幸の世界には明良だけしか存在しない。

　明良が食事をするから達幸も食事をするし、明良が学校に行くから達幸も学校に行くし、明良が眠るから達幸も眠るのだ。明良がそれらをやめれば、達幸もやめてしまうだろう。

　それで他の奴らがどう思おうと、何を言ってこようと達幸は全く気にならない。

　ただ、明良さえ達幸を一番いい犬だと認めて、可愛がってくれれば良いではないか。

『……そんなふうに思えるのは今だけだよ、達幸。お前だってもっと大きくなれば、明良以外のものも目に入るようになる。綺麗なお嫁さんをもらって、可愛い子どもに恵まれることだって』

　そうしたらきっと、そんな疑問を抱いていたこともあったと笑って振り返れるようになる。お前の世界は狭くなんかない。どこまでも無限に広がっているんだよ。

慈父の笑みを浮かべて諭す公明は、知るよしも無かっただろう。

――俺以外の全部が無くなったら、あーちゃん、俺のことしか見なくなる……?

大人しく頭を撫《な》でられる達幸の胸に灯った、狂おしい渇欲《かつよく》の焔《ほむら》など。

都心の複合商業施設に入ったホームセンターは、平日の昼間にもかかわらず買い物客で賑わっている。

通りすがる人々がちらちらと視線を投げかけてくるのも構わず、青沼《あおぬま》達幸はペット用品売り場の棚の前にじっと佇《たたず》んでいた。大きな掌《てのひら》の上には、赤地に白いドット柄が愛らしい、小型犬用の首輪がちょこんと乗せられている。

『可愛い飼い犬には、首輪が必要！』

「……はあ……」

パッケージにでかでかと印刷されたキャッチコピーを読み、溜め息を吐くのはこれで何度目であろうか。

カモフラージュ用の伊達眼鏡でも隠しきれない達幸の端整な面や、日本人離れした長身に見惚れた女性客たちが口元を綻《ほころ》ばせる。いい男が飼い犬に似合う首輪を選んでやろうと悩む姿は、微笑ましく映るのだろう。

彼女たちが達幸の本心を読むすべを持たないのは、幸いとしかいいようが無い。

「あーちゃん…、あーちゃん……」

「……どうしたんだ？　達幸」

ひとり言に思いがけず応えが返され、達幸はがばっと振り返った。

今はカラーコンタクトに隠されている青い目をきらきらと輝かせ、首輪を手にしたまま反射的に抱き付こうとすれば、鳴谷《しぎたに》明良は買い物籠《かご》を素早く突き出して阻《はば》んでしまう。

「こんなところで、いきなり何のつもりだ、お前は」

「だって、あーちゃ…明良がキレイだから」

「……はぁ？」

「みんな、キレイな明良を見てるもの。明良には俺っていう犬が居ることをわからせなきゃ、さらわれちゃうかもしれないでしょ？」

達幸は本気で言ったのに、明良は不可解そうに眉《まゆ》を顰《ひそ》める。

……ああ、駄目。駄目だよ、あーちゃん。

達幸の背筋を、明良と出逢ってからずっと絶えることの無い焦燥感がざわざわと這《は》い上がってきた。

たぶん、達幸の脳には、常に明良を奪おうとする雄《おす》どもを警戒するためだけの器官があって、二十四時間三百六十五日、一秒たりとも休むこと無く働き続けているのだと思う。そうでもなければ、達幸を差し置いて明良の飼い犬に納まろうとする不届き者を退け続けることなど不可能なのだから、達幸としては誇るべき能力だ。おかげで、さっきも明良に馴れ馴れしく話しかけて取り入ろうとする不審者を撃退出来た。

明良は『ただの喋るタイプの自販機だろう』と怒っていたが、明良に大切なもの（お金）を入れてもらって、明良の白くて柔らかくていい匂いのする指先に触れてもらって（ボタンを押しただけ）、あまつさえ頭まで下げられれば（屈んで取り出し口からコーヒーの缶を取り出しただけ）、無機物でも魅了されて当然なのだ。達幸は何も間違ってはいない。

……俺以外の雄がうようよしてる場所で、表情を動かしたりしちゃ駄目。あーちゃんは普通にしててもキレイなのに、色んな顔を見せたら、ますます他の雄を引き寄せちゃうでしょ？　どっかに閉じ込められて、飼って下さいって迫られたらどうするの？

「…皆が見てるのは、僕じゃなくてお前だよ。さっきからずっと同じ場所に居続けたりするから…。このあたりに欲しいものでもあったのか？」

達幸の心配など気付いてもくれず、明良は犬用のリードや首輪の並ぶ棚を眺めた。達幸は通路側に回り、通りがかる客の視線から明良を守ると、ずっと持ったままの首輪を差し出す。

「…これ、見てた」

「首輪？　どうしてこんなもの…」

　いぶかしむ明良に、数えきれないほど読んだキャッチコピーを指差してみせると、しみ一つ無い頰《ほほ》がかすかに強張った。

「可愛い、飼い犬……」

「うん。可愛い飼い犬には、首輪が必要なんだって」

　こっくりと、達幸は力強く頷いた。

　――明良の可愛い飼い犬。

　それはもちろん、達幸のことである。


　達幸の仕事は俳優だ。芸名は青沼幸《こう》。芸能事務所『エテルネ』に所属している。

　人気監督に気に入られ、二十五歳の若さでブレイクし、稼ぎ頭になりつつあるが、湯水のごとく浴びせられる称賛も羨望も、達幸には何の意味も無かった。何故なら達幸が俳優になったのは、明良の犬になって、ずっと可愛がられて飼われるために、手っ取り早く己の容姿を売り物にすることを選んだだけに過ぎないからだ。

　明良以外の何も存在しないからっぽの器は、達幸が望めばたやすく他人になりきれる。

　ただそれだけのことを周囲は不世出の才能だと誉め称え、達幸の望み通り、普通に生きていたらありえないほどの金を稼ぎ出せた。

　その金で、達幸は明良に住んでもらうに相応しいマンションを購入し、離れ離れになっていた明良を迎えに行った。半年ほど前のことだ。

　小学生の頃から高校卒業直前まで一つ屋根の下で暮らしていたとはいえ、達幸と明良の仲は良好とはいえなかった。達幸にとって、生みの母親にすら忌み嫌われた青い目を初めて綺麗だと誉めてくれ、生きる意味を与えてくれた明良は世界の全てだったが、明良にとって達幸は疫病神でしかなかったのだろう。

　達幸が明良の父、公明に引き取られて暮らし始めてから数年は優しくしてくれたが、だんだんつれなくなり、高校に入る頃にはろくに相手もしてくれなくなった。

常に傍に侍《はべ》ることを許し、可愛がるのは、明良と兄弟のように育ったというシベリアンハスキーのタツだけ。明良の寵愛《ちょうあい》を鼻にかけ、一丁前の飼い犬面をして達幸の邪魔ばかりするいけ好かない雄犬である。

ちょっと毛皮と尻尾があるからといって、達幸が明良のベッドに潜り込んで匂いを嗅《か》ぎまくろうとするのを阻止したり、明良のトイレや入浴に付いて行こうとしたら吠《ほ》えたてたりと、本当に生意気だった。達幸とは犬猿の仲だったのはいうまでもない。

そのタツも、明良と達幸が高校在学中に死んでしまった。だが、そこで達幸が晴れて明良の唯一の可愛い飼い犬に、とはならなかったのだ。

高校最後の夏休み、明良と達幸は居眠り運転のトラックにはねられた。全身で包み込んで守ったつもりだったが、明良は右腕がちぎれかけるほどの重傷を負い、切断は免れたものの今までのようには動かせなくなった。天才外科医と称えられる父、公明と同じ外科医になるという夢を絶たれたばかりか、大好きなピアノさえ満足には弾けなくなってしまったのだ。

公明が執刀しなければ死んでいたかもしれない、といわれた達幸の方がはるかに重篤で、一時は生死の境をさまよったのだが、無事に意識を回復した時、湧き上がったのは生還した喜びではなく、底無しに深い絶望だった。

……あーちゃんを、守れなかった……！

自分が情けなくて、いっそ消えてしまいたくて、達幸はおんおんとむせび泣いた。

ベッドから転がり落ち、点滴の針が外れても、病室を出ようとするのを駆け付けて来た看護師に三人がかりで制止されても止まらなかった。業を煮やした主治医に注射を打たれるまで、泣いて、泣いて、泣き続けた。

同じ病院に入院していたにもかかわらず、明良が見舞いに来てくれることは無かった。当然だ。飼い主もまともに守れない出来損ないの犬なんて、いくら世界で一番優しくてキレイな明良でも、許せないに決まっている。

だから達幸は、退院したその足でエテルネに赴いたのだ。

かつて達幸を街角でスカウトし、名刺までくれていた松尾《まつお》はひどく驚いたが、素直に事情を説明し、明良の役に立つ犬になりたいのだと宣言すれば、面白そうに笑って達幸を社長に紹介してくれた。そうして、達幸は俳優の道を歩み始めたのだ。

――半年前。

六年ぶりに再会を果たした明良は、断腸の思いで離れたあの頃よりもずっと美しくなっていて、心の尻尾をぶんぶんと振ったものだ。誰にも見せたくなくて、よけいな有象無象《うぞうむぞう》の居ない場所で思う存分明良の匂いや気配を確かめたくて、マンションに連れ込んだ。

六年経っても二人の間の溝は埋まっておらず、明良はなかなか達幸を受け容れてくれなかったが、達幸は諦めずに乞《こ》い続けた。

明良の犬にして欲しいと。達幸の飼い主になって、達幸の全てを明良のものにして欲しいと。

奇跡は起きた。何と、明良は達幸を明良の犬にしてくれたのみならず、恋人にさえしてくれたのだ。

毎日毎日、朝も昼も夜も明良の胎内に入れてもらい、内側からぷんぷんと達幸の匂いを放つようになるまでたっぷりと精液を孕《はら》んでもらって、明良が失神してもなお腰を振り続けても許される。だって達幸は明良のたった一頭の飼い犬だから。

明良が行くところなら、トイレの中だろうとバスルームだろうと付いて行っても怒られない。だって達幸は明良のたった一人の恋人だから。

明良が達幸に抱き潰され、失神しない日など無いので、必然的に入浴は毎日共にすることになるのだ。最初、トイレにまでは入れてくれなかったし、侵入しようとすれば手酷く叱られたが、達幸が鍵を破壊しては明良が直すのを繰り返すうちに、根負けした格好で許可された。達幸は一番いい飼い犬なので、トイレの隅っこで明良に背中を向けて座り、耳もふさぎ、絶対に振り向かないという条件を忠実に守っている。

達幸が俳優の仕事に拘束されている時間を除けば、傍に居る間は一秒たりとも離れない。常に互いの身体のどこかが繋がっていて、隙あらば明良の胎内に入って、どこもかしこも可愛がってもらう。

そんな至福の日々は、長くは続かなかった。前の会社を不当解雇され、無職だった明良が、エテルネに再就職してしまったのだ。しかも松尾のもとでマネージャー補佐として経験を積み、いずれは正式に達幸のマネージャーになりたいのだという。

明良は達幸の俳優としての才能に惚れ込んでくれた。

それは嬉しい。良かったとも思う。達幸自身にとってはさしたる価値も見い出せないものだが、達幸の一部であることに違いは無い。それを明良が好きになってくれたのだから。

でも、そのせいで明良が外に——達幸以外の雄がうじゃうじゃしている危険地帯に出ていこうとするのなら、話は別だ。


明良は達幸が望んで憧れて恋い焦がれて求めて、やっと傍に置いてもらえた、世界で一番キレイで優しくていい匂いがして魅力的な飼い主である。明良に飼い主になって欲しいと切望する雄は、数えきれないほど存在するに決まっているのだ。

そんな中に明良が無防備に出ていくなんて、巣穴に連れ込んで下さいと宣伝して歩くのと同じではないか。誰に聞いたって、達幸に賛同してくれるはずだ。けれど、達幸がいくら明良に迫る危機を説き、マンションから一歩たりとも出るべきではないと言い聞かせても、明良は大げさすぎる、そんなわけがないと笑うだけで、まともに取り合ってもくれなかった。

だから達幸は明良を閉じ込めた。生まれたままの姿で手枷《てかせ》を嵌《は》め、ベッドに繋いだ。元々、明良には一切働かせず、最終的には死ぬまで達幸の造り上げた空間で過ごしてもらうつもりだったから、そのための準備は整っていた。

……結論からいえば、それから三か月と少しで、達幸は明良を解放した。達幸が望んだからではない。意識があろうと無かろうと犯され続ける暮らしに、明良の身体が悲鳴を上げ、病院に運ばれてしまったからだ。

明良を閉じ込めたことを、間違っていたとは思わない。今でもそうだ。

だが、達幸は何があっても守らなければならないはずの明良を自ら傷付けてしまった。一歩間違えば、死なせてしまうかもしれないところだったのだ。

強い自己嫌悪と後悔。何より、もう一度閉じ込めてしまえばまた性懲りも無く明良を貪り、今度こそ死なせてしまうという恐怖から、明良が無事退院しても、再びベッドに繋いだりはしなかった。エテルネへの再就職も、泣く泣く受け入れたのだ。

明良がエテルネに入社し、マネージャー補佐として松尾と共に達幸に付いて、早いものでそろそろ二か月が経つ。

全くの異業種への転職だったが、優秀な明良はすぐ芸能事務所という特殊な職場にも馴染み、松尾を始め、同僚たちからも好意的に接されていた。

あくまで同僚としての好意だと、明良は言う。

でも、それが本当かどうかなんて、わからないではないか。

現に、達幸の鋭敏な感覚には、すでに数人の不審人物が引っかかっている。他の社員と話す時より、明良に話しかける時の方が明らかに声のトーンが高い人間の雄とか、明良の嫋《たお》やかな美しさに見惚れている人間の雄とか、明良とすれ違う時だけ心拍数が跳ね上がる人間の雄とか。たまに不審な雌《めす》も居るが、雌は明良のナカには入れないので、見逃してもさほど害は無い。万が一、明良が雌に迫られても、達幸が毎日もう一滴も出ないくらい蜜を搾り取っているのだから、交尾は不可能だ。

——そう、問題はやっぱり雄だ。雄だ、雄だ、雄なのだ。雄以外の何物でもない。

強い危機感を抱いた達幸は、撮影でどうしても離れなくてはならない時以外、明良に張り付き、今のところはどうにか守り通せている。

けれど、油断は出来ない。二人きりのマンションから一歩外に出れば、そこは戦場だ。

常在戦場の心構えで張り付く達幸に、明良は呆れてばかりで、あまり理解を示してはくれない。でも、傍に居ること自体は許してくれる。それもこれも、恋人兼飼い犬にしてもらえたからこそだろう。

明日は珍しく丸一日オフという今日も、帰宅前に一緒に買い物をしたいと願ったら、しっかり変装するのを条件に許してくれた。

そこで達幸は、前々から目を付けていたこのホームセンターに明良を誘ったのだ。何故この店なのかといえば、達幸が調べた限り、ここが都内では最もペット用品が充実しているからである。

今の明良は『それだけは絶対に嫌だ』と言って拒むけれど、いつかは達幸にリードを付けてお散歩に行ってくれたり、公園でフリスビーを投げてくれたりするかもしれないではないか。在りし日のタツのように。達幸は一番いい飼い犬なので、備えは怠らない。

期待通り、いや、それ以上の品揃えに夢中で見入るうちに、明良が警戒レベルまで離れてしまっていることに気付けなかったのは許されざる失態だが、素晴らしいアイテムが見付かったのは良しとすべきだろう。ちなみに達幸の『警戒レベル』は明良が十センチ以上離れることで、明良はすぐ隣の売り場を眺めていただけなのだが。

「あーちゃ…明良。これ、買ってくれる？」

達幸は素敵なキャッチコピーのついた首輪をずいっと明良に差し出した。

こてん、と首を傾げるのは、かつてタツがよくやっていたのを何とか明良に愛でられたい一心で真似するうちに、癖になってしまった仕草だ。タツがこんなふうに首を傾げれば、明良はタツのどんなおいたでも許してしまうのが常だったから。

効果があったのか無かったのか、明良はタツが達幸の分のおやつだけ狙い撃ちで食べてしまった時のような顔をした。

「……念のために聞いておくけど、誰が付けるんだ？」

「もちろん、俺だよ。……まさか明良、俺以外にこれをつけさせたい雄なんて居るの……？」

達幸の心の尻尾が、ぴんっと立った。もしも明良がうんと言えば、すぐにでも明良を担ぎ上げてマンションに帰り、当分の間閉じこもっていてもらわなければならない。

だって、これは『可愛い飼い犬』用の首輪なのだ。明良がこれをつけさせたい相手は、すなわち、達幸から明良を奪おうとする不逞《ふてい》の輩《やから》である。

……隠さなきゃ。あーちゃんを隠さなきゃ。俺以外の雄を、みんなみんなやっつけなくちゃ……！

「馬鹿か、お前は。お前以外に、こんなものを付けたがる奴なんて居るか。僕が聞きたいのは、どうしてお前がこんなものを欲しがるのかってことだ。

……首輪ならもう、とっくにやったじゃないか」

明良が恥ずかしそうに付け足した通り、達幸は前の誕生日にプレゼントとして首輪をもらっている。明良自身を除けば、間違い無く、達幸が一番大切にしているものだ。一人と一匹だけの空間に閉じこもっている間は、素裸に首輪が達幸の日常のいでたちだった。

あの黒革の首輪はもちろん、今でも大切に保管しているけれど――。

「……俺、可愛く、ない？」

「え……？」

「明良……、俺のこと、可愛い飼い犬だって、思ってない……？」

達幸の心の三角の耳が、へにゃりと垂れた。明良が達幸を可愛い飼い犬だと思ってくれているのなら、この首輪を買ってくれるはずなのに。

首輪そのものはどうだっていいのだ。明良の寵愛を確かめたい、いじらしい飼い犬心。ただ、それだけなのである。

……やっぱり、駄目なのかな……。

……あーちゃんのこと、俺だけしか居ないとこに閉じ込めなきゃ、可愛い飼い犬って、思ってもらえないのかな……。

心の尻尾がふらふらと揺れだした時、明良ははあ、と大きな溜め息をついた。

「そんなに欲しいなら買ってもいいけど…それ、チワワとかの小型犬用だろ。お前なら、そうだな…こっちはどうだ？」

いつも達幸をいい子いい子と撫でてくれる白く優しい手が棚から取ってみせたのは、大型犬用の首輪だった。浅葱色《あさぎいろ》に紺色《こんいろ》のブルーを基調としたストライプが爽《さわ》やかな布製である。達幸が見付けた首輪と同じメーカーの製品なので、パッケージにはしっかり『可愛い飼い犬には、首輪が必要！』と印刷されている。

心の尻尾が、ぶんっと勢い良く左右に振れた。垂れていた心の三角耳が、凛々《りり》しく立ち上がる。

「あ……、あーちゃん……！」

「ちょ、こらっ…」

明良は焦って達幸の抱擁《ほうよう》から逃れようとしたが、こと明良の行動パターンの予測にかけて、達幸の右に出る者は居ない。

伊達に長い間、明良の飼い犬にしてもらえたらどうやって明良に引っ付いて離れないようにするか、イメージトレーニングを積んでいたわけではないのだ。達幸の心の中で、明良は軽く一兆回は達幸に様々な角度から捕まり、抱き締められている。

「あーちゃんあーちゃんあーちゃん…明良、俺のあーちゃん…嬉しい…俺のこと、可愛いって思ってくれてるんだね…」

「…た、達幸！　やめろってば、こんなところで…」

すっぽりと達幸の腕の中に収まった明良は、懸命にもがきながら背中をぽすぽすと叩いてきた。どうにも解せないのだが、マンションの外で明良に可愛がってもらおうとすると、こうして必ず止められてしまう。

——お前は俳優なんだぞ。仕事中じゃなくても、たくさんの人から注目されてるんだって自覚しろ！

明良はいつもしつこいくらいそう言うし、松尾もその通りだと頷くけれど、他の雄や雌に見られたからって何の差し障りがあるのだろう？

　別に達幸は、俳優などいつ辞めたって構わないのだ。明良が俳優・青沼幸のファンだと言ってくれるから、とりあえず続けているだけ。

　いっそ、これではもう俳優を廃業するしかないと明良が納得してくれるくらいのアクシデントが起きてくれればいいとさえ思う。口では怒っていても、誰よりも優しく慈悲深い明良は、周囲から叩かれ、落ち込んだ達幸を絶対に見捨てられないだろうから。……可哀想に、と傍に付ききりで慰め、いつもよりじっくり可愛がってくれるだろうから。

　……めちゃくちゃになればいいのに。

　……あーちゃんと俺以外、全部ぜーんぶ、めちゃくちゃになっちゃえばいいのに。あーちゃんが俺だけ構ってくれるなら、俺がめちゃくちゃになってもいいのに。

　達幸にとっては不幸、明良にとっては幸いなことに、抱き合う二人が他の買い物客に目撃されたり、騒ぎたてられたりすることは無かった。

　一抹《いちまつ》の失望を覚えつつ抱擁を解くと、明良がぼすっと達幸の胸に拳を叩き込んでくる。

「…人前ではやめろって言ってるのに、お前は…！」

　達幸の自慢の飼い主は、怒った顔をしていてもキレイだ。拳にはさほど力も入っていないから、厚い筋肉に覆われた達幸には何の痛みももたらさない。達幸のために小さく華奢《きゃしゃ》な拳を振るってくれたのだと思うと、愛しさと誇らしさがじわじわとこみ上げてくる。

　あーちゃん……ああ、あーちゃんはキレイだなあ。本当に本当に優しいなあ。俺の飼い主だもの。俺だけの飼い主なんだもの。

　飼い犬としての幸福に浸れば、次に湧き出てくるのは恋人としての欲望だ。

　……ほんのり紅く染まった頬や耳朶《じだ》にかぶりつきたい。自分の唾液まみれになるまで舐《な》め回したい。無粋なスーツなど脱がして、生まれたままの姿にして、同じ色になっているだろう素肌を余すところ無

く味わいたい。明良と一緒に居るだけでひっきりなしに溢れ出る精液を、指先までなすりつけたい。

「だって、あーちゃんが…明良が、俺のこと可愛い飼い犬って言ってくれたんだもの。大人しくなんて、してられるわけないよ」

達幸としては、怒涛《どとう》のごとく押し寄せてくる諸々の欲望を抑え付けていられることを、よくやったと誉めて欲しいくらいなのだ。

飼い犬はいつだって飼い主の愛情を求め、可愛がってもらえる権利があるということを、明良はそろそろわかってくれてもいいと思う。

「明良…ね、明良。俺…、もう…」

「っ……」

熱を帯びつつある股間に明良の手を導くと、明良は焼けた石に触れてしまったかのように引っ込めた。

何を考えてるんだ、と言いたげに睨み付けてくるけれど、大丈夫。わかっているから。明良の体温がわずかに上昇したのも、下着の中で性器が達幸のための蜜を蓄えだしたのも、達幸しか入れない蕾《つぼみ》がきゅんっと緩んだのも、達幸の形を覚えてくれた胎内が期待にうごめき始めたのも。

達幸の目は、鼻は、耳は、明良のどんな変化も見逃したりしないから。

「…買い物、したいんじゃなかったのか？」

「欲しいものは、もう手に入ったから。…これ、買ってくれる、でしょ？」

達幸はうっとりと微笑みながら、ブルーのストライプの首輪を…可愛い飼い犬の証を明良の手から取り上げ、ゆらゆら揺らしてみせる。明良は達幸を可愛いと思ってくれているのだから、きっと頷いてくれるはずだ。

「……それ、一つだけだからな」

もちろん、達幸の期待は裏切られることは無かった。

「…あ…、ぁ、…も、…やめ…」

「あーちゃん。あーちゃんあーちゃん、あーちゃん」

自分自身を支えていられなくなり、へなへなとベッドに突っ伏した明良の腰を、達幸はしっかり抱え直した。明良も達幸も素裸だ。唯一、達幸の首にだけ、買ってもらったばかりの首輪が装着されている。

たとえ明良に指一本動かす気力すら残されていなくても、四つん這いにされて、背後から達幸の充溢《じゅういつ》した雄を根元までずっぷり嵌め込まれていれば、まぐわい続けるのはじゅうぶんに可能だ。

「あーちゃん…、好き…、好き好き…、あーちゃんだけが好き…、愛してる…」

帰宅してからずっと繋がり続けている胎内は、ぬっとりとぬかるみ、達幸を絞り上げながらも居心地良く包んでくれる揺り籠だ。

達幸にも産みの親というモノは居たし、母親の股《また》座《ぐら》から出てきたのだと思うが、どうせ生まれるのなら明良に産んで欲しかった。何度まぐわっても慎ましく閉ざされたままの蕾を内側から大きく拡げて、明良の血と羊水にまみれて、おぎゃあと高らかに産声を上げながらこの世に生を享けたかった。

無防備な種の状態になって、明良の狭く温かなお腹の中に入り込んで、息づいて、太い緒で繋がって、明良から栄養をもらって育ちたかった。

時折、お腹の内側をとんとんと叩いてここに居るよと合図を送り、お腹の外側から明良にいい子いい子と撫でてもらえたら最高だ。

こんなに愛しいのに。

欲しいのに。

一秒たりとも離れていたくないのに。

明良にとって、達幸より良い飼い犬なんて存在しないのに。

どうして、明良は達幸を孕んでくれないのだろう。世の中には理不尽なことが多すぎる。

達幸と同じ悩みを抱え、悶え苦しむ雄は少なくないはずだ。だって、愛する飼い主に孕んでもらえれば、飼い主の全部になれる。明良の全ての感情、関心は、残らず達幸に注がれる。

達幸以外の誰も、明良のナカには入れなくなる。明良のナカから達幸の匂いを嗅ぎ取れば、誰も明良に近付こうとはしない。明良にも達幸にも、良いことずくめのはずだ。

けれど、どんなに切望しようとも、明良に孕んでもらうことは決して叶わない。この世界は、善良で純粋な者ほど報われないように出来ているのかもしれない。タツはあれほどのさばり、達幸ばかりが虐《しいた》げられたのが良い例である。

だから達幸は、時間と明良が許す限り、明良の胎内に雄を突き入れるのだ。一滴も漏らさず、精液を注ぎ込むのだ。

…今のところ、そうすることでしか明良のナカに入れないから。明良に自分の種を残せないから。

ぱんぱんと肉と肉のぶつかり合う音をたてながら、達幸は明良の尻たぶを押し開き、自分しか入ることを許されない奥にたどり着いた。

「あーちゃん…、いくよ…、あーちゃ、…んっ…!」

「……ぁ、……」

返されたのは、応えと呼ぶのもおこがましい小さな呻きだけ。達幸の唾液にまみれた両腕はベッドに投げ出されたまま、ぴくりとも動かない。

おそらく、失神してしまったのだろう。達幸とのまぐわいで、明良が最後まで意識を保っていられることの方が珍しい。

達幸は構わず腰を振りたくり、さらに深い場所へ雄の切っ先を突き立てた。今までに注ぎ込んだ精液が腹の中でじゅぷじゅぷと攪拌《かくはん》され、泡立った白い粘液が蕾と雄のわずかな隙間から漏れる。中で出しすぎて、孕みきれなくなった分だろう。

……零しちゃ、駄目。あーちゃんは、俺の全部、お腹に宿してくれなくちゃ駄目なのに。

少し悲しくなったけれど、今は繋がりを解くわけにはいかない。せめて達幸の匂いだけでも纏《まと》わせたくて、結合部分をぐるりと指先でなぞり、掬《すく》い取った精液を明良の背中に垂らした。

白い背中に、泡立った白い粘液。達幸の形に拡げられて、ぴっちりと達幸を銜《くわ》え込んだ蕾。明良の何もかもが達幸を駆り立てる。

――奥へ、奥へ、もっと奥へ。他の雄が絶対に入り込めないほど奥へ……！

「あ…っ、あーちゃ…んっ、あーちゃん……！」

根元が嵌まり込んでいる入り口のあたりより、明らかに細い肉の隘路《あいろ》。

その果てへ、達幸は何度目かも覚えていない情熱の飛沫を叩き付ける。背後から回した両の腕で、細い腰をがっちり捕らえて。ごくわずかな隙間すら許さず、達幸の種が一粒も残さず明良の胎内で芽吹けるように。

「…や……、ぁ……っ」

その瞬間、明良の背がびくんと跳ね、胎内がぎゅうっと締まった。

明良が、孕まされる感触で意識を取り戻してくれた。達幸の精液が…生命の欠片が、明良に息を吹き込んだのだ。

頭の中で、ぶちぃっ、と何か太い綱が切れるような音が響き渡った。

「…あ、あああっ…、あ、あー…、ちゃん、あーちゃんあーちゃんあーちゃんあーちゃん……！」

「う…、あ、…あぁ…」

明良の白い肢体が、乱れたシーツの海を、時化《しけ》に巻き込まれた小舟のようにがくがくと跳ね回りながらさまよった。

明良が自力で動いているわけではない。達幸が滅茶苦茶に腰を振りたくり、受精させられる快感にわななく胎内を堪能しているせいだ。

だが、ベッドのスプリングが上げる悲鳴も、明良が紡ぐ『やめて』『もう駄目』というか細い懇願も、達幸の耳には届かなかった。いや、届くそばから、達幸にとってのみ都合の良い解釈をしていたのだ。

……俺でいっぱいになりすぎちゃうからやめて欲しいなんて。もう、俺以外の何も考えられなくなっちゃうから駄目だなんて。

咬《か》み合わせた歯と歯が、がちぃっ、と鳴った。

うふ、ぐふ、ぐふふっ。

呼吸と一緒に、堪えきれない愉悦の笑いがひっきりなしに零れ出る。

あーちゃんってば。あーちゃんってば、あーちゃんってばあーちゃんってば……っ！

「好き…っ、好き、好き……っ！」

「…あ、…ぁ、あ、ま…た、あぁ…」

「うん、またいっぱい出すね。さっきよりも、もっと奥に、もっと、たくさん…」

「ひ…っ、ん、んぅっ…」

頼りなくシーツを掻《か》いた明良の手は、もういい加減に嵌め込んだ雄を漲《みなぎ》らせるのをやめて抜いて欲しいと、このまぐわいを終えて欲しいと訴えている。

助けを求めている。

誰もがそう思うだろう。

――達幸以外の人間なら、誰もが。

「あーちゃ…、あーちゃん…っ、あーちゃん…」

……俺のために、意識を保とうとしてくれてるんだ。優しいあーちゃん。俺の飼い主。

……俺、良かった。あーちゃんの飼い犬で、本当に本当に良かった！

無上の歓びを噛み締めながら、達幸は繋がったまま、明良ごと横向きになった。背後から明良のおとがいを掬い上げ、まぶたを開いてはいるが、焦点の合っていない双眸《そうぼう》にうっとりと見入る。

明良は達幸の青い目をキレイだと誉めてくれるけれど、明良の方がずっとキレイだと思う。

特に、今みたいにとろんと蕩《とろ》けて、達幸しか映していない時は最高だ。両方ともにかぶりつき、口内でたっぷり舐めしゃぶって転がして、達幸の匂いを染み込ませたくてたまらなくなる。

そうすれば、このキレイな瞳は達幸しか映さなくなってくれるかもしれない。明良が何をするにも達幸を頼るようになってくれるかもしれない。

「…んっ、あーちゃん…」

まなじりから長い睫毛に沿って執拗《しつよう》に舌を滑らせていたら、胎内がきゅっと締まって、達幸はぶるりと背筋を震わせた。睫毛にしたたる唾液のせいで、泣いているようにも見える明良の片足を抱え上げ、何度も何度も下から突き上げる。

「あ…、…、ぁ…」

「ごめん、ごめんね、あーちゃん…大丈夫。俺、ちゃあんとここに居るからね」

ほら、わかるでしょ？　と、達幸は明良の腹を優しくさすった。

何度まぐわっても、一晩じゅう居座り続けてもなかなか達幸を妊娠してくれない薄い腹は、今は達幸の雄と胎内に溢れ返っているだろう精液のおかげでほんのわずかながら膨らんでいて、達幸が明良の飼い犬だと実感させてくれる。

きっと明良も、お腹じゅうで達幸を感じてくれているはずだ。

「好き…、好きだよ、あーちゃん…俺には、あーちゃんだけ…」

「…ぅ…、…あぁ…」

意味を成さない呻きすら、達幸には愛情に満ちた睦言《むつごと》にしか聞こえない。

明良が再び失神し、開ききった蕾からだらだらと精液を垂れ流しながらベッドに沈むまで、達幸の腰が止まることは無かった。

せっかく達幸の匂いを染み込ませ、内も外も達幸まみれになってくれた明良を洗うのは悲しいが、まぐわった後のままの姿では、明良が目覚めた時にしこたま叱られてしまう。

達幸は毎夜のことながら、仕方なしにバスルームで明良を洗い上げた。

からっぽになった蕾が悲しくて、ついついあと一度だけと言い訳をしつつ胎内に入り込んで腰を振ってしまったせいで、ほんの少しよけいに時間がかかってしまったけれど、明良は文句一つ言わなかったのできっと許してくれたのだろう。

『この阿呆が。言わないんじゃなくて、言えないんだろうが』

もしも、達幸の理解者にして敏腕マネージャーであり、明良の良き上司でもある松尾が見ていたら、そう突っ込んだはずだ。死んだように眠る明良を心配し、医師を呼んだかもしれない。

だが、達幸にとって、行為の後の明良が紙のように白い顔で横たわっていることなど、日常茶飯事である。

それに、明日は久々のオフだ。一日じゅうベッドの中で過ごしても構わない。だからこそ明良も、嫌だ嫌だと言いつつも、達幸を受け容れ続けてくれたのだ。

清潔なシーツに交換したベッドに寝かせた明良は、どこかあどけなさを感じさせる寝顔を晒《さら》し、こんこんと眠り続けている。達幸が頬をつんつんと突いても、寝言一つ漏らさない。

この分なら、明日——日付としては今日だが——は外出はおろか、室内を動き回るのもおっくうだろう。そうなったら達幸の出番だ。

欲しいものがあれば達幸が取ってくるし、トイレにもお風呂にも達幸が連れていってあげるし、もちろん、ご飯だって達幸が作って食べさせてあげる。

「うふ…、ふ、うふふ、ふふふっ」

達幸はにんまりとした。

全部全部、シベリアンハスキーのタツには不可能なことだ。あの雄は何かといえば漆黒の肉球を明良にぷにぷに揉んでもらい、地団駄踏んで悔しがる達幸をふふんと鼻先で嘲笑っていたが、いざという時に役立つのは、やはりよく動くこの十本の指なのである。

今、あの雄が生きてここに居たならば、明良に頼りにされ、奉仕しまくる達幸の勇姿を見せ付けてやれるのに！

「ふふふ…、うふ、ぐふふっ…」

ピリリリリリッ。

くぐもった笑いに、無粋な電子音が重なった。きちんとクロゼットに吊るしておいた、明良のスーツのジャケットからだ。

しばらく無視を決め込んでいたが、いつまで経っても着信音は途切れない。明良の眠りは、いつだって静かで穏やかで、夢の中でも達幸と一緒に居てくれなければならないのに。

このままでは、明良が悪い夢にうなされてしまうかもしれない。タツが夢に登場でもしたら大変だ。

達幸は不承不承、ベッドから抜け出し、クロゼットに入った。

ジャケットの内ポケットから、鳴り続けるスマートフォンを取り出す。松尾からだ。

着信を取るなり、達幸は不機嫌を隠さず言い放った。

「明良は寝てる。邪魔するな」

『…幸。お前、また鳴谷さんに無理をさせたな』

松尾は呆れこそすれ、明良の電話に達幸が出たことに驚いてはいないようだった。

二人の関係を、誰よりも深く理解しているのはこの男だ。オフの前日、達幸がいつもよりたっぷり明良とまぐわうことくらい、予想済みなのだろう。真面目な明良が電話にも出られないほど疲労困憊しているのも。

「無理なんか、させてない。明良は俺がすること、全部許してくれた」

達幸が自信満々に胸を反らしたのが見えていたかのように、松尾は電話の向こうで溜め息を吐いた。

『…その分じゃ、今夜はもう起きられないだろうな』

「起きられたって、起こさない。明良には、ゆっくり休んでもらうんだから」

そして目覚めたら、思う存分可愛がってもらうのだ。

…ああ、こうしてはいられない。早く明良のもとに戻らなくては。

明良は寂しがり屋なのだ。眠っている間だって、達幸がぴったり抱き締めて張り付いていなければならない。時折、お尻の蕾を指先や舌先で確認して、寂しそうにひくひくしていたら、舌や達幸自身を入れ、慰めてあげなくてはいけないのだ。

今、まさにそういう状態かもしれないと…達幸が居なくて悲しいあまり、明良が泣いているかもしれないと思うだけで、胸が苦しくなる。

『おい、幸。まだ切るなよ』

達幸のはやる心を見透かしたように、松尾が釘を刺してきた。

「…何で？　俺、早く明良のところに戻らなきゃならないんだけど」

『すぐに済むから切るな。…お前、鳴谷さんから「青い《あお》焔《ほむら》」のオーディションについて聞いたか？』

――『青い焔』。

それは半年前、ちょうど明良と再会を果たした頃、クランクインした映画だ。

百万部以上売り上げた人気漫画が原作で、メガホンを握るのがヒットメーカーの久世《くぜ》監督とくれば、興行成功は半ば約束されたも同然だった。

そのため、主役の暗殺者・レイ役は業界大手の芸能事務所『アクト』所属の俳優、伊勢谷《いせや》に決まりかけていたのだが、達幸の才能に惚れ込んでいた久世監督がプロデューサーに直談判した結果、達幸が主役に抜擢されたのだ。

松尾は達幸の才能が認められたのだと喜び、大きなビジネスチャンスが舞い込んだエテルネも沸き立った。しかし、面白くないのは、決まりかけていた主役の座を奪われたアクトと伊勢谷である。

特に、伊勢谷の恨みはすさまじかった。伊勢谷にはレイの次に重要なレイの親友・光《ひかる》役が回されたにもかかわらず、不満を隠そうともせず、眉を顰める周囲にことあるごとに当たり散らし…とうとう、決定的な事件を起こしてしまったのだ。

今でも、思い出すだけではらわたが煮えくり返る。明良を伴って赴いた港町でのロケで、伊勢谷はこともあろうに明良に目を付け、達幸の隙を突いて誘拐したのである。達幸の飼い主を仲間と輪姦し、達幸に精神的な痛手を負わせようとしたのだ。

幸い、松尾の機転のおかげで達幸はどうにか明良が決定的に穢《けが》される前に間に合い、助け出すことが出来た。しかし、準主役ともいえる伊勢谷の引き起こしたスキャンダルにより、『青い焔』は撮影中止を余儀なくされてしまったのだ。

その後、紆余曲折《うよきょくせつ》の末に明良は達幸を飼い犬兼恋人として受け容れてくれたので、達幸としては『青い焔』がどうなろうと構わなかった。

だが、スタッフが映像の一部を動画サイトに投稿し、それが大きな評判を呼んだのをきっかけに、撮影続行の嘆願がプロデューサーのみならず、スポンサーの企業にまで殺到した。

そこでプロデューサーはついに撮影続行を宣言すると同時に、降板した伊勢谷に代わる新たな光役は公開オーディションで決めると打ち出した。伊勢谷のスキャンダルを逆手に取ったわけだ。

今、松尾が言っているオーディションとは、これのことである。

本職の俳優ばかりではなく、アーティストやアイドル、モデル、お笑い芸人、元スポーツ選手のタレント、変わったところでは梨園の御曹司など、実に幅広い分野から数百人以上の応募があったこと。そして、話題獲得のため、主役の達幸自身も審査員の一人に加わることは、明良から聞くまでもなく知っている。

といっても、達幸が審査するのは最終選考まで上がってきた候補者のみだ。全ての応募者はまず書類審査にかけられ、半数以上がここで脱落する。実際に演技力が審査されるのは二次選考からで、最終選考に進めるのはわずか数人の狭き門である。

…そういえば昼間、二人でエテルネを出る時、明良がオーディションについて何か言っていたような…。

「……応募者全員の書類が出揃ったから、書類審査が始まった、って……」

『それだけか？　他には？』

「………帰ったら、大切なことを話したいとも、言ってた、ような……？」

『おい…、幸…どうしてそれを真っ先に聞いておかないんだ…』

見なくてもわかる。きっと今、松尾はがっくり肩を落とし、呆れ果てているに違いない。

「だって、仕方ない。外から帰ったら、一秒でも早く明良に俺の匂いをつけ直さなきゃならないんだから。明良だって、そっちの方が優先だって許してくれた」

『…どうせまた、お前が有無を言わせず押し倒したんだろうが』

「話なら、明日聞く。他に用が無いなら、明良のところに戻らなくちゃならないからもう行くけど…何か、明良に伝えることは？」

『それは…』

早く明良の傍に戻りたくて切りだせば、松尾は珍しく迷ったように言いあぐね、結局、口を閉ざすことにしたようだった。

『…いや、今はいい。もし困ったことがあったら遠慮無く連絡して欲しいと、それだけ伝えてくれ』

「……わかった」

通話を切ると、達幸は矢のごとく寝室に引き返した。出ていった時のまま少しも動かず、仰向けで眠る明良の姿に、ほっと安堵の息を吐く。

「……あーちゃん」

その呼び方はやめろと、明良にはさんざん言い聞かされたけれど、こんな時にはどうしても口を突いて出てきてしまう。

明良をあーちゃんと呼べるのは、達幸だけだから。あの忌々《いまいま》しいタツも、わんわんと吠えられても、あーちゃんと呼ぶことは出来なかったのだから。

「あーちゃん…、あーちゃん。あーちゃんに困ったことがあったら、俺、何でもするからね。俺のこと、忘れないでね」

達幸にとっても明良にとっても、松尾が得難い人物であることくらい、達幸にもわかっている。特に明良は、全く馴染みの無い業界で働くことになり、松尾を心の底から信頼しているのだ。

…それでも、明良が達幸以外の雄を頼るのを目の当たりにするのは、嫌だ。

いつだって明良の一番でいたい。明良に、真っ先に頼られる存在でありたい。達幸ばかりではなく、飼い主の居る雄なら誰でも抱く、ごく当たり前の、ささやかな願いのはずだ。

「あーちゃん…、あーちゃん、あーちゃん……」

何回も何回も、声がかすかにかすれるまで呼び続けてから、達幸はのそのそとベッドに入った。眠り続ける明良を、こちらに背中を向ける格好に横臥《おうが》させ、布団に潜り込んで尻のあわいを注意深く観察する。

　羽毛布団の中は薄暗いが、達幸の青い目が明良の身体を見誤ることは決して無い。滲《にじ》み出る明良の匂いも、達幸を助けてくれる。

「あぁ……、あーちゃん。ごめんね、あーちゃん」

　悪い予感が当たってしまった。白く瑞々しい尻たぶを割って露わにした蕾は、ほんの少しだが、悲しげにほころんでいたのだ。

　きっと、達幸と離れ離れになっている間、孤独の苦痛に苛《さいな》まれ、達幸を呼び続けていたに違いない。だから、松尾との電話なんてさっさと切り上げてしまいたかったのに……！

「ごめん…、ごめん、なさい、あー、ちゃん…」

　泣いて謝りながら、今は乾いている蕾を舐めて濡らし、慣らすのもそこそこに胎内へ押し入った。背後からぴったり重なり、回した腕で明良を抱き締め、脚もしっかりと絡める。

　少しの隙間も無いように。……明良が、寂しくないように。

「……ぁ、…ん…」

　明良は繋がる瞬間こそ小さく呻き、背をぶるりと震わせたが、目を覚ましたりはしなかった。二人だけで閉じこもっている間は、繋がったまま眠るのが当たり前だったから、しっかり馴染んでくれているのだ。

　すっかり綺麗にしたにもかかわらず、しっとりと温かい明良の胎内は、最高に居心地の良い、達幸のための揺り籠だ。ずっとここで眠っていられたら、どんなに幸せだろうか……。

「大丈夫、だよ、あーちゃん…俺、ずっと、離れないから、ね…」

　明良ごとゆらゆらと身を揺らし、明良の寝息に耳を澄ましているうちに、明良を包む睡魔が達幸にも襲いかかってくる。

　達幸が深い眠りに落ちるまで、さほど時間はかからなかった。

『……や。…たーつや。ほらほら、こっち向いて』
『おっ、目を開けたぞ。いい子だなあ、達也《たつや》』

真新しい小さな布団に寝かされた赤ん坊の周りを、相好を崩した四人の大人たちが囲んでいる。どの人物の顔にもモザイクがかかっており、顔立ちはまるで判然としないが、彼らが誰なのか、達幸にはすぐにわかった。

これが達幸の夢の中だから…ではない。達幸は彼らを知っていたからだ。

赤ん坊を挟んで右側に座る中年の男は、青沼幸雄《ゆきお》。達幸の生物学上の父親だ。並んで赤ん坊の頬を愛おしげに撫でているのは幸雄の妻だが、達幸の実母ではない。継母である。

幸雄は地方の資産家の息子で、若い頃、両親の反対を押し切って達幸の母親である薫《かおる》と結婚した。そして達幸が生まれたのだが、達幸が純粋な日本人にはありえない青い目をしていたことから、薫は不貞を疑われてしまったのだ。

DNA鑑定の結果、達幸は間違い無く幸雄の実子であることが証明された。薫自身も知らなかったことだが、薫の曾祖母はロシアの人で、その血がたまたま達幸に色濃く受け継がれただけだったのだ。

だが、科学的な立証がなされたにもかかわらず、幸雄は達幸を己の子だと認めようとはしなかった。結局、夫婦仲は修復されぬまま、幸雄と薫は離婚。達幸は母親に引き取られた。

しかし、薫は達幸が三歳になった頃に病死してしまい、今度は父親のもとで養育されることになった。幸雄は頑として達幸の養育を拒んだが、実の父親が存命である以上、初めから公共施設に押し付けるのは不可能だ。

不承不承達幸を引き取った父親との生活は、快適とはいえないものだった。幸雄は薫と離婚後、一年も間を置かず、両親…つまり達幸の祖父母の勧めで旧家の令嬢を後妻に迎え、新たな家庭を築いていたのである。

共に暮らす祖父母は青い目の達幸を忌み嫌い、決して受け容れようとしなかったし、義理の両親や夫に言いなりの継母もまた、達幸を居ないものとして扱った。

食べるものや寝る場所はきちんと与えられたが、家族はおろか、邸の使用人たちすらろくに話しかけてこない生活はひどく空虚で、実母にも愛情を注がれなかった達幸の心はからっぽのまま、成長を止めてしまった。

ごくまれに父や義母が話しかけてきても、会話なんてそれまでまともにしたことが無かったから、どう返事をしたらいいのかもわからない。話し相手なんて居なかったから、どう会話を発展させればいいのかもわからない。

黙りこくったまま、一日じゅう部屋の中で膝《ひざ》を抱え、ろくに動こうともしない達幸を、父も祖父母もひどく気味悪がり、離れに押し込めた。

お前は青沼家の恥だ、いっそ母親と一緒に死んでくれれば良かったのに、と何度も罵《ののし》られたが、ちっとも気にならなかった。当時の達幸に、人の感情はまるで理解出来なかったから。

腹が減ったら投げ与えられていた餌を食べ、眠くなったら眠る。

単調な日々を淡々と送っていた達幸が、その日に限って離れを抜け出し、母屋に忍び込んだのは、耳慣れない泣き声が聞こえてきたからだ。こっそり居間を覗き込んでみれば、しわくちゃの猿みたいな生き物が父親たちに囲まれていた。

『本当にありがとう、莉子《りこ》さん。こんなに立派な男の子を産んでくれて』

『うむ。これでようやく、青沼家にも跡継ぎが出来た。儂もやっと安心して後を任せられるというものよ』

赤ん坊を挟んで左側に並んだ老夫妻、達幸の祖父母が満足そうに頷いた。莉子というのは確か、継母の名前だったはずだ。

…では、あの赤ん坊は継母と父親の息子で…つまり、達幸の弟、ということなのだろうか？

兄弟というモノの存在くらい、さすがの達幸でも知っている。亡き母親と暮らしていたアパートの隣室に、小学生くらいの兄弟が住んでいたのだ。

とても仲の良い兄弟で、学校から帰ると、毎日一緒に遊びに出かけていた。兄ほど速く走れず、弟が転んでしまっても、兄は先に行ってしまったりはせず、しょうがねぇなあと呆れつつも助け起こしてやっていたものだ。ぐしゅぐしゅ泣いていた弟も、兄と手を繋げばたちまち笑顔になった。

でも、達幸とあの達也とかいう赤ん坊がそうなる未来なんて、とても思い描けなかった。大人たちは皆、でれでれと笑み崩れているけれど、ただ無防備に横たわっているだけの役立たずな生き物を可愛いだなんて、達幸にはとうてい感じられない。

…もっと近くで眺めたら、違うのだろうか？

珍しく興味を引かれ、柱の陰から身を乗り出すと、赤ん坊が引き寄せられたように達幸の方を向いた。

直後、大人たちによってたかって甘やかされ、ご機嫌だった顔がぐにゃっと歪み、喉《のど》をひくひく震わせたかと思えば、かん高い泣き声をほとばしらせる。

『ひっ…、ぎっ、ぎゃあああああああん！』

『達也⁉　どうしたの、達也！』

うろたえた継母に抱き上げられても、赤ん坊はいっこうに泣きやまず、短い手足でじたばたと宙を掻いた。まるで、遭遇してしまった恐ろしい化け物から逃れようとするかのごとく。

『…お前！　どうしてこんなところに居るんだ！』

おろおろしていた幸雄は、柱の陰に潜む達幸を見付けるや、だっと駆け寄ってきて、達幸の胸倉を摑み上げた。軽い身体が宙吊りになると、細い首は食い込んだシャツできつく絞め上げられる。

息苦しさに脚をばたつかせても、幸雄は解放してくれない。その顔面にかかったモザイクが、いっそう濃くなった。

怒っている。

もはや、顔の輪郭すら定かではないのに、それだけは痛いくらいに伝わってくる。幸雄ばかりではない。赤ん坊をひしと抱き締めた継母や、たった一人の愛しい孫を守ろうというかのように居間の入り口に立ちはだかる祖父母からも。

守るべき赤ん坊と同じく、幸雄を父親に持つはずの達幸を……まだ幼い少年を、居合わせた大人たちは皆、本気で排除しようとしているのだ。

からっぽのはずの心が、大きく軋《きし》んだ。怒鳴り散らす父親の顔が、身体までもが真っ黒に塗り潰されていく。

いつしか、泣き叫ぶ赤ん坊も継母も、祖父母も…居間の光景さえも消え去っていた。残ったのは達幸と、達幸の首を絞める、顔の無い真っ黒な巨人だけだ。

『お前なんて、生まれなければ良かったのに』

『うちの血筋に、こんな子が生まれるわけがないわ』

『薫は本当に迷惑な女だ。死んでまで厄介者を遺すなんて。いっそ心中でもしてくれれば…』

口も無いくせに、巨人は矢継ぎ早に様々な言葉を放った。亡き母の声で、祖父母の声で、継母の声で、父親の声で、浴びせてくるのは決まって罵倒ばかりだ。達幸が彼らから与えられたのは、それだけだったからかもしれないが。

傷付いても泣きもせず、命乞いすらしない達幸に焦れたのか、父親だった巨人は達幸を宙高くに吊り上げた。

いつの間にか、眼下にはぽっかりと巨大な穴が空いている。ヒュウウと吹き上げてくる冷たい風が、穴の深さを物語っていた。

落ちればまず助からない。

その穴に、巨人は迷わず達幸を放り投げた。

悪寒に全身を震わせながら、達幸はばっと両のまぶたを開けた。カーテンの引かれた窓からさんさんと差し込む陽光に照らされたベッドには、達幸一人だけが横たわっている。

「……あ、あ、あぁぁ」

――明良が居ない。明良が居ない。居ない、居ない、どこにも居ない！

「ああ…っ、あ、あ、あーちゃ、ん、あーちゃん、あーちゃん…！」

布団を床に蹴り飛ばしても、明良の姿は無かった。

無我夢中で寝室のバスルームやトイレ、クロゼットの中まで捜し回るが、明良は見付からない。

……これは、悪夢の続きなのだろうか。達幸の知らぬうちに、明良が達幸を置いてどこかへ消えてしまうなんて……！

「あーちゃん…、あーちゃんっ、あーちゃんっ…」

達幸は羽毛が舞い散るのも構わず、羽毛枕のカバーを二つとも破り、中を探った。

そこに明良が隠されていないとわかると、次は布団カバーを喰いちぎり、捜索にかかる。

夢に出てきたあの巨人は、達幸に対する悪意の塊だ。達幸を痛め付け、達幸の心を全力でへし折ろうとしていた。

ならば、達幸にとって最も大切なもの——飼い主の明良を攫ってしまうかもしれない。そうすれば、達幸にこれ以上無い苦痛を与えることが出来る。

「どこ…、どこに居るの、あーちゃん…っ…」

「……達幸？」

いぶかしげな応えは、中身のほとんど引きずり出された布団からではなく、寝室の入り口から聞こえてきた。ばっと顔を上げれば、部屋着にエプロン姿の明良が呆れた顔で佇んでいる。

「何をやってるんだ、お前は…ああもう、買ったばっかりの布団をこんなにしちゃって…」

「あ、…ああああ、あああああーちゃん！　あーちゃん、あーちゃん、あーちゃあああああんっ！」

まだ文句を並べ立てようとしていた明良に、達幸は脊髄反射の速さで駆け寄り、がばあっと抱きすくめた。

「お…いっ…、達幸っ…」

「あーちゃん、あーちゃん、あーちゃん、俺のあーちゃん…っ…」

明良がじたばたともがくのも構わず、腕にすっぽり収めた愛しい飼い主の項《うなじ》に、耳の裏側に、カットソーの襟ぐりから覗く鎖骨に次々と鼻先を埋めて、自慢の嗅覚で飼い主の匂いを嗅ぎまくる。

自分以外の雄の匂いが混じっていないのを確認すると、ようやく緊張が抜けて、達幸は大きく息を吐きながら明良の肩口に顎《あご》を乗せた。

「…おい、達幸。何が何だかわからないけど、気が済んだのならいい加減離せ」

「駄目。あーちゃ…明良はキレイで、俺の一番大事な飼い主だから、放したらさらわれちゃうもの。俺はどうなったって構わないけど、明良がほんのちょっとでも苦しい思いをさせられるのは……ゆっ…、許せないもの」

さらわれた先で達幸以外の雄にひざまずかれたり、白くキレイな足を舐め回されたり、首輪を嵌めてくれと懇願されたりすれば、達幸だけを一番可愛い飼い犬だと思ってくれている明良は、地獄の苦しみを味わうことになるだろう。想像するだけで、怒りの炎がごうごうと燃え盛り、達幸の胸を焼き焦がす。

「達幸……」

さらわれるから駄目、他の雄に目を付けられてしまうから駄目、というのは達幸の口癖のようなもので、普段の明良にはそんなわけないだろと軽く受け流されてしまうのだが、飼い主だけあって、明良は達幸の不安を敏感に察したようだ。達幸よりずっと細くしなやかな腕を、達幸の背に回してくれる。

「…馬鹿だな。お前がどうなったって構わないなんて、そんなわけがないだろう。お前も無事でいてくれなければ、僕は悲しいよ」

「…明良…本当？　本当に？」

「ああ、本当だ。…お前は僕の可愛い犬で、恋人だからな」

「明良ぁっ…！」

心の尻尾がぶぅんっと唸《うな》りを上げながら勢い良く振られ、達幸は優しい飼い主の唇にむしゃぶりついた。

思いきり体重をかけて抱き付いたせいで、明良の細い身体はぐらりと傾いだが、むろん、そのまま転ばせて頭を打たせるような愚行など犯さない。達幸は出来る飼い犬なのだ。

すかさず背と後頭部をしっかり支え、熟れた果物のように瑞々しい明良の口内を味わい尽くす。唇と唇を、隙間無くぴったりと重ね合わせて。

「す…き、明良…、俺の、明良…」

「…ん、…ぅっ…」

「守るから…、俺が、絶対に、守るから…」

達幸以外の雄からも、明良を悩ませ困らせる全てのものからも……あの、真っ黒な巨人からも。明良さえこうして腕の中に居てくれれば、達幸はどんな敵だって打ち破れる。

「明良…、俺のあーちゃん……」

舌を絡め合い、互いの唾液を交換する深い口付けが、起き抜けの若い身体に火を点《つ》けた。一糸纏わぬ裸だったから、ぐっと股間を押し付ければ、達幸の望みはすぐ明良に伝わったらしい。

「…っ、だ、駄目だ！　今は、絶対にやらない！」

「どうして…？　今日は、俺の精液、一滴残らずお腹で受け止めてくれるって言ったのに」

「そ、そんなこと、言ってない…！」

「言ったよ。明良、指切りげんまんまでしてくれた。嘘ついたら、明良の蜜を好きなだけ飲ませてくれるって、約束したのに」

昨夜……正確には今朝早く、達幸が明良の性器をしゃぶっていたら、明良がふっと目を覚ましたのだ。まだバスルームに行く前で、明良のお腹は達幸の精液でぱんぱんのままだったから、蕾には指を挿入して栓《せん》をしていた。

達幸でお腹をほんの少し膨らませた明良の全身を舐め回すのは、もはや日課のようなものだ。明良が達幸を妊娠してくれたみたいな錯覚に浸れるから。

でも、もう少ししたらせっかくいっぱいにした胎内を達幸自ら清めなければならないのだと思うと悲しくて、しょんぼりしていたのを、明良はちゃんと気付いてくれたのだ。ぼんやりした顔のまま、股間でうごめいている達幸の頭を、いい子いい子と撫でてくれたから。

『あーちゃん…、俺、いい犬だから、後でちゃんとあーちゃんのお腹、綺麗にする。だから、だからね、明日は今日よりもいっぱい、俺のこと、受精してくれる？　俺の精液、一滴残らずここに注がせてくれる？』

嬉しくて誇らしくて、萎れた性器に頬擦りをしながらねだったら、明良はこくんと頷いてくれた。指切りげんまん、嘘ついたら明良の蜜を達幸の好きなだけ飲ーます、指切った、と歌う達幸に合わせて、一緒に指切りもしてくれたのだ。

「……覚えて、ないの？　明良……」

寂しいけれど、指切りをするうちに明良はまた深い眠りに落ちてしまっていたから、忘れてしまっても仕方が無いのかもしれない。

だったら、またお腹をぱんぱんにさせてあげて、思い出させてあげなくてはならないのかも……。

一番いい飼い犬としての使命にかられ、細い身体をベッドに運ぶべく抱き上げようとした時だった。ぶるりと身震いした明良が、慌てた様子で言い募ったのは。

「お…っ、覚えてる。覚えてるから」

「明良…、本当に？」

「ああ。…だから、そんな目をするのはやめろ」

そう言われても、達幸はただ、明良しか眼中に入っていないだけだ。今に始まったわけではない。出逢った時からのことなのに、明良は今さら、何を言っているのだろう？

でも、明良がちゃんと約束を覚えていてくれたのは喜ばしいことだ。

「じゃあ…、俺、明良のナカに入ってもいいよね？」

達幸が部屋着の綿パンツ越しに尻たぶをぐにぐにと揉み込むと、明良は大慌てで達幸の胸板を押しのけた。

「馬…鹿っ、今は駄目だって言っただろ…！」

「…俺、明良のナカに、入れてもらえないの…？」

「今は、だ。ちょうど朝ご飯が出来たところだし…それに、話しておきたいことがある。昨日は、結局そんな余裕も無かったからな」

恨めしそうに睨み付けてくる目付きすら明良はキレイで、さすが俺の飼い主だと惚れ惚れする傍ら、達幸はぼんやり思い出した。昨日、事務所からの帰り道で、大事な話があると言われていたこと。そして、深夜に松尾から電話があったことを。

他の雄からの話を伝えるなんて嫌だったけれど、請け負った以上、伝えないわけにもいかない。

「…明良が寝ちゃった後、松尾から電話があった。もし困ったことがあったら、遠慮無く連絡して欲しいって」

「松尾さんが？　……そうか……」

明良は指先で唇に触れ、少し考え込んでから、ぽん、と達幸の肩を叩いた。

「じゃあ尚更、早く話さないと。シャワーでも浴びてから、ダイニングに来い。僕は先に行ってるから」

「う…、ううぅ…」

「……達幸。返事は？」

明良のナカに入りたい。朝一番の濃厚でこってりとした精液は、明良の胎内にねばねばとよく絡んで、泡立ちながら染み込むはずだ。

明良がどれだけいきんでも、自力では排出出来なくて、達幸に掻き出してもらえるまでお腹に孕み続けるしかない。その間に、明良の胎内から達幸の精液が吸収されて、明良の血肉になれるかもしれない……そんな至福のひとときを、諦めろと？

嫌だ嫌だ嫌だ。絶対に嫌だ。断固拒否する！　と、本能はけたたましく吠えたてる。

でも、こういう時の明良に逆らえば、世にも恐ろしいお仕置きが待っているのも、本能は知っているのだ。すなわち、目も合わせてもらえず、言葉も交わしてもらえなくなる、ということである。

「……わかり、ました……」

葛藤の末、がっくりと肩を落とした達幸が不承不承受け容れると、明良は満足そうに微笑み、ダイニングへ去っていってしまった。

その背を追いかけ、押し倒して裸に剝《む》きたい衝動を懸命に押し殺し、達幸は寝室の奥にあるバスルームへ向かう。クロゼットの戸棚から、明良のぱんつを一枚取り出して。

「あ…ぁ、あーちゃん…」

シャワーブースに入るや、シャワーのコックもひねらず、明良のぱんつをそそり勃《た》つ雄に被せ、ごしゅごしゅと扱きたてる。

無機質な布地は、明良のしっとりと熱い胎内に比べたらひどく味気無いけれど、明良の大事な部分を包み込んでいたものだと思えば欲望はたちまちのうちに膨らんでいく。明良のナカを突き上げるように、腰がかくかくと動く。

「…あ…っ、あ、あーちゃん…、あー、…ちゃんっ！」

ずる剝けの先端から、ぶしゃあっ、と発射された大量の精液を残らず染み込ませると、明良のぱんつは表面が白い粘液の膜に覆われたようになり、少し振ればぼたぼたと精液が垂れてきそうな有り様になった。

うふ、うふふふふ、と笑いながら、一旦バスルームを出て、精液まみれのぱんつをそっとベッドヘッドに置いておく。食事と大切な話が済んで、明良のナカに入れてもらえるようになったら、まずはこれを穿《は》いてもらうのだ。

そうすれば、達幸の精液は全部明良に受け止めてもらえるし、明良も濃厚な精液を擦り付けられて喜ぶ。我ながら、一石二鳥の名案である。

鎮まった身体をさっと洗い流し、ダイニングに走っていくと、テーブルには山盛りのサラダと焼きたてのパン、スープ、ベーコンとソーセージを添えたスクランブルエッグの朝食が用意されていた。

「早かったな、達幸。僕は紅茶にしたけど、お前は何がい…っ？」

「明良…、明良、明良っ！」

達幸は席から立ち上がった明良に突進し、ぎゅうっと抱き締めた。昨夜、何度も吸った項に鼻先を埋め、すんすんと鼻を鳴らす。

「…達幸…っ、だから、今はやらないって、お前は…っ」

「明良…、駄目。すごく疲れてるのに、こんなにいっぱい、ご飯、作ったりしたら…病気になっちゃうよ…」

明良は達幸のたった一人きりの飼い主なのだから、本来、ただそこに存在して、達幸を受け容れていてくれさえすればいい身分なのだ。エテルネで働くのはもちろん、家事をする必要も無い。全部全部、達幸に任せておけばいい。

何せ、明良はあまり丈夫ではない上に、体力も無い。達幸が明良の胎内で二回も達すれば、もう意識を失ってしまうくらいなのだ。

無理はして欲しくない、と本気で思う達幸は、気が付いていない。自分の一回が常人より三倍は長く執拗なことも、それに曲りなりとも二回付いて行ける明良は、むしろ健康で体力に恵まれているといえることも。もちろん、明良に最も無理を強いているのが他ならぬ達幸自身であることも。

「……達幸」

明良は複雑そうな声音を漏らし、どうしてくれようかとさまよわせた手で、結局、達幸の背をいたわるように撫でた。

「大丈夫だ、達幸。料理したくらいで、僕は病気になったりしないから」

「でも…、でも明良、こんなに細くて華奢なのに…」

「お前に比べれば、たいていの人間はそうだよ。ほら、いい加減に座って食事にしよう。スープが冷める」

優しく諭されてもなお、達幸が納得出来ずにいると、明良は達幸の耳朶をくいっと引っ張り、背伸びして囁《ささや》きかけてきた。

「僕はお腹が空いて死にそうなんだ。早くご飯を食べないと、そっちの方が病気になるかもしれない」

「…ご飯、食べよう！　今すぐ！」

達幸はひょいっと抱え上げた明良を椅子に座らせてから、自分も向かい側の席に着いた。本当は膝の上に明良を乗せ、ひと口ひと口愛を込めて食べさせてあげたかったけれど、それではどうしても時間がかかるから、明良を病気にしてしまう。

いただきます、と手を合わせ、久しぶりに明良が作ってくれた朝食をじっくりと味わう。毎夜、達幸に失神しても抱かれ続ける明良は、朝はなかなか早起き出来ないので、朝食は達幸が作るのが普段の日課なのだ。

「おいしい。すごくおいしいよ、明良」

「そうか、良かった。…ああ、ほら、ちゃんと野菜も食べなくちゃ駄目じゃないか」

明良はパンをちぎる手を止めて、サラダボウルからたっぷりとサラダを取り分けてくれたり、紅茶を注いでくれたりと、かいがいしく世話を焼いてくれる。

まだ二人が明良の実家で暮らしていた学生の頃、その美しさゆえに近寄り難いと思われていた明良が、実はとても面倒見が良いことを知るのは達幸と、父親の公明くらいだろう。

タツががっつくあまり、餌を皿から零してしまっても仕方ないなと笑って新しいものと交換してやったり、雨上がりの散歩に連れていってもらったタツがはしゃいで泥まみれになっても怒るどころか、一緒に風呂に入って洗ってやったりしていた。汚らわしい泥まみれの獣が、明良と一緒に泡まみれというとてもうらやま…けしからぬ状況になったのである。

風呂場をしっかり覗き見した達幸は、あの泡まみれの楽園に入っていけない悔しさに歯嚙みしつつも、学習した。

タツはどう見ても、達幸より格段に劣る犬だ。全世界が同意してくれるだろう。にもかかわらず達幸より明良に寵愛されているということは、すなわち――明良は駄目な子ほど可愛いのだ！

だから、達幸が敢えてサラダを無視してパンや肉ばかりに手を付けたり、ティーカップを空のままにしたりするのは、全て、明良に構われたいがゆえの…そう、飼い犬としての本能がなせるわざなのである。

「……達幸。それで、大切な話なんだけど」

朝食が済み、食後のコーヒーの時間になると、明良は通勤用の鞄から書類の束を取り出した。勧められるまま受け取ってみれば、表紙には『【青い焔】光役オーディション・応募者リスト』とある。

「応募者の中でも、プロデューサーが特に推したいメンバーだそうだ。昨日、プロデューサーからエテルネに、内々に回ってきた」

監督や関係者による公式な選考とは別に、プロデューサーが直々に候補者を選ぶ。

それ自体は、別段珍しいことではない。有力なスポンサーとのコネがあったり、有名芸能人の親戚に当たったり、断れない筋からの推薦があったりする候補者を、別ルートで二次選考に進ませるのである。

コネや七光だけでは、実力主義の久世監督の前ではほとんどが振り落とされるだろう。それでも二次選考まで進んだ事実は残るし、主役級とまでは言わずとも、久世の目に留まれば他の役にありつけるかもしれない。久世の視界に入るだけでも価値があるのだ。

つまり、このリストに入った応募者は、ほぼ間違い無く書類選考通過が約束されているわけだ。だが、さすがに達幸もそういった事情くらいはわきまえているのだから、明良がわざわざ貴重な休日を潰してまで説明する必要など無いはずなのに――。

疑問は、明良に促され、付箋《ふせん》のつけられた応募者の書類に目を通した瞬間に解けた。

身長や体重、所属事務所などの基本データに添付された写真は、甘く整った長身の青年のものだ。やや線は細いが、無邪気な笑顔は二十一歳という年齢よりも少し幼く見える。母性本能を刺激され、ついついひいきしてしまう女性は多いだろう。今までの人生でも、誰からも愛され、可愛がられてきたに違いない。他人に拒まれたことの無い人間独特の雰囲気が、写真越しにも伝わってくる。

野性的に整った顔と、厚い筋肉に覆われた逞《たくま》しい肉体。カラーコンタクトで本来の色を隠されてもなお、神秘的だと絶賛される深い瞳。ただそこに在るだけで雄としての存在感と色気をまき散らさずにはいられない達幸とはまるで違う。

にもかかわらず、どことなく似通った印象を見る者に抱かせるのは、血の繋がりのなせるわざなのだろうか。

「……アクト所属の新人、青沼達也。オーディションにはこれが初めての応募で、芸名は本名をそのまま使っているそうだ。そして……達幸。お前の異母弟だと、本人から申告があった」

ためらいがちに明良が告げるや、達幸はようやく腑《ふ》に落ちた。

幼い頃の夢など、今まで見たことも無い。達幸が見るのは決まって明良に可愛がられたり、明良と繋がったり、明良がタツを捨てて達幸を選んでくれたりと、明良が登場する夢ばかりだった。一番いい飼い犬なのだから、それが当然だと、誇らしく思っていた。

なのに、昨日に限ってあの黒い巨人の夢を見てしまったのは、このことをどこかで予感していたからだったのだろう。

「青沼……達也……」

ぽつりと落とした呟きは、我ながら冷たく、少し擦れていた。書類を握ったままかすかに震える手を、テーブル越しに伸びてきた明良のそれがいたわるように撫でてくれる。

明良がどれほど達幸のために心を砕いてくれたのか、気遣わしげな眼差しが物語っていた。達幸の複雑な家庭環境は父親の公明から伝え聞いているはずだから、なるべく衝撃を与えないよう、まず二人だけの場で話そうとしたのだろう。

公明は達幸の母、薫とかつて交際しており、その縁から薫の葬儀に参列した。そこでかたくなに実の息子の養育を拒む幸雄と遭遇し、誰からも顧《かえり》みられない子どもを憐れんだ末、幸雄のもとで半ば監禁状態だった達幸を引き取ってくれたのだ。

幸雄は厄介払いが出来たとばかりに達幸を公明に押し付け、以後、一銭の養育費も支払わなかった。便りの一通、電話の一本すら寄越したことも無い。達幸が青沼幸としてデビューした時も、連絡は無いままだった。

当然、異母弟の達也とは、言葉一つ交わした覚えも無い。幸雄も祖父母も達幸の存在は無かったものとしたがっていたのだから、達也は異母兄が居ることすら知らないのではないかと思っていたくらいだ。

審査用書類の経歴によれば、達也は現在、裕福な家の子息が多いので有名な都内の某私立大学に通う傍ら、大手芸能事務所のアクトに所属している。アクト直営の俳優養成所から、半年ほど前、正式に新人俳優として採用されたようだ。

俳優志望者などごまんと存在する中、事務所所属になれるのはほんのひと握り。強烈なコネがあるか、よほど才能か容姿に恵まれた者のみだ。

青沼家は父の生家のある地方でこそ名家、資産家として有名だが、生き馬の目を抜く芸能界に影響を及ぼせるほどではなかったはずである。アクトのような大手なら尚更だ。

それが、並み居る志望者の中からわざわざ達也を選んだ理由など、達幸でもたった一つしか思いつかない。すなわち――人気絶頂の天才俳優、青沼幸の血の繋がった弟だから、ということである。

アクトの目算は的中したと評価すべきだろう。

プライベートな情報がほとんど秘されている青沼幸の弟。それだけでも話題性には事欠かないのに、兄が主演する映画に、その相手役として弟が応募するのだ。商魂逞しいプロデューサーの目に留まらないわけがなく、その結果として、めぼしい出演作も無い新人俳優の応募書類が達幸の手にまで渡るという現実がここにあるのだから。

そして、その現実を誰よりも正確に予測し、期待していた者は、達也…話したことも無い異母弟自身に違いない。達也に甘い継母も、父親も祖父母も、忌み嫌う達幸を可愛い達也のために利用することを、少しも迷わなかったはずだ。

――ひっ…、ぎっ、ぎゃあああああああん！

頭の中で、癇《かん》の強そうな赤ん坊がかん高い泣き声を上げた。

夢の中に消えたはずの黒い巨人が、形の無い口を開ける。そこから溢れる父の罵声が、祖父母の陰口が、達幸の脳内を占領していく。

「…達幸。…達幸っ！」

巨人の口に飲み込まれそうになった達幸を掬い上げたのは、席を立ち、背後から抱き締めてくれる明良の両の腕だった。

巨人よりもはるかに細く、頼りないはずの腕は、たやすく巨人を退け、達幸を至高の温もりで包み込んでくれる。

「…あーちゃん…、ごめんなさい。俺、俺…」

「何も言わなくていい。…僕が悪かったんだ。お前が青沼さん…お前のお父さんたちのことなんか今さら聞かされたくもないって、わかってたのに…」

「俺…、俺の中、あーちゃんしか居ないのに…他の奴なんか、居ちゃ駄目なのに…っ…」

「……えっ？」

「…俺…っ、あーちゃん以外の奴のこと、頭の中に、入れちゃった…ごめん…、ごめんなさい…っ」

情けなくてたまらなくて、カラーコンタクトをつけていない目からとうとう涙が溢れてしまった。心の尻尾がだらりと垂れ、股座の間に挟み込まれる。

……どうしよう、どうしよう。

達幸は明良の一番いい飼い犬なのだから、明良のことだけしか考えてはいけない。考えられない。そういう生き物のはずなのだ。達幸より格段に劣るタツでさえ、明良の父親である公明に敬意を表しはしたものの、尻尾を振るのも愛敬を振りまくのも明良だけで、明良のことだけしか頭に無かったのだから。


なのに、タツよりひときわ優れている達幸が、明良以外の輩を、たとえ夢の中にでも登場させてしまうなんて…明良のためにしか機能しないはずの脳の容量を、他の輩のために割いてしまうなんて……。

もしかして…もしかして……！

「…俺っ…、一番いい飼い犬じゃ、ないの…？」

「…おい、達幸…」

「俺は…、一番いい飼い犬、失格、なの……!?」

焦燥と苦悩と不安と恐怖が、心の中でぐちゃぐちゃのごちゃ混ぜになり、本能の炎でぐつぐつと煮詰められていく。

――どうしようどうしようどうしようどうしようあーちゃんがあーちゃんがあーちゃんが俺を俺を俺を捨てちゃう捨てちゃう捨てちゃう捨てられちゃうだって俺はあーちゃん以外の奴のことを考えちゃったから一番いい犬じゃないから駄目な犬だから――。

ぶるりと怖気が走った瞬間、あたかも天啓のように、幼い頃の記憶が…公明との思い出がよみがえった。

――俺以外の全部が無くなったら、あーちゃん、俺のことしか見なくなる……？

そうだ。達幸以外の全部が無くなれば、明良には達幸しか居なくなるのだ。

たとえ自分以外の人間を考えてしまった達幸を許しきれずに捨てたとしても、達幸以外の雄犬が居なければ、もう一度達幸を拾ってくれるはず。

達幸以外の。

全部。

無くなれば……明良は……。

「達幸っ…！　しっかりしろ！」

ぐいっ、と強く耳朶を引っ張られる痛みが、達幸を昏《くら》い思考の淵《ふち》から引き上げた。抱擁を解き、床に膝をついた明良が、同じ視線の高さからじっとこちらを見詰めている。

出逢った瞬間、永遠に溶け込んでしまいたいと願った美しい瞳に、ぽかんとした達幸が映し出されている。

「…あー…ちゃ…ん…？」

「お前は僕の…、一番いい犬だよ。お前よりもいい犬なんて、どこにも居ない」

「あ、…あー…、あ、ああ、あき…ら、明良…でも、でも俺、俺……」

「誰が何と言おうと…たとえお前自身が認められなくても、お前は僕の一番いい犬だ。それとも、お前は…僕の言うことも、受け入れられないのか？」

「ううん…っ、ううん……っ！」

そんなわけがない。明良の言葉は全て、どんなことであっても正しい。明良が言うのなら、達幸は明良の一番いい飼い犬なのだ。それも正しい。

でも、こうしている間にも、達幸の中にはあの黒い巨人が不気味にうごめいている。怨嗟《えんさ》の声を振りまいて、忘れていたはずの幼い頃の記憶を、否応無しによみがえらせるのだ。

要らないのに。……明良以外の誰も何も、達幸には必要無いはずなのに……！

「…なあ、達幸。今まで、お前はもうすっかり忘れてしまっているものだと思っていたけど…本当は、覚えているんじゃないか？　父さんに引き取られて、うちに来る前の…本当の家族のこと…」

違う。そうじゃない。今まで一度も思い出したりしなかった。達幸自身、あんな記憶が自分の中に巣食っていたなんて、知らなかったのだ。

反論しようと口を開くそばから、嗚咽《おえつ》がひっくえっぐとせり上がってきて、まともな言葉も紡げない。いつもはうっとりと聞き入ってしまう明良の声が、言葉が、まるで死刑宣告のように響くから。

『僕以外の奴のことをずっと覚えてたなんて、最低。もうお前なんか要らない。他の雄を飼い犬にするから、出ていけ』

きっと、すぐにそう言われるに決まっている。心の三角の耳がぺったり垂れていくのがわかる。全身から血の気が引いて、目の前が真っ暗に染まる。

「…ああ、もう…この駄犬はっ…！」

焦れったそうな声が間近で漏れたかと思うや、両頬に手を添えられ、ぐいっと仰向かされた。甘い吐息を味わう間も与えられず、柔らかな感触が唇に落とされる。

「あ…っ、…あ、き、…ら…？」

ベッドの上で交わすのに比べれば、ただ重ねるだけの口付けは淡白ですらあったにもかかわらず、冷えきった達幸の肉体に熱い血潮を通わせてくれる。

「いいか、達幸。僕はお前が僕以外のことを…本当の家族のことを覚えていたからって、嫌ったりしない。一番いい飼い犬じゃないとも思わない」

「…な、んで…？　だってタツは…、明良のことしか考えてなかったし、明良のことしか、見てなかった…」

「ここでもタツが基準なのか、お前は…」

はあ、と明良は嘆息し、短めに整えている達幸の髪をくしゃくしゃとかき混ぜた。昔、タツにも同じようにしてやっているのを見て、うらやましくてうらやましくて、タツを呪い殺してやりたくなった愛情溢れる仕草だ。

「いいか？　タツは生まれてすぐうちに来て、僕と一緒に育ったんだから、タツの世界に僕だけしか居ないのは当たり前だ。でもお前はうちに来るまで六年間、僕とは何の関わりも無いところで生きてきた。その間のことを覚えているのも当然だ。誰にも責められないよ」

「誰にも……明良、も？」

「もちろんだ。…まあ、正直言って、お前が本当の家族のことを覚えていたのは意外だったけどな」

明良は乱れた達幸の髪を手櫛《てぐし》で直しながら、いい子いい子と撫でてくれる。その手付きの優しさに、自分が変わらず明良の一番いい飼い犬であることを悟り、全身が歓喜に満たされる。

「明良……」

身体をひねって細腰にしがみつき、昨日さんざん精液を注いだ腹に顔を埋めても、明良は怒らなかった。

愛しい胎児を守るように頭を抱き締められ、達幸はたまらず椅子からずり落ち、床にひざまずいてぐりぐりと明良の腹に額を擦り付ける。飼い犬と恋人、両方の心が同時に癒されていく。


「何だ？　達幸」

「あのね…、あのね。俺、今まで本当に、あいつらのことなんか、覚えてなかったの。なのに昨日、いきなり夢に出てきて…俺も、びっくりした」

「…そうか。お前は勘が鋭いから、僕が話そうとしていることを察知したのかもしれないな」

温かな手が、項を優しく撫でてくれる。ずっと股座に挟まれっぱなしだった心の尻尾が、ぶんぶんと大きく左右に振られる。

あの黒い巨人は、いつの間にかどこかへ消え去っていた。達幸を巨大な穴に軽々と放り込んでしまえる巨人も、明良の優しさ、美しさの前では己を恥じ、姿を現せないのだろう。

しばらく達幸をあやしていた明良が、意を決したように切りだした。

「…どれくらい覚えている？　本当の、家族のこと…」

「んー…？　えっとね……」

広大な敷地の片隅に建てられた、今にも朽《く》ちそう

な離れから絶対に出てはいけないと言われていたこと。父親も祖父母も継母もめったに寄り付かなかったこと。世話役の使用人にもたまに忘れ去られ、食事を数日間運んでもらえず何度か死にかけたが、使用人には何の咎《とが》めも与えられなかったこと。達幸の存在は公には隠され、異母弟の達也が青沼家の長男とされていたこと。

明良の温もりにうっとり酔いながら、断片的な記憶を拾い集めては告げていると、抱き締めてくれる腕にぎゅっと力が込められた。

「…もう、いい」

「でも、まだ途中なのに…」

「もういい。……お前がどんなふうに育って…いや、生き抜いてきたのか、わかったから」

「明良…っ？」

涙の滲んだ声音に、達幸は反射的に顔を上げようとしたが、叶わなかった。明良が達幸の頭を、すっかり抱え込んでしまったからだ。

「達幸…、僕が居るから」

「…明良…」

「鴫谷の家で暮らしていた頃は冷たくしてしまったけれど、これからは絶対に離れない。…ずっと僕がお前と一緒に居るって、何があっても忘れないで欲しい」

「明良…、あーちゃん…っ！」

……やっぱり、明良は最高の飼い主だ。いつだって達幸を暗い場所から引き上げ、生きる意味を与えてくれる。明良が居てくれたから、からっぽだった世界はこんなにも美しい……！

「…ぁ…っ、た、…つゆきっ…！」

「あーちゃん…、あーちゃん、あーちゃん……」

明良に抱き締められているのをいいことに、密着した唇でカットソーを食み、ぐいっと引き上げた。

ずり上がった布地の隙間に頭ごと入り込み、カットソーを被るような状態で無防備な乳首にむしゃぶりつくのは、数えきれないほど繰り返してきたおかげで、もはやお手の物だ。達幸の唇と歯は、明良に可愛がってもらうためならば、手足と同様…否、もっと器用に動く。明良にじゃれかかるタツが、明良の唇ばかり狙ってべろべろと舐め回していたように。

達幸は一番いい飼い犬だから、毛皮と肉球だけが取り柄の獣ごときよりも色々なことが出来る。

小さな突起を舌先で左右にぐにぐにと押し潰したり、痛みを与えない程度に嚙んで引っ張ったり、反対に押し込んだり…人間の形をした雄でなければ不可能な、様々な行為が。

「達、幸…っ、まだ…、話は、終わって、ない…っ、あ…、あ、あぁっ…」

明良はたまらず達幸を引き剝がそうとするが、中途半端にめくれ上がったカットソーが邪魔になり、乳首をじゅうっと吸い上げられるのをただ受け容れるしかなかった。

明良のそこは、達幸がどれほど執拗に舐っても朱《と》鷺色《きいろ》のまま、いやらしいことなど何も知らぬような楚々《そそ》とした風情をとどめているが、何度も吸い上げているとロ内にえも言われぬ甘みが広がる。達幸のために変化してくれたのだと思うと、嬉しくて誇らしくてたまらなくて、ほんの数十分前に鎮めたばかりの雄が、みるまに猛《たけ》り狂っていく。

「ん…っ、ちゅ…ぅっ、あ、あーちゃ…んっ、あーちゃん…っ、俺…、もう…っ…」

「…ふ、あ、あぁっ…」

「もう、駄目…お話は後でちゃんと聞くから、あーちゃんのナカ、あーちゃんのナカに入れて。…じゃなきゃ、俺、おかしくなっちゃう…っ」

明良の薄い胸板についたわずかな肉を大きな掌でかき寄せ、無理やり造り上げた擬似的な膨らみに左右交互にしゃぶりつきながら、達幸は飼い主に交尾をねだる。

膨らんだ股間は、ずりずりと明良の脚に擦り付けているうちに、ぬめりを帯びてぬるぬる滑るようになっていった。きっと今、達幸の股間は大量の先走りで粗相をしたようなしみが広がっているはずだ。

みっともない、恥ずかしい——などと、思うわけがない。

明良と同じ空気を吸っているだけで昂る己の肉体

が、達幸は心底誇らしかった。だって、何回も何十回も何百回も何千回も何万回も…まぐわう回数が増えれば増えるほど、明良が達幸を妊娠してくれる可能性が高まるではないか。

　男だから妊娠なんか出来ない、もう許して、と、明良はお腹を達幸の精液でたぷたぷにされるたびに泣きじゃくる。

　達幸だって、生物としての雄と雌の肉体構造や繁殖の仕組みくらい、きちんと理解しているのだ。普通に考えれば、明良が達幸とまぐわって妊娠してくれる可能性はゼロである。

　でも…、もしかしたら、という淡い希望を、達幸はどうしても捨てられない。

　二つの身体が一つに溶け合うほどまぐわい続ければ、もしかしたら、明良は達幸を妊娠してくれるかもしれない。暗くて温かくて最高に居心地の良い胎内に、達幸を宿してくれるかもしれないではないか。

『絶対』なんて、絶対に無いのだから。

「いいよね…？　あーちゃん、俺のこと、孕んでくれるよね…？」

「あ…っ、あ、あぁっ……」

　達幸に喰い付かれた胸を唾液まみれにした明良が、がくがくと頷いた。

　単に、達幸の熱と重みを受け止めきれず、身体が揺れただけかもしれない。その可能性の方が高い。

　けれど、達幸は了承を得たと都合良く解釈し、立ち上がりながら明良を抱え上げ、傍にあったソファに下ろした。達幸が明良のために買い替えたばかりのそれは、スイッチ一つで背もたれが倒れ、ベッドに変身する優れものだ。

「ふふ…っ、ふふふふふっ…、あーちゃん、あーちゃんあーちゃん、あーちゃん……」

　達幸はさっき着たばかりの部屋着と下着を脱ぎ捨て、明良もさっと裸に剥いてしまった。昨夜の交尾の痕跡をあちこちにとどめた白い肉体に舌なめずりをしながらまず視線で犯し、さっそく覆い被さろうとして、大事なことを思い出す。

「ごめん…、あーちゃん。ちょっと、ちょっとだけ待ってて」

　達幸は全速力で寝室に走り、忘れ物を捜し出すと、すぐに取って返した。

　こんな時に、明良を待たせてまで持ってきたモノ。それはさっき起き抜けの精液をたっぷり染み込ませた、明良のぱんつである。

　しばらく放置されていたせいで、すっかり冷えてしまったそれに、達幸は明良の両脚を通させ、股間へずり上げていった。

「ひ、…あっ、な、…にを、達幸っ…」

「大丈夫、あーちゃん…すぐ、馴染んであったかくなるから…」

　びくん、びくんと震える明良をなだめすかしながら、精液で濡れて張り付くぱんつを、明良の股間に食い込ませる。明良のナカに入れなかった可哀想な精液を、少しでも明良に受精して欲しくて。

「…あ、あぁ、あーちゃん…」

　達幸の匂いを放ち、達幸まみれになった明良を見詰めていたら、限界が近かった雄がどくんと脈打った。

　明良が目の前に居るのに、暴発させるなんて許されない。達幸の精液は、明良を受胎させるためだけに存在するのだ。

「あーちゃん…、あぁ…っ、あーちゃんっ…」

「う、……う、あぁぁ…！」

　ほっそりとした両脚を肩の上に担ぎ、精液まみれのぱんつをかき分け、露わになった蕾に、充溢した雄を一気に打ち込んだ。

　慣らされるどころか、今日はまだ一度も触れられていない入り口は、眠る間も達幸が潜り込んでいた甲斐あって、さほど抵抗も無く達幸を迎え入れてくれる。

　熱い媚肉が頬張るものを得た喜びにさざめき、放すまいと絡み付いてくる時の快感は、何度味わっても堪えられない。明良が他の奴を覚えてしまっていた達幸を許してくれたばかりか、ずっと一緒に居るとまで言ってくれた今は、よけいに。

　こみ上げる快感にぞくぞくと背筋をわななかせな

がら、達幸は明良の胎内に腰を打ち付け、より深く明良のナカに潜っていく。

「あーちゃん…っ、好き…っ、あーちゃん、…俺の、あーちゃん…」

「あ…、あっ、あ…、た、つ、ゆき…、達幸っ…」

呼びかければ応えてくれる。明良はつやめいた嬌声で、明良の身体は達幸の雄を引き絞る蠕動《ぜんどう》で。

達幸の全てが明良のものであるように、明良の全てを達幸のものに出来たような歓びに浸ってしまう。飼い犬の分際で――。

「あぁ…、あぁ…、あーちゃん…、あーちゃん…!」

「ひ、…やっ、あ、あ…」

切っ先がわずかに引っかかるような感覚に、達幸にしか許されない最奥にたどり着いたと確信した瞬間、膨張しきっていた雄は大量の精液をぶちまけた。

明良の性器は熱を帯びてはいたものの、沈黙したままだったが、明良もまた絶頂を極めたのはわかっている。銜え込んだ達幸の雄にぎゅうっと喰い付き、絞り上げる胎内の動きが、達幸に教えてくれるから。性器から射精するよりも、達幸に貫かれて胎内で味わう絶頂の方を、明良がはるかに気持ち良く感じていることも。

「…あ…、ぁ、まだ…、出る…?」

まだ射精を続ける胎内の雄におののいたように、明良が腰を震わせる。

達幸はどうにか明良のナカに全部注ぐのに間に合った安堵に微笑みながら、内腿の薄い皮膚を強く吸い上げた。昨夜刻んだ無数の痕に交じり、ひときわ鮮やかな紅い痕が咲く。

「うん…、大丈夫だよ、明良。こんなんじゃ終わらないから。もっともっと、明良のナカ、いっぱいにしてあげるから」

達幸はすぐさま逞しさを取り戻した雄で、じゅぷ、じゅぷ、とぬかるんだ胎内を掻き混ぜた。

「…馬、鹿…っ、それじゃ、…話、出来ない…ぁっ、ああ、駄目、駄目だってば…っ」

動かすな、奥に入ってくるなと明良は泣きじゃくるけれど、大丈夫。達幸は一番いい飼い犬だから、ちゃあんと心得ている。交尾をしている時の明良の『駄目』は、『すごくいい』『もっとして欲しい』という意味だってことくらい。

……それに、明良が達幸に伝えたいのはきっと、オーディションの…達也についての情報だ。

達也の所属するアクトは、新鋭のエテルネなど比べ物にならないほどの大手である。主役の異母弟という武器を持ち、事務所の全面的な後援を得た達也は、最終選考まで上がってくる可能性が非常に高い。オーディション会場で、達幸は異母弟と二十一年ぶりの『再会』を果たすことになる。

いや、アクトは主役の座を達幸に奪われた一件を未だ根に持っているから、二次選考に進んだ時点で、達幸の異母弟がオーディションに挑んでいることをそれとなくマスコミに流すつもりかもしれない。突如現れた青沼幸の弟についてマスコミは騒ぎ立て、達幸を悩ませるだろうが、達也は大いに恩恵をこうむるはずだ。

それを予見したからこそ、明良は松尾に頼み、まず二人きりで話す時間を持とうとしてくれたに違いない。

達幸のためを想って。達幸を傷付けないために。

…明良の優しさは、痺《しび》れるほど嬉しい。そこまで想われている己に、誇らしさも感じる。

でも、それ以上に嫌だった。忌まわしくて、厭《いと》わしくてたまらなかった。明良の唇が、達也の名前を紡ぐことが。…明良が、達幸と曲りなりとも血の繋がった雄を、考えることが。

松尾やエテルネの同僚たちを呼んだり、一緒に仕事をこなしたりするのは、仕方が無いこととどうにか我慢出来るようになったというのに――何故、達也だけがこんなにも嫌な予感をもたらすのか？ 今のところ、達幸にもわからない。

…都合良く利用されることなど、どうでも良い。オーディションでも何でも参加すればいい。

でも、明良に手を出そうとしたら、その時は……。

「あーちゃん…、俺ね……」

凶暴な衝動を抑え込み、達幸は高々と抱え上げた明良の蕾に、ほぼ真上から肉の剣を突き刺す。

「あー…っ！　あ、ああー…っ…」

「あーちゃんが、俺のこと捨てないで、好きでいてくれれば、他はどうなったって、いい……」

もしも達也が達幸の邪魔をするのなら、排除する。

それだけは、確かなことだった。


「……はい、申し訳ございません。それでは、失礼いたします」

ようやく通話を終え、受話器を戻すと、ふう、と自然に溜め息が出た。電話を取る前は午後の二時半を指していたオフィスの時計は、今は三時十分を少し回ったところだ。

鳴谷明良は椅子に座ったまま、凝り固まった肩をこきこきと動かし、仕上げに大きく伸びをした。喋りすぎたせいで少し喉が痛い。何か温かいものでも飲んで、休憩しようか。

「鳴谷さん、飲み物なら私が」

立ち上がろうとした時、松尾が向かい側の席を立ち、給湯室のバリスタマシーンで淹れたコーヒーを二つ運んできた。ついでに、おやつ用に常備しているというナッツ入りのチョコレート菓子も添えてくれる。意外なことに、甘党なのだ。

「ありがとうございます。わざわざすみません」

明良はぺこりと頭を下げ、両方ともありがたく受け取った。黙々と書類を片付けている間も、有能な上司はこちらの会話をきちんと耳に入れていたらしい。

「いえ、私もちょうど休もうと思っていたところでしたから。お疲れ様でした。今回はどこからでしたか？　ずいぶんと粘られていましたね」

「それが…」

松尾の問いかけに、明良が答えたのは、あるファッション雑誌の名前だ。ターゲットは十代から二十代前半の若い男性である。

本職のモデルばかりではなく、街中でスカウトした読者モデルを積極的に起用し、独特の煽《あお》り文句をつけるので有名だが、今までエテルネの所属アーティストが声をかけられたことは無い。

松尾はスティック状のチョコレート菓子をひと口かじり、ふむ、と頷いた。菓子の甘さに反して、その口元は苦々しげに歪んでいる。

「なるほど。あの雑誌は確か、彼がモデルデビューした雑誌でしたね」

「そうなんです。それでぜひ、彼と達幸の対談を載せたいというお話だったんですが…達幸のイメージとは違いますし、そういったご依頼はお断りしているとと何度も申し上げたのに、そこを何とかと食い下がられてしまって…」

「耳の早いことですね。彼がブログを開設して、二日も経っていないというのに。…この手の依頼は、これからますます増えるでしょうね」

松尾の推測は、外れたことが無い。

何倍にも重たくなった空気が、ずん、と両肩にのしかかってくるようで、明良はコーヒーを啜《すす》った。

……つくづく、よけいなことをしてくれたものだ。


つけっぱなしのパソコンのディスプレイを、ついつい恨めしげに見遣ってしまう。

ブラウザに表示されているのは、ブルーを基調にしたシンプルなデザインのブログだ。さっきから二人の会話に登場している『彼』――青沼達也が開設したものである。

明良がこのブログの存在を知ったのは、二日前、久しぶりのオフを達幸と共に自宅で過ごしていた時のことだった。『青い焰』のオーディションに達幸の異母弟、青沼達也が応募してきたと達幸に教えた、まさにその直後である。

否応無しに関わっていくことになるだろう異母弟と、どう接していくべきか。

真剣に話し合おうとした明良を達幸はいつものように押し倒し、抱き潰した。そしてまたいつものように明良の中に入ったまま、貴重なオフ日を終えようとしていたところに、松尾から一報が入り、達也がブログを開設したことを知らされたのである。

達幸の異母弟とはいえ、駆け出しの新人でしかない達也のブログを、社長の右腕ともいわれる松尾がわざわざ気にかけるのには理由がある。

達也のブログのプロフィール欄には、生年月日や血液型などの情報と共に、『兄は俳優の青沼幸』と表記されていたのだ。同時にアップされていた記事はごくありふれた日常を綴《つづ》ったもので、達幸について触れてはいなかったが、逆にそれが閲覧者の興味と関心を煽り立ててしまったらしい。

このご時世に、達幸がＳＮＳアカウントの一つも持っていないのもいけなかった。達幸の個人情報に飢えていたファンによって、ブログは瞬く間に拡散されたのだ。『青沼達也』がしばらくＳＮＳのホットワードにランクインし続けたほどである。

ちなみに、エテルネは別段、所属アーティストにＳＮＳを禁じているわけではない。

個人情報をみだりに明かさない、公開前の情報を載せない、などの最低限のルールはあるが、それ以外は各自の判断に任せている。むしろ、ファンのためにも積極的に活用するよう推奨しているくらいだ。

達幸に限って使わせないのは、仕事を離れれば…否、仕事の間でも明良しか頭に無い達幸に世界と繋がるツールなど与えたら、明良に対する愛情や妄想ばかり呟き続け、ファンのイメージを崩しまくってしまうのがわかりきっていたからである。

バラエティ系の番組にも出演せず、インタビューなどもめったに受けないのも、もったいぶっているのではなく、ひとえにファンを思い遣ってのことだ。それがかえって謎めいた空気を演出し、青沼幸の人気を高める一因になったのは、達幸の強運ゆえか。

しかし、そんな事情など知るよしも無い人々は、達也自身と、達也が発信する情報に飛び付いた。結果、達也のブログは新人としては異例のアクセス数を記録し、影響はエテルネにまで及んだ。

達也と達幸の繋がりを知った業界各社から、二人をぜひセットで起用したいという依頼が殺到したのだ。断っても断ってもきりが無く、営業スタッフだけでは手が足りず、マネージャー補佐の明良さえ、時間が空けばこうして対応に駆り出される有り様である。

「本当なら、鳴谷さんには幸のケアだけに専念して欲しいのですが…」

申し訳無さそうにうつむいた松尾に、明良は慌てて手を振った。

「とんでもない。皆さんがこんなに大変なのに、僕だけ特別扱いされるわけにはいきませんよ」

一時間ほど前、達幸が出演予定のドラマの脚本に、大幅な変更が発生したと連絡が入った。共演者の一人が事故で入院してしまい、急遽《きゆうきよ》、代役があてられることになったのだ。

不運にも、変更されたその役と最も絡みが多いのが、達幸の演じる役だった。さらに、撮影開始日は明日に迫っていたにもかかわらず、脚本家が妥協せず新たな脚本を書き下ろしたため、達幸はシナリオをほぼ一から覚え直すはめになってしまったのである。

そこで、達幸が次のスケジュールまでの空き時間を利用し、届けられたばかりの新しい台本を別室でチェックする間、明良は電話応対の助っ人を務めていたのだ。

松尾は達幸に付いていていいと言ってくれたし、達幸は膝の上に乗っていて欲しいと懇願してきたが、鳴りっぱなしの電話や、応対に追われる同僚の姿を目の当たりにしてしまえば、どちらの申し出も受け容れられるわけがない。

そもそもエテルネが右肩上がりの業績に反して少数精鋭なのは、社長の方針もあるが、九割方は達幸のせいなのだ。人気絶頂の俳優・青沼幸が、実は明良の犬に過ぎないのだという秘密を決して外に漏らさず、墓の中まで持っていける。そんな人材は、そうそう見付かるものではない。

「特別扱いだなんて、それこそとんでもないことですよ。鳴谷さんには、うちで一番大変な仕事をほぼ丸投げしてしまっているわけですから…」

「あーちゃん、あーちゃんあーちゃんあーちゃんっ!」

松尾が言い終える前に、オフィスの入り口のドアがばんっと開いた。

息せき切って駆け込んできたのは、達幸だ。

あれほど人前では明良と呼べと言っているのに、少しでも興奮したり離れ離れにされたりすると、すぐに忘れてしまう。

「……っ」

ぎらつく青い目に捕らわれた瞬間、全身の力を抜いたのは、今後の展開が悲しいくらいに読めてしまったせいだ。

案の定、数歩で明良の元までたどり着いた達幸は、明良の両脇に腕を差し入れるや、軽々と抱き上げる。幼子に『高い高い』をする父親のように。

「あーちゃん…っ、会いたかった、あーちゃん…!」

「……」

ちゅちゅちゅちゅっと無数の口付けを散らした後は、頬を擦り寄せ、抱え上げたままきつく抱き締める。

もしも事情を知らぬ誰かが見ていたなら、何年も逢えなかった恋人同士が、ようやく再会を果たしたのかと思ったことだろう。

実際は、ほんの一時間足らず離れていただけで、しかも同じ建物の中に居たのだが。

「あーちゃん、誰にも虐められなかった？ ちゃんと、俺のことだけ、考えててくれた？」

少しだけ顔を離し、問いかけてくる達幸の表情は、真剣そのものだ。

「ああ」

「あーちゃんの犬、俺だけ？ …他の雄のこと、好きになったりしてない？」

「ああ、もちろんだ。僕の犬は、お前だけだよ」

「…っ、あ、…あーちゃんっ…！」

くしゃくしゃにした顔を、達幸が勢い良く明良の肩口に埋めてくる。

ぐりぐりと擦り付けられ、スーツに涙の染みを付けられても、明良は抵抗一つしなかった。その間に、松尾は達也のブログが表示されていたパソコンを落とし、証拠を隠滅する。

――ほら、ね？ 一番大変な仕事でしょう？

達幸の肩越しに投げかけられる同情に満ちた眼差

しが、雄弁にそう物語っていた。

明良は溜め息を漏らしたくなるのを堪え、嗚咽が弱まったタイミングを狙い、達幸の頭をぽんぽんと優しく叩いてやる。

「…達幸、達幸。ほら、いい加減に泣き止め。次の撮影の時間になるぞ」

「…あーちゃん…」

「あーちゃん、じゃなくて明良だろ。僕の可愛い犬は、僕との約束を忘れたりしないよな？」

我ながらあざといのを承知で、可愛い、のあたりを思いきり強調してやる。

すると達幸は予想に違わず、がばっと勢い良く顔を上げた。青い目を、きらきらと宝石のように輝かせて。

「あーちゃ…っ、…明良、明良っ！　俺、可愛い？　可愛くて、いい犬？」

「ああ、お前は可愛くて、いい犬だよ。…そろそろ下ろしてくれたら、もっと可愛いんだけどな」

エテルネの社員は大半が達幸の特殊な性質を承知しており、松尾が常に周囲を警戒してくれているとはいえ、いつ突然の来客があるかわからない。

さっさと下ろして欲しいのに、達幸は明良を抱え上げたまま、いっそう強く腕の中に囲い込んでしまう。

「…こ、こら…っ、達幸！　苦しいってば…」

「……まだ、駄目」

明良の抵抗をあっさりと封じ込め、達幸は耳元で囁きかける。

「まだ……、明良が、足りない。これから外に出なくちゃならないんだから……、もっともっと、明良を、いっぱいに、しなきゃ……」

「達幸……」

「俺……、いい犬。明良の、明良だけの、可愛くて、いい犬……」

苦しげな囁きに、がさがさ、ごそごそ、ねちゅり、という音が交じる。達幸が明良の耳孔に高い鼻先を埋め、匂いを嗅ぎまくり、それだけでは我慢しきれず、舌を侵入させたのだ。

無防備な項を舐め回し、吸い上げて紅い痕を刻まないあたり、達幸としては場所柄をわきまえているつもりなのだろう。ここが二人の住むマンションなら、明良は今頃、ベッドに引きずり込まれ、全身を達幸の唾液まみれにされているはずだ。

明良が密かに眼差しを送ると、松尾は己の腕時計を明良に向け、頷いてみせた。多少の遅れは気にしなくていいから付き合ってやれ、というサインだ。

時に、明良よりもよほど達幸に甘いのではないかと思うこともある松尾だが、他人の目に触れやすい場所での奇行には厳しい男である。

にもかかわらず、最近、こういった達幸の行動を大目に見ることが多いのは、やはり達也の影響を慮《おもんぱか》るがゆえだろう。

――二日前。

同じ道を歩み始めた異母弟が己の前に現れようとしているのだと知らされ、達幸は大きく動揺した。

『俺…、俺の中、あーちゃんしか居ないのに…他の奴なんか、居ちゃ駄目なのに…っ…』

『…俺…っ、あーちゃん以外の奴のこと、頭の中に、入れちゃった…ごめん…、ごめんなさい…っ』

血を吐くような叫びに、明良もまた、自分でも驚くほど複雑な気持ちを抱いたものだ。

明良の存在はそこまで達幸の中に根を張っているのかという驚き、達幸にとって明良だけが最大にして唯一の大切な飼い主なのだという歓喜……そして、そんな達幸でさえ、肉親という存在は容易には断ち切れないのだという切なさ。

考えてみれば、当たり前のことなのだ。

明良とて、敬愛する父が自分より達幸の方を可愛がっていると思い込み、背を向けている間、本当は父にこちらを向いて欲しくて仕方が無かった。

折り合いが悪かった実母にだって、息子としての情が全く無いわけではない。何かあればうろたえるし、亡くなりでもすれば悲しむだろう。

子どもは親を選べない。どんな親でも、子どもにとっては唯一の存在なのだ。

重々承知していたはずなのに、鳴谷家に引き取られて以来、家族についてひと言も言及しなかった達幸は、もう肉親など忘れ果てているのだと、思い込んでしまっていた。

……おそらく、達幸には、そこまで家族の存在に心を囚われているという自覚は無いだろう。

明良以外を頭の中に入れてしまったから、ショックを受けている。それもあくまで一時的なもので、時間が経てばすぐに忘れてしまう。そう思い込んでいるはずだ。

実際、ずっと一緒に居る、絶対に離れないと明良が約束してやれば、達幸はいつもの調子を取り戻し、精根尽き果てるまで明良を貪った。

けれど本当は、達幸自身すら気付かぬうちに、よみがえった家族の記憶は達幸を少しずつむしばんでいる。明良にはそう感じられてならない。

いつもは堪えられる場面で、明良に手を伸ばすようになった。いつもは秘めていられる衝動を、抑えきれなくなった。いつもは明良と呼べていたのに、マンションの外でもためらい無くあーちゃんと呼ぶようになった。

一つずつは、ほんのささいな変化だが、積み重なれば不審を覚えざるを得なかった。達幸は達也を意識している。家族から受けた惨《むご》い仕打ちを思い出し、ひどく不安定な状態に陥りつつあるのではないか……と。

だから明良は松尾に相談し、対策を立てたのだ。達幸に聞かれる可能性のある場所では、達也の名を呼ばないのもその一つ。

他には、『青い焔』のオーディションについて、達幸には必要最低限の情報しか与えない。達也との共演を打診する依頼は絶対に耳に入れない、など、可能な限り達也の情報を遮断する方針である。

本来なら、達也を書類選考の段階でふるい落としてしまうのが一番良かったのだろう。

松尾もエテルネの社長も、プロデューサーには何度も掛け合ってくれた。だが、プロデューサーはなかなか色よい返事をくれず、そのうち達也がブログで達幸の異母弟であることを公表してしまい、もはや誰も達也のオーディション参加は止められなくなったのである。当然、達也もそこまで見越した上で行動したのだろう。

……嫌な気分だ。まだ一度も逢ったことの無い、駆け出しの新人でしかないはずの達也の思惑に、まんまと乗せられてしまっている。

今はまだ小さな波紋だが、いつか巨大な渦を巻き起こし、押し寄せてくるのではないか……。

「……あー、ちゃ…、明良……」

ねろりと耳孔の内側をなぞり上げ、唾液の糸を引きながら、達幸の舌が名残惜しそうに出ていく。

ぞくり……と、背筋を這い上がった快感に、胸に芽生えた小さな不安は掻き消された。

「…ぁっ…」

呑み込みきれなかった喘《あえ》ぎが、唇から零れ落ち、明良は頬を真っ赤に染めた。

耳の穴なんて、普通、感じる場所ではない。

でも、明良のそこは、達幸の執拗な愛撫《あいぶ》に晒され続けるうちに、すっかり性感帯にされてしまった。

今では、たまに自分で耳掃除をする時でさえ、うっかり快感を拾ってしまうほどだ。

「…も、もう、いい加減にしろっ…」

ようやく床に下ろされるや、達幸の手が伸びてきて、明良はばっと後ずさった。そのまま給湯室に駆け込み、備え付けのウェットティッシュで手早く耳を拭くと、オフィスに取って返す。

「俺が拭いてあげようと思ったのに…」

ハンカチ片手に、達幸が残念そうに言った。

だと思ったからこそ、自分で清めたのだ。濡らされ、性感を煽られた部分を達幸に触れられてしまったら、身体が本格的に熱を帯びかねない。

「鴫谷さん、裏口に車を手配しました。そろそろ一階に下りて、待機して下さい」

何事も無かったように指示してくれる松尾の気配りが、心底ありがたい。

明良は達幸に支度をさせ、一階に下りると、松尾が手配してくれた車に乗り込んだ。

「…そういえば、お前、変更後の台本はどこにやったんだ？　さっき、何も持ってなかったよな？」

車が発進すると、明良は口早に問いかけた。

車窓に向けた目は、流れてゆく景色を、見ているようで見ていない。台本の行方だって、本当はどうでも良かった。

ただ、狭い密室の中、沈黙を保っていたくないだけだ。後部座席に並んで座った達幸の視線が、明良の全身を這い回るのを、痛いくらいに感じてしまうから。

——俺の、匂い……。

ウェットティッシュで綺麗に拭い去ったはずの達幸の匂いが鼻腔をかすめたとたん、毎夜、ベッドの中で吹き込まれる達幸のねっとりとした囁きがよみがえった。

——俺の匂い…、あーちゃんから、俺の匂いがする……ふ、ぐふ、ふふふふふっ……。

「台本なら、全部覚えたから捨てちゃった。あの程度の変更なら、別に、今日から撮影に入ったって良かったのに」

じん、と広まりそうになる熱を堪えていると、達幸は何でもないふうに答えた。

共演者たちが聞いたら怒り狂いそうな言い分だが、ただ事実を述べているだけである。どんなに分厚い台本も、達幸は一度読めば完璧に暗記してしまうのだ。

「そういうわけにはいかないだろう。お前は良くても、他が付いて行けないんだから」

「明良」

呼びかける声が、さっきよりもほんの少しだけ大きく聞こえた。

つかの間、再び漂う達幸の匂い。

明良は膝の上に置いた拳をぐっと握り込み、身の内でざわつく血を抑える。

……駄目だ、駄目。振り返るな。何も感じていないふりをしろ。でないと、でないと……。

「特に、今回の相手役の子は、所属していたアイドルグループを脱退して、女優に転向したばっかりだから。まだ台本もろくに覚えられないって、松尾さんが」

「……ねえ、明良」

窓の外に輝いていた太陽が、背後からぬっと回ってきた大きな掌にさえぎられた。突如暗くなった視界に目をしばたたく間も無く、項を濡れた柔らかいものが這い上がる。

「…あっ…」

「明良…、明良、あぁ…、明良、あーちゃん…」

かざされていた手がまぶたを覆った。左の太腿にぴたりと密着したのは、達幸の太腿だろう。互いにズボンを穿いているのに、ベッドの中、裸で絡み合う時よりも熱く感じるのは何故なのか。

耳朶の付け根のあたりを、尖《とが》らせた舌先でぐりぐりと抉《えぐ》られる。

「…っ、駄目だ、達幸…離れろ…」

ついさっき、耳孔をびしょびしょに濡らされた感覚がよみがえりそうになり、明良は弱々しくもがいた。

この車は運転席と後部座席の間に仕切りがあるが、大きな声を出したり、暴れたりすれば運転手に気付かれてしまう。いくら理解があるといっても、同じ職場で働く同僚に、こんなところを進んで見せたくはない。

だが、達幸は明良の気も知らず、せっかく清めたばかりの耳孔に舌を侵入させるのだ。ぬぽぬぽと、ベッドでの交接を連想させるかのように抜き差ししながら。

「だって、あーちゃん…明良。俺、まだ、明良が足りないもの」

「…ひ、ぁ…っ、あ、…っ…」

「さっきのだけじゃ、全然、足りないんだもの。明良が…あーちゃんが…明良が、あーちゃんが、明良が…」

『明良』と『あーちゃん』。

交互に入れ替わる呼び方は、達幸自身、理性と欲望の狭間で葛藤している証拠なのかもしれない。

明良の一番いい飼い犬である達幸はこんなところで盛ってはいけないと理解し、自制を試みているのに、雄であり恋人である達幸は、理性を食い破ろうとしている。

達幸がマンションの外で欲望を暴走させるのは、いつものことだ。珍しくもない。

たとえ運転手に気付かれてしまおうと、肘鉄《ひじてつ》でも喰らわせ、止めればいい。明良がお仕置き――目も合わせず、口もきかない――をちらつかせれば、達幸も思いとどまるだろう。

「…んっ、うぅ…っ」

そうとわかっていてもなお、明良はなかなか拒絶の言葉を紡げない。肉親であるはずの者たちと暮らしていた頃の凄惨《せいさん》な思い出を、他人事のように語っていた達幸の姿が、脳裏をちらついてしまうから。

達幸の家族…そう呼ぶのもためらってしまうが、彼らは達幸を虐待していた。達幸が漏らした断片的な話だけでも断言出来る。

実際に彼らと対峙し、達幸を引き取ることを決めた父の公明なら、さらに詳しい事情を把握しているだろう。吐き気を催すような話なのは間違いないが、いずれ機会を見付け、聞き出さねばなるまい。達幸を守るためにも。

しかし、最大の問題は、達幸自身に虐待されたという自覚が無いことなのだ。

幼い頃に受けた虐待は、心に深い傷を刻み、大人になっても疼《うず》くもの。それが当然だ。

つらかった過去がよみがえり、そちらに気を取られてしまうのは、恥ずかしいことでも情けないことでもない。人間なら当たり前だ。

けれど、そもそも虐待の被害者であるという自覚が無い上、明良の一番いい犬を自負する達幸は、家族の記憶を思い出してしまうこと自体が罪だと信じ込んでいる。そこに達也の身勝手な行動が重なり、焦燥をいっそう煽るのだ。まだ見ぬ達幸の家族や、達也に対する苛立ちと嫌悪感は、つのる一方である。

「…、…あーちゃん、…あき、…あーちゃん…」

ぐるぐると考えるうちに、とうとう、『あーちゃん』

から『明良』に戻らなくなってしまった。

……まずい！

もう限界だ。お仕置きを発動し、我慢のきかない駄犬を止めなければならない。さもなくば、とんでもないことになってしまう。

直感に従い、口を開こうとした明良だったが、少々遅かった。開きかけた口を、達幸の大きな掌に塞がれてしまったのだ。

「すみません」

塞ぐ手はそのままに、達幸は運転席と後部座席の仕切りを叩いた。気が付いた運転手が速度を緩め、ハザードを出しながら路肩に停車する。

「どうかしましたか？」

「ちょっと、マネージャーの気分が悪くなったみたいで…出来れば、どこか洗面所のあるところに寄って欲しいんですが…」

振り返った運転手に、達幸はさも心配そうに申し出た。大きな身体で巧みに運転手の視界をさえぎっているから、運転席から明良の姿は見えないはずだ。

当然、『お前、どこからそんな生真面目そうな声を出してるんだ』という明良の心の叫びも届くことは無い。

「ええと…ああ、近くにコンビニがあるみたいですから、そこに寄りましょうか」

何も知らない運転手は、手早くカーナビを検索してくれた。達幸が頷くと、再び車を発進させる。

「十分くらいで戻りますから」

最寄りのコンビニに到着すると、達幸は善意の運転手にそう告げ、車を降りた。当然、明良も達幸に抱きかかえられるような格好で一緒に降ろされている。

ここが二人きりのマンションなら…せめてオフィスの中なら、言い付けを聞けない駄犬をなりふり構わず突き飛ばし、逃げ出すことも出来る。

だが、まばらにでも客の居る店内では、明良もおとなしくするしかない。達幸はこれでも芸能人で、今は達也のせいで注目度もいや増す一方なのだ。いつ、ファンと遭遇してもおかしくはない。

当然、達幸は明良がそう考えることを承知の上でやっている。この知能と応用力をもっと本業に発揮してくれればと、松尾が嘆くのも無理は無い。

使用中だったらいいのにという明良の願いも虚しく、コンビニのトイレは空室だった。最近、改装されたばかりらしい室内は掃除が行き届いており、大人の男二人が入っても何とか動けるだけの広さもある。

「あーちゃん…、あーちゃんっ……」

「達幸っ、…ぁっ…」

半ば突き飛ばすかのように明良を洋式便器に座らせるや、達幸は後ろ手に鍵をかけ、広げさせた明良の脚の間にひざまずいた。そこからベルトを外され、下着ごとズボンを引きずり下ろされるまで、一分もかからなかっただろう。

「……あーちゃんっ！」

邪魔なシャツをまくり上げ、露わになった明良の性器がわずかに熱を帯びているのを見るや、達幸は青い目に歓喜を漲らせた。

耳朶を舐めまくられるだけで明良が快感を得てくれたのが、よほど嬉しいらしい。たったあれだけのことでと、明良は恥ずかしさのあまり、己の股間から目を逸らさずにはいられないというのに。

さらけ出された性器が、熱い口内にねっとりと包まれた。

「……っ、ぁ、…は、…ぁぁっ……」

背筋がひとりでにしなり、うっすらと開いた唇から濡れた声が零れそうになる。とっさに掌で口を塞ごうとしたとたん、肉茎にやんわりと歯が立てられた。

「…んんぅっ、うっ…」

痛みはほとんど無かったが、突然のことに驚く明良の手を、達幸は己の頭に置かせる。手首をしっかりと摑まれてしまっていては、もはや、溢れる嬌声を抑えるすべは無い。

「こ…、のっ…、達幸っ……」

……人がせっかく、ばれないよう必死に努力してるっていうのに……！

股間でうごめく男を思わず睨み付けようとして、明良はぎくりと硬直した。こちらをじっと見上げたままだった目が、ぎらぎらと輝いていたからだ。

——見て、くれた。

声よりも雄弁な眼差しが、明良に突き刺さる。

——呼んで、くれた。俺のこと…、あーちゃんが、俺の…。

「ひ…、ぁ…」

窄《すぼ》めた頬で根元からぬぽぉっと扱き上げられ、達幸のものに比べればずいぶんとささやかな先端に、美味そうに喰らい付かれる。

「あ…っ、あ、あー……!」

びくん、びくんとわななく尻に合わせ、便座ががたがたと揺れた。

まだ触れられてもいない蕾が、毎夜銜え込まされているものを勝手に思い出し、ざわめいている。まぐわう前、一滴も出なくなるまで精液を搾り取られるのは、もう肌身に染み付いた日常となりつつあるのだ。

「…あ、あぁ…っ、だ、…め、駄目…だ、達幸…」

かぶりを振りながら、明良はだんだんわからなくなってきた。

駄目なのは、一体、何なのか。いつ、誰に露見してもおかしくない場所で欲しがる達幸なのか…それとも、こんな時にさえ感じてしまう、みっともない自分自身なのか。

「あっ……、あぁぁ……っ!」

とうとう、堪えきれなかった。ほとばしってしまった。唇からは、快感に濡れた嬌声が。達幸に喰らい付かれた肉茎からは、熱い飛沫が。

んく、んく、んく……。

昨夜も涸れ果てるまで搾り取られたのだから、今、出したのはほんのささやかな量でしかないのに、達幸は何度も喉を鳴らし、頭を振りたて、たっぷりと時間をかけて呑み込んでいく。

喉に絡み付く感覚さえも、愛しい飼い主からの愛撫だとばかりに堪能する。

「…ぁ、…はぁ、は…あ…」

明良は胸を上下させながら、股間でうごめく男を見下ろすしかなかった。下着とズボンは達幸が性器を貪るたびにずり落ち、今や足首のあたりにわだかまっている。

せめて、欲情に染まりきった息をひっきりなしに零してしまう口を覆いたいのは山々だが、明良の手は未だ、達幸の頭に固定されている。

時折、固定されたその手が達幸によって左右に動かされるのは、もしかしなくても、『いい子いい子』をさせられているのだろう。

かつて、明良が飼い犬のタツの頭を撫でてやるたび、達幸は心底羨ましそうにタツを見詰めていた。いや、睨んでいた。タツの頭を叩いたり噛み付いたりして、明良に叱られたことは数え切れない。

――俺の。俺の。あーちゃんのお手々も、もう、タツのじゃない。全部、俺の。ねえ、そうでしょう？そうだよね？

時折、こちらに投げかけられる青い目が、無言で明良に答えを求める。

無視すればまた、萎えた性器に喰い付かれるのは明白だったので、明良は動かせない手の代わりに太腿できゅっと男の頭を挟み込んだ。

「…僕の犬は、お前だけ、だから」

「…っ、んっ、あーちゃん……！」

ようやく性器を解放した――というより、歓喜の声を上げた弾みでぽろりと唇から零した達幸が、洋式トイレのタンクにもたれた明良の上半身に縋《すが》り付いてくる。

「あーちゃん…、好き、好き、好き…」

すりすりと頬をすり寄せられてはちゅっちゅっと口付けをちりばめられ、舐め回され、また頬をすり寄せられる。それを五回ほど繰り返され、そろそろ頬肉がふやけてしまいそうだと半ば本気で心配になってきた頃、達幸はやっと明良から離れた。

腕時計を確認し、何やら頷いている姿に、明良もほっとする。時間の感覚は定かではないが、自分たちがコンビニに入って少なくとももう五分以上は確実に経過しているだろう。さすがの達幸も、そろそ

ろ車に戻らなければ次のスケジュールが危ないこと
くらいは承知しているようだ。

しかし、安堵するのは早すぎた。

「……あーちゃん」

「え、……っ⁉」

とにかく身繕いを済ませなければと、ふらつく脚でどうにか立ち上がったとたん、とん、と背中を押された。反射的に目の前の壁に手をつけば、期せずして、無防備な尻を達幸に突き出す格好になってしまう。

尻のあわいに息づく蕾が――今日はまだ一度も雄を銜え込まされていないはずのそこがかすかに水気を帯び、ふっくらとほころんでいるのがわかる。

「…ちっ、違う、達幸。これは…！」

じゅるり、と涎《よだれ》をすする音が背後から聞こえ、明良は泡を食って言い繕おうとした。

……これは、お前がしつこく前をしゃぶりまくったから、伝ってきた唾液で濡れたんであって、断じて僕が濡らしたんじゃない！

女と違って、男は己自身で濡れることは無い。ごく当たり前の常識を、達幸はいつまで経っても、何度言い聞かせても理解してくれないのだ。達幸を受け容れるため、明良の身体が変化してくれていると…いや、己の飼い主は他の人間とどこか違うのだと頭から思い込んでいるふしがある。

「…こ、れは…、っ…」

だが、肩越しに振り返った瞬間、明良はそのままの体勢で固まってしまった。いつの間にかくつろげられた達幸のズボンの股間にそそり勃つモノを、しっかりと目撃してしまったのだ。

「…お前…、まさか…」

まさか、こんなところで最後までするつもりなのか。回復しきってもいない明良の精液をすすって、それで満足したと思っていたのに。

一度、こうなってしまった達幸が明良の中に放たずして終われることなど無いと重々理解していても、願わずにはいられなかった。ただの白昼夢であって欲しいと。

「大丈夫、あーちゃん。俺、いい犬だから」

けれど、現実でしかありえなかった。誇らしげな声音も、喜色の滲んだ鮮やかな青い目も、尻たぶを割り開く手の力強さも、全て。

「俺は、あーちゃんの飲ませてもらったから…今度は、あーちゃんに、俺の匂いをつけてあげるだけ。ちょっとだけだから、大丈夫」

したたるほどの先走りに濡れそぼった先端が、むっちりとあてがわれる。今日はまだ、一度も拓かれていない入り口に。

「ふざけるな…、…っあ、……っ！」

ろくに拡がっていない隘路を、強引に割り開かれていく。とっさに口を覆い、溢れ出そうになった悲鳴を堪えたのは英断だったと、明良はすぐに思い知らされることになった。

「……すみませーん、ちょっといいですかー？」

トイレのスライドドア越しに、客とおぼしき男性の声が小さく漏れ聞こえてきたのだ。トイレの外は、確か雑誌売り場だったはずである。

「…はい、どうしましたか？」

「探してる本があるんですけど…」

男性は、駆け付けてきた店員と、そのままトイレのドアの前で立ち話を始めた。明良たちが籠もっている個室との間には小さな洗面所があるが、大きな声でも上げれば、彼らには筒抜けになってしまうに違いない。

火照りかけていた背筋に、つうっと、冷や汗が伝い落ちる。

「…ふ、うふ、ふ、あーちゃん…、あーちゃん…」

絶対に嬌声を漏らすまいと口を押さえ、荒い呼吸さえも可能な限り殺そうとする明良を嘲笑うかのように、達幸はずぶずぶと明良の中に猛る雄を沈めていく。

遠慮会釈《えんりょえしゃく》無く入り込んできた肉の凶器に己の媚肉がざわめきながら絡み付く感覚も、燃えるような熱さに胎内が馴染み、蕩かされていく感覚も、ベッドで犯されている時よりも強く感じてしまうのは、皮肉としかいいようが無い。

「…ッ、う、…ふ、…っ…」

「あーちゃん…、ね、あーちゃん…」

明良の耳朶を食むようにして囁きながら、達幸は背後から腕を回し、壁に手をついた。ちょうど、明良の目線の位置に達幸の腕時計がある。

にわかに襲ってきた嫌な予感は、的中した。

「あーちゃん…、俺のこと、好き……？」

「…、ふ、ぁ、…っ…」

「駄目。ちゃあんと、好きって言って」

小刻みに突き上げられ、腹の中を掻き混ぜられつつもがくがくと頷いた明良に、そう甘くねだる達幸は、悪魔としか思えなかった。

「俺のこと…、好きって。そうすれば…、俺、すぐにあーちゃんのナカに、出すから……」

「…ぁ、な、っ…」

「言ってくれなきゃ……、あーちゃんのお腹、いつもとおんなじくらい、ぐちゅぐちゅって、しなきゃ、俺…、いけない、よ？」

「お、前…っ…」

何を考えてるんだ！　と衝動のままぶちまけてしまいそうになった怒号を、明良はすんでのところで呑み込んだ。

達幸の腕時計は、コンビニに入ってから五分以上経過したことを示している。あと十分もすれば、なかなか戻らない二人を心配した運転手が、店内まで様子を窺《うかが》いに来てしまうだろう。

しかし、ねだられるがまま『好き』と言ってやろうにも、今の状態で口を塞いでいる手を外してしまえば、抑え込んでいる嬌声までもが溢れ、客や店員に怪しまれるかもしれない。

このまま、いつも通り胎内が火傷しそうなほど長い間擦り上げられ、ことが運転手に露見するか。

店員たちに怪しまれるのを覚悟の上で、達幸の願いを叶えてやるか。

「ふ…、く、…ん、ぅっ…」

どちらに転んでも絶望的な二択を突き付けられ、喘ぐ明良に、達幸はもう一つの道を示す。いつもなら頑丈なベッドが軋むほど突き上げているはずの腹

の中に、ふてぶてしく収まったまま。

「言えないんだったら…、ぎゅって、して…?」

「…ぁ、…は、…ん…っ…」

「俺のこと…、ここで、ぎゅって…、ね?」

　太いものを嵌め込まれ、わななく尻の丸みを撫でた手が、繋がった部分をぐるりとなぞる。今さら、達幸の願望がわからないほど、明良も純情ではない。

　胎内の達幸を締め上げ、その刺激だけでいかせろと要求されているのだ。

　……この駄犬！　今がどういう時か、ちゃんと理解してるんだろうな⁉

　快感に溶けかけていた頭が、真っ赤に染め上げられる。

　だが、催促するように奥を深々と抉られ、揺れる視界が達幸の腕時計を捉えると、怒りは焦燥に取って代わられてしまうのだ。

　そろそろ、車を離れて十分近くが経とうとしている。これ以上ことが長引けば、様子を窺いに来た運転手が店員に事情を話し、トイレの中まで踏み込んでくるかもしれない。明良たちがトイレに向かったことは、知られているのだから。

　明良はきつく目を瞑《つむ》った。

　ここしか居場所が無いのだと言わんばかりに腹の中を占領するものを、あらん限りの力で締め付けてやれば、快感に上擦った声が項をくすぐる。

「…あ、…あーちゃんっ…」

　ぐん、と大きくなったものが、ぶるぶると腹の中で打ち震えた。絶頂は、そう遠くはないようだ。

「あーちゃん…、好き…っ、あーちゃん…」

「…ん…っ、…う、…ん、んんっ…」

「あーちゃんは俺の…、俺だけの…」

　背後で零れ続ける囁きが、常とは違う響きを帯びていることも、その目がここには居ない誰かを威嚇《いかく》するように揺らめいていることも、今の明良には気付く余裕すら無い。

　今の明良に出来るのは、ともすれば漏れ落ちそうになる喘ぎを堪え、強弱をつけ、達幸を絞りたててやることだけ。

……早く、早くいってくれ。でないと…、頭が、蕩けて、おかしくなる……。

「……誰にも、渡さない……っ」

「ン、……！」

ぶしゃあっと噴き上げ、敏感すぎる内壁に叩き付けられた大量の精液を、明良は己の手に嚙み付きながら受け止めた。

達幸から贈られたシルバーの腕時計にちらりと視線を落とすと、午前十時三十分を差していた。そろそろ刻限だ。廊下の方から聞こえてくるざわめきも、だんだん大きくなっている。

「……、っと」

漏らしかけた溜め息を、鴫谷明良は慌てて呑み込んだ。ここは関係者用に設けられた控え室で、達幸は遠く離れたテレビ局でドラマの撮り直しの真っ最中である。溜め息一つ、聞こえるはずはないだろう……と、たかを括ってしまえないのが達幸という男だ。

いや、犬だ。

動物の犬は人間には聞き取れない周波数の音も拾うというが、明良の飼い犬を自負する達幸にも同様の能力があるに違いないと、明良は常々疑っている。幼い頃から、どんなに離れていても、明良が苦しんでいたり悲しい想いをしていたりすると『あーちゃんをいじめるな！』と拳を振り回しながら達幸が飛んでくる。それが日常茶飯事だったのだから。

ましてや、今は時が時だ。自重するに越したことは無い。

……とうとう、この日が来たか……。

スタッフが運んできてくれたばかりのコーヒーを啜り、明良は再びこぼれかけた溜め息を堪える。

青沼達也——達幸の異母弟は、大方の予想通り、一次選考を通過した。今日の二次選考も突破すれば、最終選考に進むことになる。その審査員には、達幸も名を連ねている。

本来ならば、明良がこうして二次選考会場を訪れる必要など無かった。

だが、脚本変更によるドラマの撮り直しが予想外に長引き、オーディションの開催日時と達幸の撮影時間がぴったり重なると判明した時、神様に背中を押された気がしたのだ。

達也がどんな人間なのか、達幸の居ないところで確認しておくべきだと。

達也が最終選考に進んでしまえば、達幸は会話を交わしたことも無い異母弟と対面しなければならなくなる。その前に、明良が少しでも達也の人となりを把握しておけば、達幸のストレスを和らげてやれるのではないか。そう考えたのだ。

『鳴谷さんが青沼達也の匂いをさせていたら、そちらの方が幸にはストレスになると思うんですが…』

協力を乞われた松尾は、最初、明良の提案にあまり乗り気ではなかった。

よほど濃密に接触しなければ移りようの無いはずの体臭が嗅ぎ取られるのを前提にしているあたり、達幸との付き合いの長さや苦労のほどを窺わせ、明良は何とも言えない連帯感を覚えてしまう。

『青沼達也には、こちらからは近付かないよう注意します。あくまで、関係者に交じって遠くから見るだけですから』

それでも明良が必死に言い募ると、松尾は渋々だが協力を約束してくれた。

達也は所属事務所のアクトにがっちり囲い込まれ、オーディションやブログ以外にこれといった露出も無いため、松尾の手腕をもってしても有益な情報が集まらない。達幸の飼い主である明良が実際の達也を観察し、報告を受けられるのなら有益だと判断したらしい。さすがに達幸も遠くから見たくらいの男の匂いなんて嗅ぎ取れませんよ、と保証したのも、説得成功の大きな要因だっただろうが。

そして今日、明良は何も知らない達幸をテレビ局に送り届けた後、松尾と入れ替わり、渋谷《しぶや》にあるオーディション会場に潜り込んだのだ。松尾がスタッフに話を通しておいてくれたおかげで、明良専用の控え室を用意してもらえたから、達也や候補者たちと鉢合わせする心配は無い。

　達幸には、控え室で待っているからと告げてある。達也の出番が終わったら、駐車場で待機してくれているスタッフの車に戻り、テレビ局に引き返すのだ。

　今日はNGを連発する相手役の新人女優との絡みが多いので、撮影にはいつもより時間がかかる。多少オーディションの進行に狂いが生じても、達幸が引き上げてくる前に戻れるはずだ。

　もし撮影中、明良に会いたいと駄々をこねても、達幸の扱いを熟知した松尾が言いくるめてくれる。

　作戦としては単純だが、策を弄すれば弄するほど、知能だけは妙に高い上、異常に勘の鋭い達幸に看破されてしまう恐れがあった。あの能力と情熱をもっと演技の方に活かしてくれたらいいのに…と頭を抱えたのは、明良だけではない。

『明良、俺、良い子で頑張るから。明良も、ここであったかくして待っててね』

　撮影に入る直前、ソファに横たわった明良の靴下を脱がせ、達幸は何度も頬をすり寄せていた。泣きそうだった顔を思い出すと、罪悪感がちくりと胸を刺す。

　ちょっと頭が痛いから、控え室で休んでいる。明良の嘘を、達幸は頭から信じ込んだ。抜け出す口実だなどと疑いもせず、いい画が撮れれば明良を元気にしてやれると張り切っているのだ。

　せめてもの罪滅ぼしに、今夜は腕によりをかけ、達幸の好物ばかりを作ってやろうか…ああ、駄目だ、体調が悪いことになっているんだから、帰ったら絶対にベッドに運び込まれる。

　あったためてあげる、というのは口先だけだ。病人らしくじっとしていたら、絶対に裸に剝かれて達幸の雄を銜え込まされる。

　お腹の中もほかほかにしなくちゃ、などと言い出したら最悪だ。達幸を孕まされ、ぎゅうぎゅうに抱き締められたまま眠らされる羽目に陥る。

　どうにかして達幸の目を明良から逸らさせる方法は無いものか…いや、そんな素晴らしいものが実在するのなら、今、明良がここに居ることも無いのだが…。

思考の泥沼に嵌まりかけた時、テーブルに置いていたスマートフォンが着信した。

まさか早速達幸が何かしでかしたのか、とはらはらしたが、かけてきたのは事務所のスタッフだ。用件も簡単な確認事項のみで、ほんの一分もかからずに通話は終わった。

ほっと胸を撫で下ろしながらスマートフォンを胸ポケットに滑り込ませ、明良は控え室を出る。さっきからコーヒーばかり飲んでいたせいで、軽い尿意を覚えたのだ。

出歩くのはなるべく控えるべきなのだが、あのまま控え室に居たら、そもそも毎晩最低でも三度は挑んでくる達幸は本当に人間なのだろうか…などという根本的な謎を真剣に考えてしまい、『あーちゃん、俺のこと呼んだよね？　飼い主に呼ばれたら駆け付けるのがいい犬の条件だもの』とか言いながら達幸がばばんと現れそうで恐ろしかった。

明良や松尾が想定する最悪の状況の、さらに斜め上をかくかくと折れ曲がりながら無軌道に突き進む。常人では行動の予測がまるでつかない。それが青沼達幸という男である。

半分だけとはいえ、達也も同じ血を引いているわけだが、達幸のような人間はこの世に達幸一人だけだと信じたい。

「…なあ。こんなことして、本当にいいのかよ。ばれたらどうするんだ」

用を足し、控え室に戻る途中の曲がり角で、潜めた話し声が聞こえてきた。

とっさに角に身を隠して奥を覗くと、オーディション参加者らしい青年が二人、フリースペースの自動販売機の前に佇んでいる。審査はもうすぐ始まるというのに、こんなところで悠長に油を売っている暇などあるのだろうか。

確か二次選考では、当日配られた台本を審査開始までに読み込み、一人あたり持ち時間五分ほどの寸劇を、審査員の前で演じなければならなかったはずだ。

台本は参加者によって異なるので、同じものは一つも無い。参加者の演技力だけでなく、応用力や機転も試したいという久世監督の意向が反映されたのである。全ての台本は多忙を極める久世自身が新たに書き下ろしたというのだから、オーディションに賭ける情熱が窺えるというものだ。

予習は不可能なので、一次選考を突破した三十数名の参加者はほとんどがエントリーを済ませてすぐ控え室にこもり、ぎりぎりまで必死に台本を読み込んでいるはずだった。実際、二人以外に参加者らしい人影は見当たらない。

「馬ぁ鹿、ばれるわけねえだろ。あいつと同室の奴ら、皆、俺らと同じ気持ちなんだから。あいつがいくら騒いだって、知らんぷりだよ」

茶髪の男がにやりと笑って請け負った。もう一人の男が、垂れ目を見開く。

「マジで？　だって同室の奴らって、アクトか関連事務所の所属だろ」

「だからだよ。同じ事務所の新人なのに、あいつばっかりひいきされてるだろ。しかも本人があんな態度じゃ、頭にも来るよ」

「まあ…、確かになあ…」

そこまで聞いただけで、明良は『あいつ』の正体を悟った。達也だ。アクト所属であからさまな売り出しをかけられている新人など、今回の参加者には達也くらいしか居ない。

どうやら達也は、青沼幸の異母弟であることや事務所の特別扱いを笠に着て、周囲の怒りと妬みを買っているようだ。そしてとうとうあの二人が、何らかの意趣返しを仕掛けようとしているらしい。相当、達也と折り合いが悪い二人なのだろう。

…だが一体、どんな意趣返しを企んでいるのだろうか？

「でも、台本が無くなったって、スタッフに言えば新しいのもらえるよな？」

「そりゃあそうさ。でも、本番寸前でこんなトラブルが起きたら、びびって演技どころじゃなくなる。あいつが騒いでる間に台本を戻しておいてやれば、あいつのうっかりミスってことに出来るだろ」

自信たっぷりな茶髪の説明が、そのまま明良の疑問に対する答えだった。

つまりあの二人は、達也がトイレか何かで席を離れた隙に台本を盗み出したのだ。そして、達也が捜し回る間に再び元の場所に戻そうとしている。同室者全員の協力が得られるのなら、簡単なことだ。

だが、その効果は絶大である。

たとえ新しい台本を用意されたとしても、経験に乏しい達也は動揺を拭いきれず、ミスを連発してしまうだろう。久世監督は実力至上主義だ。どんな事情があったとしても、本番で実力を発揮出来なかった者を通過させるとは思えない。

その後、元の場所から台本が発見され、達也の不注意だったとされれば、さらなる追い打ちをかけられる。重要なオーディションで騒ぎを起こした粗忽《そこつ》者《もの》の烙印《らくいん》を、達也に押せるのだ。

この一件だけで達也が完全に芸能界から姿を消す、という事態までには至らないだろうが、相当な痛手になるのは確実だろう。少なくとも、青沼幸の異母弟として大きな顔は出来なくなるはずである。

……何も見なかったふりをして、控え室に戻るべきか否か。

明良は迷った。

ここで達也が脱落してくれれば、達幸はこれ以上、会ったことも無い異母弟に振り回されずに済むのだ。精神的な負荷もだいぶ軽減されるだろう。エテルネに舞い込む達也との共演依頼も、ぐんと減少する。達幸にとってはいいことずくめだ。

だが、あの二人がしているのは、紛れも無く不正行為である。いくら達也が傲慢《ごうまん》で、事務所に特別扱いされているとしても、許されることではない。

考えあぐねていると、右側の通路奥にある控え室のドアが大きな音をたてて開いた。中から飛び出してきた青年の姿に、明良ははっとする。

にこやかに微笑んでいたブログの写真と異なり、余裕の無い表情を浮かべているが、あれは達也だ。ファンでもないのに毎日ブログをチェックしていたから、間違いない。

「待ちなさい、達也。台本はすぐ、新しいものをもらってくる。お前は戻って待つんだ」

後から出てきたマネージャーらしい男が、険しい顔で達也の肩を掴む。

どうやら、明良が悩んでいる間に、台本の紛失が発覚したようだ。マネージャーは達也が周囲から妬まれていることを知ってはいるだろうが、騒ぎにせず、穏便に済ませたいはずだ。

「どうしてですか。台本を盗んだ奴を捕まえてやらないと、気が済みません」

だが、達也はうっとうしそうにその手を振り払い、マネージャーを置き去りにしてずんずんと大股で歩き始めた。

台本を盗まれて落ち込むのではなく、怒り狂い、自ら犯人を捜し出すつもりなのか。達幸と血が繋がっているだけあって、なかなか荒々しい性格らしい。もっとも達幸は、明良さえ絡まなければ、誰に何をされても感情を乱したりはしないが。

そっとフリースペースを窺うと、達也が出てきたのに気付いた茶髪と垂れ目の二人が自動販売機の側を離れ、そそくさとこちらへ向かって退散しようとするところだった。

この先には明良も使った男子用トイレがある。そこに隠れ、達也をやり過ごすつもりなのだろう。だとすれば——。

己がすべきことは、一瞬で考え付いた。明良は数歩下がり、二人が来るのを待ち受ける。

「…君たち。ちょっといいですか」

「……っ⁉」

角を曲がった直後に声をかけると、二人は驚きで跳び上がった。逃げずに立ち止まったのは、明良が首から提げている関係者用パスのおかげだろう。

茶髪は笑顔を取り繕い、問いかけてきた。

「な…、何ですか？　俺たち、もうすぐ審査なんで急いでるんですが…」

「すぐに済みますよ。君たちが青沼くんから盗んだ台本を、渡して欲しいだけですから」

いきなりの要求にも笑顔を崩さなかった茶髪は、不正行為に手を染めたとはいえ、さすが俳優だ。垂れ目の方がさっと青褪《あおざ》めてしまったのでは、茶髪の俳優魂も台無しだが。

どのみち、達幸の神がかった演技を日常的に見ている明良の肥えまくった目はごまかせない。

「君たちの話を聞いてしまいました。私はスタッフではありませんが、不正を知ってしまった以上、見逃すわけにはいきません」

「……」

「素直に渡してくれれば、私からスタッフに返却し、青沼くんとマネージャーに説明してくれるようにお願いしておきます」

台本が盗まれたという事実は変わらないが、本番前に手元に戻り、スタッフ側にも盗難について話が通っているとわかっていれば、達也の心理状況は格段に違ってくる。

この二人にしても、スタッフが他の参加者を動揺させないよう、今日のところは適当な理由でエントリーを取り消すだろう。後は、達也のマネージャーに任せておけば、適切に処分してくれる。

達也は初参加のオーディションでのトラブルに混乱し、実力を発揮出来ないかもしれない。でもそこは、達也が自分でどうにかすべき領域だ。

二人の所業によって起こる波乱を、可能な限り小さくする。それが不正を見て見ぬふりも出来ず、かといって達也に深く関われない明良に出来る、精いっぱいの解決法である。

「…いきなり台本を盗んだとか言われても、わけわからないんすけど。証拠とか、何もないですよね」

茶髪が鼻白みつつも反論するが、達也の台本は必ず二人のどちらかが所持しているはずだ。達也が近付いてきた時に逃げたからである。

もし本当に持っていないのなら、逃げる必要は無い。達也に捕まって問い詰められても、とぼけていればいいだけだ。

おそらく、審査開始前に達也の控え室に戻すため、台本をどこにも隠さなかったのだろう。審査が始まってしまえば、参加者は全員スタジオに集められるから、控え室には戻れなくなる。

「そうですか。君たちがそう言うのなら、仕方がありませんね」

「…な、何をするつもりなんですかっ？」

わざとらしく溜め息を吐いて立ち去ろうとした明良を、茶髪が呼び止めた。やましいところがあります、と宣言しているようなものだということには、まるで気付いていないようだ。

明良はペットショップで自分用の首輪を選んでいる最中の達幸を真似して、なるべく深刻そうな顔を作った。

「さっき聞いた話を、久世監督に伝えてきます」

「えっ…、く、久世監督？」

ただの関係者だと思い込んでいた明良の口から、スタッフを飛び越えて監督の名が出たことに、二人は目を白黒させた。芸能関係者に、久世を知らない者はまず居ない。

「もちろん、私が偶然立ち聞きしただけですから、君の言う通り証拠はありません。でも、監督は私の話を疑ったりはなさらないと思いますよ。……ああ、申し遅れましたが、私はこういう者です」

明良は名刺入れから営業用の名刺を一枚取り出し、二人にかざしてみせた。名刺に記されたエテルネの名を読み取ったとたん、二人の顔からさっと血の気が失せていく。

「…青沼幸の、所属事務所の…？」

「スタッフじゃ…、なかったのか…」

久世監督が達幸を気に入り、可愛がっているのは周知の事実だ。

達幸もうわべは好青年を装い、癖のある久世ともうまく付き合っているので、二人は世代を超えた友情を築いている……と、思われている。恐ろしいこと…いや、幸運なことに。

その達幸のマネージャーなら久世と話も出来るだろうし、久世も無下にはしないだろう。

決定的な証拠が無いので罪には問えないかもしれないが、世界的に有名な監督の心証を害すれば、二次選考どころか、二人の俳優生命そのものが危険に晒されてしまう。

その程度のことは、わざわざ明良に説明されるまでもなく察したらしい。ずっと茶髪の陰に隠れていた垂れ目が、おどおどと進み出る。

「…台本を渡せば、監督には言わないでくれますか？」

「おいっ！」

犯行を認めたも同然の申し出に、茶髪が垂れ目のシャツを横から引っ張るが、垂れ目は諦念を浮かべ、静かに首を振った。

「監督に知られたら、どっちみち俺たちは終わりだよ。それくらいなら素直に渡した方が、傷は軽くて済む。…そうですよね？」

「はい」

明良は名刺をしまい、頷いた。

二人の犯行には、達也の同室の参加者たちも絡んでいる。皆、アクトまたはその関連事務所の所属だそうだから、事情を知らされた達也のマネージャーは、二人の犯行が表沙汰にならないよう奔走するだろう。

二人の将来のためではない。達也を、ひいては事務所を守るためだ。

二人には適当な理由をつけてオーディションを辞退させ、スタッフには後々事務所内で処分するからと懇願し、事務所の権力を振りかざしてでも口を閉ざさせるはずだ。監督の耳にまでは達さない。明良の存在も、達也に認知されずに済む。

「う……」

最後の一つまではさすがに予想出来なかっただろうが、ここで明良に任せた方が自分たちにも得るものが大きいということはわかったようだ。

茶髪は垂れ目と明良を何度も見遣り、やがてしおしおと項垂《うなだ》れた。

「……わかりました……」

茶髪が腰のペットボトルホルダーを外し、収納してあった緑茶のペットボトルを取り出すと、丸めた台本が出てきた。台本といっても薄いので、こうすればじゅうぶんに隠せる。

うまくことが運んでくれたので、明良は二人に気付かれないよう、詰めていた息をほっと吐き出した。久世に報告するつもりなど、はなから無かったのだ。いつ、久世の口から達幸の耳に今回の一件が入るかわからないからである。

二人が自主的に達也の脚本を返す気になってくれれば、それで良かった。

「すみませんでした」

垂れ目と一緒に頭を下げ、茶髪が脚本を差し出す。これを受け取れば、あとは二人の名前と所属を聞き出すだけだ…と安堵した時だった。スタジオじゅうを歩き回っていたらしい達也が、角を曲がって現れたのは。

――よりにもよって、このタイミングで…！

来て欲しくない時に限ってもれなく出現するところは遺伝なのかと、嘆く暇も無い。

「河本《かわもと》、テメェっ！」

明良の手に渡ろうとしていた台本を目にするや、達也は茶髪に駆け寄り、胸倉を掴み上げだ。ひいっと悲鳴を上げた垂れ目が、廊下の隅に逃げ込む。

「達也、やめなさい！」

息を切らしながら追いついたマネージャーが慌てて引き剝がそうとするが、激昂《げっこう》に支配された達也の長身はびくともしない。モデルをしているだけあって、それなりに鍛えているらしい。

「…やっぱり、俺の台本を盗んだのはテメェだったんだな⁉」

「達也……っ」

達也が激情のままに拳を振り上げた勢いで、マネージャーは振り解かれ、床に尻餅をついた。

もう達也を止められない。明良という部外者が居合わせた以上、暴力沙汰をもみ消すことも難しいだろう。このまま明良が何もしなければ、達也は確実に二次選考を落選する。達也の自業自得なのだから、アクトも庇いようがあるまい。

「…やめなさい！」

しかし、放っておけという理性の囁きに反して、明良は振り上げられた腕を横から摑んでいた。

達也の腕力ならそのまま茶髪の…河本の顔面に一発をお見舞い出来たのだろうが、聞き覚えの無い声で、わずかに冷静さを取り戻したようだ。

「…誰だよ、あんた…」

達也は宙で拳を止め、いぶかしげな視線だけを向けてくる。二十一歳という年齢より幼く見えるその表情が、達也の地なのだろう。

――ああ…、やはり似ている。

明良は心ひそかに感嘆した。

顔の造りそのものに、似通ったところは一つも無い。背が高いのは同じでも、がっちりした達幸に対し、達也はモデル出身らしく細身だ。目も黒い。

だが、ファン向けの甘い笑みを取り払うと、血の繫がりとは不思議なもので、二人が醸《かも》し出す雰囲気はどことなく似ているのだ。

…関わるつもりなど無かった明良が、思わず飛び出してしまう程度には。

「僕が誰かなんて、どうでもいい」

達也は怒りに支配されると、すぐに回りが見えなくなってしまうようだ。

河本の代わりに殴られてもおかしくはない状況だが、達也の百倍は厄介な男に比べれば、まるで怖くなかった。少なくとも達也はトイレの中まで付いて来ようとはしないし、隙あらば繫がろうともしない。

「な…っ…」

「今すぐこの拳を下ろし、彼を解放しなさい。他の誰かに見付かったら、まずいことになるのは君の方だぞ」

達也が無言でぷるぷると震えているのは、達幸の弟という目で見ているせいか、言葉遣いがそのままおいたをした達幸――それも子どもの頃の――を叱る時のものになったせいだろう。

他社所属の俳優相手に、しまったとは思ったが、今さら取り消せるものでもない。

…ええと、子どもの頃の達幸を止めるには…。

「青沼くん」

記憶を手繰り寄せ、ゆっくり名を呼んだ。達幸と同じ名字をくん付けで呼ぶのは、何だか妙な感覚だ。

びくん、と震えた達也の腕から力が少しずつ抜けていく手応えがあり、明良は達也と目を合わせた。子どもの頃、飼い犬のタツを排除することに心血を注いでいた達幸は、明良がこうして視線を合わせてやると歓喜し、おとなしくなったのだ。

そうなれば、あとは命じるだけ。

「やめなさい」

うん、あーちゃん！　という耳慣れた返事の代わりに、どさりという音が響いた。河本が解放され、座り込んだのだ。

よし、と一つ頷き、明良は達也の腕を離した。だが、引っ込めようとしたその手が、何故か達也に捕らえられてしまう。

「あんた…、誰…？」

かすれた問いかけには、さっきとは違う熱がこもっていた。

怒りの元凶である河本にはもはや一瞥《いちべつ》もせず、達也は身体ごと向き直り、明良だけを見詰める。確かに黒いその双眸に、つかの間、青い幻が重なり、背筋にぞくりと悪寒が走った。

助けを求めようにも、マネージャーは達也の激情がひとまず治まったのを幸いとばかりに、騒ぎを聞きつけたスタッフや関係者を『何でもないんです、ただの口喧嘩で』と追い払うのに必死だ。河本と共犯の垂れ目は達也の剣幕に気圧され、使い物になりそうにない。

胸ポケットのスマートフォンから場違いなメッセージの着信音が立て続けに何度も響き、明良はびくっとしたが、達也は身じろぎ一つしない。ただ、明良が名乗るのを待っている。

「…僕は…いえ、私は…」

名乗らない限り、この射るような眼差しからは解放されない。達也が二次選考を通過したとしても、今後、まともに言葉を交わす機会など巡ってこないのだ。

個人的な連絡先さえ教えなければ、達也の方から明良に接触する方法は無い。明良さえ口をつぐんでいれば、達幸にも伝わらない。

……大丈夫、大丈夫だ。

必死に自分に言い聞かせてもなお湧き上がる不安を無理やり抑え付け、口を開こうとして――。

「…えっ、青沼幸…さん？　どうして…⁉」

狼狽《ろうばい》しきったマネージャーの叫びに、明良は心臓をきゅうっと締め上げられた。


『私ともあろうものが、幸の勘と本能と、持って生まれたわけのわからない嗅覚を甘く見ていました』

…数日後に再会した時、松尾は悔し涙を滲ませ、面目無さそうに語った。

明良が体調不良を理由に控え室に引きこもった後、達幸は明良の様子を見に行きたいとも言い出さず、撮影に打ち込んでいたそうだ。いつにも増して熱心な態度と完璧な演技に、松尾はこの分なら大丈夫かと安心しつつも、得体の知れない不安を覚えたという。

その不安が決定的なものになったのは、達幸の熱演に周囲がぐいぐいと引き込まれ、撮影が予定の倍以上の速さで進み始めた頃だ。

業界のブラックリストに載るほどNGの多いヒロイン役の新人女優は、最初こそミスを連発していたものの、そのたび達幸に本性を見事に隠した笑顔で励まされ、最終的には目の肥えた松尾さえ唸るほどの名演をしてのけた。他の共演者やスタッフたちまでもが引きずられていった。

惚れ惚れするくらい、一体感のある素晴らしい現場だったという。…その中心が、カラーコンタクトの奥の瞳をぎらぎらと光らせた達幸でさえなければ。

結局、撮影は予定の半分以下という驚異的な時間で終了した。

ヒロイン役の女優は完全に恋に落ちた女の目で達幸を見詰めていたし、悪役を務めた毒舌で有名なベテラン俳優さえ、達幸を惜しみなく誉め称えた。

台本の変更による撮り直しというアクシデントに見舞われ、ややうんざりとしていたスタッフたちもすっかりやる気を取り戻した。どれも、実力と才能と熱意を持ち合わせた俳優にしか不可能なことだ。

松尾は感動した。柄にも無く熱くなって、誉めてやりたかった。

よくやった、さすがは自分が見込んだ男だ…と、達幸の両肩をがっちりと掴み、揺さぶって、誉めてやりたかったのだ。

——しかし。

『あーちゃんを助けなきゃ』

ぜひ打ち上げを、と盛り上がる共演者たちを上手いことやり過ごした達幸に、非常階段へ連れ出され、気付いたら松尾の方ががっちりと押さえ込まれていた。

壁に背中を押し付けられ、至近距離で熱っぽい眼差しを送られる。達幸に恋してしまったヒロイン役の女優なら、ときめきに胸を高鳴らせること間違い無しだが、達幸の本性を嫌というほど知っている松尾にとっては、悪夢そのものの状況である。

『…何を言っているんだ、幸。鳴谷さんなら…』

熱が高くなってきたので、大事を取って自宅に引き上げた。スタッフを付き添わせ、途中で病院に寄り、診察を受けている。

撮影が予定より早く終わった時のため、明良と打ち合わせていた不在の理由を、松尾は説明しようと試みた。だが、出来なかった。

『病院じゃない。…あーちゃんは、撮影中、控え室にも居なかった。俺以外の雄のところに行ってる。……そう、だよね?』

射竦めてくる双眸は、カラーコンタクトを装着しているにもかかわらず、青く燃えていた。

そして松尾は、ようやく思い至ったのだ。達幸がいつに無い熱演で周囲を扇動したのは、一分でも早く撮影を終了させ、こうして松尾を詰問するためだったのだと。

『幸…、お前、まさか…』

最初から、明良がテレビ局には居ないことに気が付いていたのか。喉が震え、うまく声に出せない疑問を、達幸はきちんと読み取った。

『うん。わかってた』

『どうして…』

『だって、匂いがしたから』

ふふん、と誇らしげに鼻を鳴らす達幸に、松尾はただ呆気に取られる。

『匂い…、だと？』

『そう、匂い。あーちゃんの周りに、俺の知らない他の雄がいっぱいうようよしてる匂いがしたから』

明良が一人で控え室で休んでいるのなら、そんな匂いなどするわけがない。だから、明良は達幸と別れた後、テレビ局以外の場所に移動したとしか考えられない。

ごく当たり前の判断だ、と達幸は言うが、当たり前の要素などどこにも無い。

一体どこの世界に、『知らない雄がうようよしている匂い』なんてものが存在するのか。存在したとして、達幸以外の誰が嗅ぎ取れるのか。

松尾は全力で突っ込みたかったが、そんなゆとりは無かった。さっと解かれたネクタイで両腕を拘束された上、スマートフォンを奪われてしまったからだ。

『こ…っ、幸！　何をするつもりだ⁉』

松尾を置いて非常口からいそいそと局内に戻ろうとしていた達幸は、演技ではない笑みを浮かべ、こう言ったという。

『決まってる。俺は一番いい飼い犬なんだから、あーちゃんが他の雄に襲われる前に、助けに行かなくちゃ』

——そうして達幸が鼻唄を歌いながら局内に消えると、松尾はたった一人、非常階段に取り残された。

このテレビ局の非常口は各階に設置されているが、基本的に内側からしか開けられない。スマートフォンを達幸に奪われた今、局内のスタッフに助けを求めるのも不可能だ。大声を上げ続ければ気付いた誰かが駆け付けてくれるかもしれないが、それでは大騒ぎになってしまう可能性がある。

熟考の末、松尾は外に通じるドアのある一階まで非常階段を下りることを選んだ。

置き去りにされたのは五階だったから、移動距離自体はさほど長くない。だが、両腕を拘束されているせいで身体のバランスがひどく不安定になっており、一段一段、安全を確かめながら踏みしめるように下りなければならなかった。

おそらく達幸は、松尾の選択を予測した上で、両腕を縛めていったのだろう。致命的な危機には陥らず、必ず助かるが、脱出には相当の時間がかかる。そういう、いやらしい罠に嵌めたのだ。松尾に邪魔をされず、明良の元を目指すために。

よろめきながら一階にたどり着き、同行してきたエテルネのスタッフを呼び出してもらった時には、十分以上が経過していた。拘束を外してもらってすぐにスタッフのスマートフォンを借り、自分や達幸の番号を呼び出したが、どちらも出ない。

業を煮やした松尾は、明良にメッセージを送信し、自ら達幸を追いかけることにした。

『松尾です。鳴谷さん、申し訳ありません。幸が消えました。そちらに行ったと思われます』

『私もすぐに向かいます。もし、幸と遭遇する前にこのメッセージに気付いたなら、なるべく人の居ない場所に移動して下さい。幸はまともな状態ではありません』

今日、二次選考が行われることも、その会場の場所も、達幸には教えていないし、達幸から尋ねられたことも無い。エテルネのスタッフたちにも、達幸には絶対に教えないよう言い含めてある。

だが、松尾は確信していた。

達幸は二次選考の会場を…否、明良の居場所をあの嗅覚で嗅ぎつけていると。

『…鳴谷さんが、無事でいてくれればいいんだが…』

会場に向かう車の中で、松尾はひたすら神に明良の無事を祈っていてくれたという。そう、あらゆる意味における無事を。

祈りが神に届くことは無く、明良はあらゆる意味において危機に陥ったわけだが――。

松尾の陰の冒険など知るよしも無い明良は、いきなり現れた達幸の姿を、愕然《がくぜん》と見詰めていた。くずおれてしまわなかったのは、皮肉にも達也に腕を摑まれていたおかげだ。

いつの間にか、スタッフや、控え室にこもっているはずの他の参加者たちまでフリースペースに集まっていたが、彼らは達幸のため、自ら率先して道を空けた。まるで、達幸が発散する眩しいまでのオーラに弾かれてしまったかのように。

「…あ、あの、青沼さん…、私、アクトの田部井《たべい》と申します。弟さん、青沼達也のマネージャーをさせて頂いておりまして…」

はっと我に返ったマネージャー、田部井が、ここぞとばかりに達幸に纏わり付き、名刺を差し出した。

俳優の青沼幸は、異母弟の存在について、公の場所では一切言及していない。ここで達也と面識を持たせ、あわよくば兄弟の仲を取り持つことが出来れば、ますます達也を売り出しやすくなると踏んだのだろう。

だが、達幸は田部井など一顧《いっこ》だにしない。達幸の視界に入っているのは明良と、大切な飼い主を奪い去ろうとする許しがたい雄だけだ。

「……明良」

熱いのに冷たい声音で呼びかけられた瞬間、震え上がったのは明良だけではなかった。びくっとした達也が、達幸を見て恐怖に顔を歪める。

「明良…、あー…、…ちゃ、…明良…」

……まずいっ！

達幸の理性が限界に達しつつあるのを悟り、明良は渾身《こんしん》の力で達也の手を振り解いた。

あっ、と声を上げる達也から離れ、達幸の元に駆け寄る。

台本を盗んだ河本たちも、達也も、全てを放り出した上、会場を混乱させてしまったが、今は何よりも達幸との離脱を優先すべきだろう。さもなくば、さらなる混乱が巻き起こるのは必至なのだから。

だが、明良が達幸を連行しようとしたところで、そうはさせじと達也が素早く回り込んだ。さっきまでの恐ろしい形相はどこへやったのだ、と問い詰めたくなる、無邪気そうな笑顔で。達幸と遭遇する幸運に恵まれたら絶対に兄弟らしく絡めと、事務所から厳命されているに違いない。

「…兄さん。兄さんなんだろ？　僕、達也だよ。兄さんの弟の」

今すぐにその口を閉じろと、人目が無ければ怒鳴りつけてやっただろう。拳が出たかもしれない。

けれど田部井やスタッフたちに取り囲まれ、達幸が爆発寸前では、下手に動くことなど出来なかった。

……達幸。達幸は？

ちらりと横目で窺うが、達幸は唇を引き結び、無感動に異母弟を見下ろしているだけだ。殴りかかろうとも、蹴り飛ばそうともしない。

それがかえって、不気味でならなかった。

明良の恋人兼飼い犬として認められてからは、当初よりはかなり忍耐力をつけたが、達也は明良に触れたのだ。ただでさえ嫉妬に狂い、興奮している今なら、暴力で排除してもおかしくないのに。

こんなところで達也に危害を加えたら、マスコミの格好の餌食だ。達幸の俳優生命が終わりを迎える可能性だってあるのだから、おとなしくしてくれるのはありがたい。

……なのに何故、悪寒が止まらない？

「ああ…っ、青沼幸の弟って、あの子なのか」

「言われてみれば、雰囲気がちょっと似てるような…」

「もしかして、わざわざ弟の審査を観に来たとか？　仲良いのかな？」

達也が兄さんと呼んだことで、野次馬たちがざわめいた。

好奇と羨望の視線の的になったのが嬉しいのか、達也はますます勢いづく。

「ずっと、兄さんに逢いたいって思ってたんだ。この業界に入ったのも、もしかしたら兄さんに逢えるかもしれないからで…」

「…そ、そうなんですよ、青沼さん。達也は貴方に憧れているんです。兄弟の共演、素晴らしいと思われませんか?」

相手にされていなかった田部井が援護に加わり、めげずに名刺を渡そうとする。

それでも無反応の達幸に、さすがに焦れてきたらしい。達也は河本が床に落としていた台本を拾い、達幸に差し出す。

「ねえ、兄さん。もし僕のために来てくれたんだったら、ちょっとでいいから、アドバイスをくれないかな?」

厚かましいにもほどがある申し出に、明良は呆れ果てた。

達也が異母兄について両親からどのように聞かされているのかは知らないが、生まれて一度も逢ったことが無い以上、達幸の側にも相当の事情があることくらい、普通はわきまえそうなものだ。少なくとも明良なら、初めて逢う兄弟にここまで馴れ馴れしくは振る舞えない。

……そこまでして、『青沼幸の弟』という七光の恩恵に与りたいのか。

たった一人、誰も居ない離れに閉じ込められ、家族に無視されて育ち、虐待を受けていたという自覚すら無いまま悪夢にうなされていた達幸を……傷付けてまで。

これ以上、達也に喋らせてはならない。

「…っ、青沼くん、それは…」

見兼ねた明良が止めに入ろうとするより早く、達幸が思いがけない行動に出た。達也の台本を、無言で受け取ったのだ。

「兄さん……!」

達也は感動に目を潤ませるが、達幸がおとなしければおとなしいほど、悪寒は酷くなっていく。いっそ、いつものように『あーちゃんに触るなあああ!』と泣き叫びながら達也をぶちのめしてくれた方が、安心出来るかもしれない。

どくどくと脈打つ胸を押さえ、明良は達幸が広げた台本を脇からそっと覗き込んだ。

達也が与えられた役は、ざっと見た限り、恵まれた容姿ゆえに、女性に節操の無さそうなちゃらちゃらとした遊び人だ。台本に描かれているのは、達也演じる遊び人とその恋人の、夜のひと幕らしい。

といっても露骨な表現は無く、恋人にひたすら甘い言葉をかけるだけだ。

達也にはぴったりの役かもしれないが、何かテーマやストーリーがあるわけでもない。これで参加者が自分の魅力や個性をアピールするのは、難しいのではないかと思われる。どのようなシチュエーションでも個性を発揮するのが、役者の才能の一つではあるのだが…。

明良がまだ半分も読み終わらないうちに、達幸は全てのページをぱらぱらとめくり、小さく頷いた。くるりと丸めた台本を右手に握り、まぶたを閉ざす。

そして、再び目を開けた時、達幸は達幸ではなくなっていた。

『……ねえ。今日は一日、何してた？』

「え？　…あの、兄さん？」

さっきまで返事すらしてくれなかった異母兄に甘く微笑みかけられ、達也は戸惑っている。

そんな姿さえ可愛らしいとばかりに、達幸は笑みを深めた。

『僕は、君のことばかり考えていたよ。どこに居ても、何をしていても、君しか頭に浮かばないんだ』

「…あっ、その台詞…！」

達也が叫んだことで、明良も気が付いた。達幸は今、読んだばかりの達也の台本を演じているのだと。

…それも、達也を恋人の女性に見立てて。

それは周囲にも伝わったようで、遠巻きにしていた野次馬がざわつく。

「…あれ、渡されたばっかの台本の役をやってるのか」

「あんな短時間で、もう台詞覚えたのか？」

「すごい…、格好いい…」

数少ない女性スタッフはおろか、男性スタッフや参加者たちまで、惜しみ無く笑みを振りまく達幸に魅了され、頬を紅く染めている。

まさか、青沼幸の演技をこんなところで拝めるとは、夢にも思わなかったのだろう。二度とは無い機会を逃すものかと、皆、前のめりになって達幸たちを凝視している。

……えっ、あれは…⁉

ここに居るはずがない人物を見付けてしまい、明良は腰を抜かしそうになった。

ごしごしと目をこするが、間違いない。野次馬に紛れ、こっそり達幸の即興劇を観ているのは、久世監督だ。この二次選考の責任者の一人である。

スタッフの誰かが知らせに行ったのかもしれないが、相変わらず、達幸の気配に敏感すぎる。わくわくとした子どものような表情は、もっとやれと雄弁に物語っていた。

久世は厳しく、妥協を知らない男だが、自分の要求するレベルに達した相手にはとことん甘いのだ。達幸とうまが合うのは、そういうところかもしれない。監督がこんな有り様なのだから、二次選考の開始時間延期はもはや決定事項だろう。

『僕が君しか見えないように、君も僕以外、見えなくなってしまえばいいのに』

満座の注目を浴びながら、達幸はとても台本を一読しただけとは思えない滑らかさで台詞を紡いでいく。

どこまでも甘い空気が鋭い爪先で引っ掻かれたように揺らいだのは、恋人に見立てられた達也の頬を、達幸の指先が撫でた時だった。台本には細かい仕草の指定までは無かったはずだから、達幸のアドリブである。

『…ねえ…、どうして君は、こんなに可愛いのかな』

「…っ、…」

達也が小さく息を呑んだのは、演技とはいえ同性に触れられ、熱っぽく愛を囁かれることへの嫌悪感ではあるまい。甘さを増す一方の達幸の囁きに、狂気の刃が見え隠れするせいだ。

場面設定について、台本では特に指定されていなかった。登場人物が主人公の男と恋人の女性の二人だけで、くつろいだ雰囲気の夜の会話だから、明良は何となく、どちらかの家で過ごしているものだと思い込んでいた。多分、達也も、観客と化した野次馬や久世監督も同様だろう。

『こうして君と一緒に居ても、またさよならをしなくちゃならないんだと思うと、悲しくてたまらなくなる』

けれど、達幸が達也に囁きかけるたび、ぞわぞわと悪寒が背筋を這い上ってくる。二人きりの安らかな、愛に満ちた空間にひびが入り、ぽろぽろと剝がれだす。

見てはいけない。魅入られてはいけないのに、カラーコンタクトに隠されていてもなお爛々《らんらん》と輝く達幸の双眸から、目が離せない。

……知って、いる。

悪夢のように残酷な既視感が、明良に軽い眩暈《めまい》をもたらした。

……二人だけで、いつ目を覚ましても達幸しか居なくて。二人で居る間じゅう、達幸の視線に絡め取られて。繋がっていなければ不安を覚えるようになる。

そんな爛《ただ》れた空間を、明良は知っている。達幸の手で造り上げられた二人きりの牢獄に、ほんの少し前まで、閉じ込められていたのだから――。

『…この世界に、君と僕だけしか存在しなくなればいいのに…』

「……ひ…っ…」

こてり、と首を傾げた達幸に、達也が堪えきれなかった悲鳴を漏らす。

――見えたのだ。

明良は確信した。達也には…いや、固唾《かたず》を飲んで見守る観客たちの目にも、見えてしまったのだと。達幸が、達幸の演じる男が造り上げた、他の誰も踏み込めない牢獄が。

今、達幸が演じているのは、節操の無い遊び人などではない。

一途すぎる恋心を持て余し、暴走させ、とうとう愛しい女性を手の中に囲い込んでしまった…正気と狂気の間をさまよう愚かな男だ。一言一句違えず、忠実に台本を再現しながら、全く違うストーリーに変化させてしまった。

「…やめ…て、くれ…」

囚われた恋人に見立てられてしまった達也が、かたかたと震えながら後ずさる。

達幸の異母弟であることをアピールしたいのなら、絶好の機会だ。恋人になりきって相手役を務めれば、久世の目に留まる可能性もあるというのに、もはや演技をする余裕すら無いらしい。

その素の反応が、よけいに達幸演じる男の狂気を引き立てているのは、皮肉としか言いようがあるまい。

「もう…、いいから…やめてくれ…」

とうとう、達也は懇願した。その目には、涙すら滲んでいる。

だが、達也の上がらされた舞台に、まだ幕は下りない。主役が演じ終えるまで、相手役にされた達也は絶対に解放されない。

明良でさえ憐れになるほど怯えきった達也の頬から首筋、そして腕を、達幸の手はたどっていった。愛撫とも、肉食獣の甘噛みともつかぬ仕草で。むせ返りそうなほど甘い微笑みを浮かべたまま。

『僕だけの、可愛い人……』

最後にたどり着いた達也の手首を、ぎゅっ…と、達幸はきつく握り締める。ちょうど今しがた、達也が明良にしていたのと同じように。

『……愛しているよ』

――そして、幕を下ろした。恋人を逃げられない檻に突き落とす、蠱惑的《こわくてき》な愛の告白で。

「おお…っ…」

観客のどよめきと、達也が詰めていた息を吐き出し、へたり込む音が重なった。

演技を終えると同時に達也を解放し、無表情に、だが毅然《きぜん》と佇む達幸と、歯の根も合わずに座り込んだままの達也。それはそのまま、俳優としての二人の実力差、格の違いを現している。

「……素晴らしいっ！」

興奮に頬を紅潮させた久世が、ぱんぱんと掌を打ち鳴らした。

そこで初めて監督の存在に気付き、野次馬たちか

ら動揺の声が上がる。

「久世監督…っ⁉」

「い、いつからそこに…」

だが、彼ら以上に狼狽したのは達也だ。拍手をやめようとしない久世を大きく見開いた目で凝視し、拳を握り締めている。

無理も無い。達幸が突然始めたこととはいえ、自らアドバイスを求めておきながら、仕掛けられた演技にろくに反応出来なかった無様な姿を目撃されてしまったのだから。

「……う、…あ、……あー、…ちゃ、ん」

達幸の口から漏れた声は、いかに達幸の演技に感動させられたかを語る久世のそれに比べればごく小さなものだったが、明良が聞き逃すはずがなかった。

「…達幸…！」

慌てて走り寄り、明良はどきりとした。

苦しげに達幸が摑んでいるせいで、少しずり下がったハイネックのシャツから覗く、達幸の首筋。そこに装着されているのは、先日明良が買ってやったばかりの、ブルーのストライプの首輪だ。

……そう、だったのか……。

すとんと腑に落ちた。今の今まで、達幸が達也に襲いかからなかった理由が。

堪えていたのだ。明良の一番いい飼い犬なのだから、明良が困ることをしてはいけないと、必死に己に言い聞かせて。

『あーちゃんあーちゃんあーちゃん…明良、俺のあーちゃん…嬉しい…俺のこと、可愛いって思ってくれてるんだね』

首輪を選び、買ってやった時の喜びようが、まざまざと脳裏によみがえった。

あの時から、達幸は新しい首輪を常に隠し持ち、心の支えにしていたに違いない。今日は会場に到着する前に装着し、明良を奪おうとする雄をぶちのめしたい衝動を懸命に抑え付けていたのだ。

ほんの軽い気持ちで買ってやった首輪が、まさかこんなところでご利益を発揮するとは思わなかった。

だが、それもそろそろおしまいのようだ。

達幸の双眸は達也を捉え、狂おしく燃え上がっている。あともう少し同じ空間に居合わせれば、達幸は咆哮《ほうこう》を上げながら達也に飛びかかり、思うさま蹂《じゅう》躙《りん》するだろう。公衆の面前であることなど、意にも介さずに。

一刻も早く、達幸をここから連れ出さなければ…。

「…鳴谷さん。鳴谷さん！」

焦る明良の耳に、小さな、だが頼もしい声が後方から届いた。

ばっと振り返れば、何故かノーネクタイで、疲れきった様子の松尾が柱の陰から手招きしている。朝、別れた時よりどっと十歳以上は老け込んだ印象だ。

野次馬たちは久世の熱弁に気を取られ、こちらにはさほど注意を払っていない。達也も未だに立ち直れていないようだ。

目が合うと、今です、とばかりに松尾は頷いた。明良も頷きを返し、達幸の腕を引く。

「…あ…、…ちゃ…、……ん……？」

聞いたことも無いほどかすれた声音に、ひたひたと迫りくる限界を悟る。

「行くぞ、達幸」

「……う、……ん」

唇をわなわなと震わせながらも達幸が動いてくれたことに、明良は心から安堵した。

まるで、解除不可能の爆発物を抱えているような気持ちだった。爆発することはわかっているのに、放り出すことは絶対に許されない。

……十、九、八……。

頭の中で、勝手に爆発へのカウントダウンが始まる。リミットはもうすぐだ。

……七、六、五……。

「松尾さん、車は？」

「前面の道路に付けてあります」

撮影はどうなったのか、どうして達幸がこんなに早く、教えていないはずの会場に現れたのか。その疲れ果てた様子は何事なのか。

……四、三……。

松尾に問い質したいことは山ほどあるし、助けてくれた礼も言いたいが、そんな余裕は無い。

明良はただ松尾の誘導に従い、達幸と共にスタジオを出て、外の道路に停めてあった車に乗り込む。松尾は運転席だ。

松尾がスタッフの一人も連れず、自ら運転してきてくれたことに、明良は心から感謝を捧げた。…これで、恥を晒すのは最小限で済む。

……二、一……。

「……あ、あああああっ！　ああーっ、あ、あーっ…、あーちゃ、ん、っ、あーちゃん、あーちゃんっ！」

後部座席のドアが閉まった瞬間、達幸の口からほとばしった悲鳴が、零のカウントをけたたましく告げた。

ぐるりと回転する視界の中で、何か小さなものがぶつぶつっと勢い良く飛んでいく。

それが自分のジャケットとシャツのボタンで、座席に押し倒され、ジャケットごとシャツの前を引きちぎられたのだということに気付いたのは、ベルトまで抜かれた後だった。


「あーちゃん…、あーちゃん、…あーちゃん、俺の、あーちゃんが、…あーちゃんがあああっ」

「…そのまま、運転を！　僕たちのマンションに、向かって下さい…！」

明良が叫ぶと、松尾はルームミラー越しに一瞬だけ逡巡《しゅんじゅん》の表情を浮かべたが、吹っ切るようにチェンジをドライブに入れ、アクセルを踏み込んだ。きっと、マンションに着くまでは、何があっても後部座席を振り返らないでいてくれるだろう。

「俺の…、俺のあーちゃん…、早く、…早く、消しちゃわなきゃ…」

静かに走り出した車の中で、達幸は明良のズボンを下着と一緒に奪い去った。

いつもなら、そこから全身をくまなく舐め回し、穴という穴を唾液まみれにされる愛撫の時間が始まる。だが今日は、開かされた脚を高々と抱え上げられた。明良の予想通りだ。

「早く…、他の雄の匂い、消さなきゃ…っ、俺のあーちゃん、け、汚されちゃう…、俺の飼い主じゃ、なくなっちゃう…っ！」

…そう、少しも解されていない蕾に張り詰めた達幸の怒張をあてがわれ、一気に貫かれることも。全て、明良の予想通り。

「い…っ、あ、……あぁ…っ！」

唯一、予想を超えたのは、何の潤いも無い閉ざされた蕾を強引に散らされる激痛だった。数えきれないほど達幸を受け容れてきたが、慣らされずに犯されることは、これまでほとんど無かったのだ。

限界まで拡げられたそこが切れずに済んだのは、皮肉にも、毎夜、達幸の太いものを銜え込まされていたおかげだろう。

達幸の形に馴染んだ明良の胎内は、懸命にうごめき、打ち込まれた肉の楔《くさび》に喰らい付く。

「……た、つゆ、き……」

繋がった部分から広がる痛みを堪え、明良は達幸の腰に脚を絡めた。

出して、と耳元で囁いてやったのは、一度中で出されれば、達幸も明良もずいぶん楽になると経験上よくわかっていたからだ。

「…あーちゃんっ…」

達幸は歓喜に目を燃え立たせ、首輪を誇示するようにハイネックをずり下げると、一旦腰を引き、今度はさっきよりも深い場所へ雄を突き入れる。

「あ…ぁ、あ、あっ…！」

「あーちゃん…っ、俺の、あーちゃん…、出すよ、…あーちゃんが、俺のだって、印…いっぱい、出すから…」

「…ひ、…あぁ、あー……！」

胎内で達幸の雄が弾けるのを感じ、明良は反射的に己の腹を押さえた。ぶしゃあっと放尿されてでもいるかのような勢いでぶちまけられる精液に、薄く敏感な粘膜ばかりか、腹までも灼き溶かされてしまいそうな恐怖に襲われたからだ。

……いつもより、ずっと多い。それに、濃い……。

達幸の精液は放出されるそばからねっとりと粘膜に絡み付き、明良の腹を内側から圧迫する。

かすかな息苦しささえ覚えてしまうその多さは、

初めて逢う異母弟を前に達幸がどれほど我慢を重ねていたのかを物語っており、明良を切ない気持ちにさせた。

明良を奪われそうになった…というのはあくまで達幸の主観だが、それだけでも達幸にとっては許しがたい暴挙なのに、その犯人がよりによって達也だったのだ。

馴れ馴れしい態度を取られても無言を貫き、演技で意趣返しをするにとどめたのは、ひとえに、明良の飼い犬として明良が困ることをしてはならない、という一念ゆえである。

……真っ昼間のオフィスに堂々と押しかけ、どうして居なくなっちゃったのと泣き叫んでいたあの達幸が。明良に危害を加えようとする者は誰であろうと問答無用でぶちのめしていた、あの達幸が、つかの間であっても、忍耐というものを覚えたのだ！

無理やりこじ開けられた蕾は未だ痛みを訴え続けているし、達幸が奥まで送り込もうと腰を揺すり入れてくるせいで腹は苦しいが、苦痛に勝る喜びと充実感があるのも確かだった。

「…ん…、あー、ちゃん…、あーちゃん…」

繋がったまま明良に覆い被さり、擦り寄ってくる達幸の双眸からは、さっきまでの狂おしい光は消え去っていた。

明良の中にたっぷりと精液を馴染ませ、他の雄が入り込む余地を失くしたことで、少しだけ余裕を取り戻したらしい。

「あーちゃん…、あーちゃんは、俺の。俺だけの…、だよね？」

腹を押さえていた明良の手を持ち上げ、袖をまくり上げて、達也に摑まれていたあたりに舌を這わせる。相当強く摑まれていたのか、そこにはうっすらと赤い痕が刻まれていた。

気付いた達幸が怒りの表情を浮かべるが、達幸によって達也に刻まれた精神的な傷は、こんなものではないだろう。

明良が達也なら、ほんの数分にも満たない即席の舞台であれほど打ちのめされてなお、映画の相手役に立候補する気にはなれない。よほどふてぶてしい神経の主でもない限り。

「…ああ。僕は、お前だけの飼い主だよ。お前以外の犬なんて、欲しくない」

今にも達也を殴り飛ばしに行きそうな達幸を、明良はやんわりと抱き寄せる。

果ててもなお衰えない雄が、甘えるように胎内を擦り上げ、自分でも驚くくらい鼻にかかった甘ったるい嬌声が零れた。

「…ん…っ、あ、達幸…」

「あーちゃんっ……」

みるまに張った雄で、達幸は再び明良に挑みかかり、しとどに濡らされた媚肉を突き上げる。

中の精液が攪拌され、ぐちゅうっと聞くに堪えない淫《みだ》らな水音をたてるのが恥ずかしい。松尾が聞こえないふりを通してくれなければ、羞恥のあまりおかしくなってしまったかもしれない。

「あーちゃん…、好き…っ、俺だけの、匂い、させて…俺だけしか、見ないで、近付けないでっ…」

「…ひ、あっ、ああっ、…あっ、あ…」

ずんっ、と一突きされるたびに、受け止めさせられる胎内の肉がこそぎ落とされる。

……最後には達幸の精液まみれの肉の山になって、それさえも達幸に喰らい尽くされ、鳴谷明良であったものは何も無くなってしまうのではないか。残されるのはただ、達幸の細胞の一部となった明良だけで……。

そんな恐怖と、かすかな恍惚を噛み締めながら揺さぶられていたのは、どれくらいの間だったのか。

「……幸。そこまでだ。鳴谷さんを倒れさせたくなければ、もうやめろ」

狂った時間に終止符を打ったのは、様々な感情を押し殺した松尾の声だった。さんざん泣かされたせいで腫《は》れぼったいまぶたを上げると、明良を抱え込んだ達幸の肩を、松尾が掴んでいる。

「……ま、……」

松尾さん、と呼びかけようとして、明良は言葉を呑み込んだ。

明良を貫いたまま、達幸は松尾を睨み付け、奪われまいと殺気を振りまいている。今、明良が他の男の名を呼べば、松尾でも無事では済まないかもしれない。いや、確実に息の根を止められるだろう。

全てを理解している松尾は明良に小さく頭を下げ、もう一度達幸を促した。

「やめろ、幸。鳴谷さんを離すんだ」

「う、うううう…っ」

低く唸りながら目を光らせ、威嚇する達幸にも怯まない松尾は、さすが元祖マネージャーである。

この胆力《たんりょく》があってこそ、明良が居ない間も、達幸の手綱を握り続けられたのだろう。達幸が松尾にスカウトされたのは、まさしく天の配剤といえる。

「……達幸」

明良は動かない手の代わりに、太腿で逞しい腰を挟み込み、達幸の注意を引いた。もう、松尾の存在に羞恥を感じる段階など、とうに過ぎている。

いかに達幸を刺激せず、松尾を逃がすか。考えるべきは、それだけだ。

「…あー、ちゃん？」

「…ここは…、狭くて、苦しい。早く、…僕とお前だけの部屋に、連れていって」

「う…、うん、…うんっ、あーちゃん！」

一瞬で殺気を引っ込めた達幸に、松尾がすかさず大判のブランケットを手渡した。達幸は名残惜しそうに身を引くと、手早く身なりを整え、ブランケットで明良を包み込む。

達幸に横抱きにされて降り立ったのは、明良と達幸が住むマンションの地下駐車場だった。

松尾は居住フロアに通じるエレベーターの前まで付き添った後、無言で立ち去ったが、去り際、明良だけにわかるようスマートフォンを胸ポケットから覗かせた。

詳細はメールで連絡する、ということだろう。明良が身動きを取れるようになってから、達幸にばれないように確認すればいい。

相変わらずそつの無い仕事ぶりに感謝し、柔らかなベッドに潜り込んで疲れを癒したい……ところだが、そんな願いが叶うはずも無く。

「あーちゃんっ！　あーちゃん、二人っきりだよ、あーちゃん…っ！」

ブランケットを剝ぎ取られながら寝室のベッドに放り出され、再び、達幸に押し倒された。


ぱしゃん……。

間近で水音が響き、明良は心地良い眠りを手放した。目の前で、乳白色に染まった湯がゆらゆらと波打っている。

「……明良。起きた？」

自分がどんな状態なのかを理解したのは、背後から巻きついていた腕にいっそう力がこもり、項を吸い上げられた時だった。

達幸の膝に乗せられ、二人でバスルームの浴槽に沈んでいるのだ。

「ああ…。今、何時頃だ？」

達幸に抱き潰され、失神したまま入浴させられるのは、不本意だが、よくあることだ。

松尾の車からマンションの寝室に運ばれ、裸に剝かれて、全身を舐め回され、消毒しなくちゃと達幸の精液を塗り込まれたところまではかろうじて覚えている。

きっとあの後、達幸が満足するまで犯し尽くされ、意識を失ってしまったのだろう。湯の中の蕾や腹の奥に、まだ太いものを銜え込んでいるような感覚がはっきりと残されている。

「夕方の五時くらい。……ん、いい匂い」

明良の耳の付け根や首筋、頭皮にまで高い鼻先を埋めてふんふんとうごめかせながら、達幸はご満悦だ。明良にはとうてい理解の及ばない領域だが、達幸は明良が自分と居ない間に何人とどの程度の接触を持ったのか、匂いで判別出来るらしい。しかも、それが恐ろしい精度で的中する。

達幸が本当に人間かどうか、明良が疑問に思う所以の一つである。まあ、これだけご機嫌なら、明良に付着していた達也の匂いは綺麗に取れた、ということでいいのだろう。

「そうか、五時か…」

思ったより短かったな、と明良は息を吐いた。

何事も無かった日でも、四時間は確実に繋がったまま放してくれない男である。

あの狂乱ぶりでは、もっと長時間まぐわっていてもおかしくなかったし、その覚悟もしてはいた。だからこそ寝室へ急がせたのだ。

確か、スタジオから達幸を連れて逃走したのは、午前十一時くらいだったはずだ。マンションに到着したのがその一時間後だとして、約五時間。

それを短いと感じるようになった自分もかなり達幸に毒されていると苦笑し、明良は仰向き、達幸の肩に頭を乗せる。明良がくつろぎやすいよう、達幸がすかさず肩の角度を調整するのはいつものことだ。

「…明、良…、…あーちゃん」

カラーコンタクトから解放された青い目が、明良を映すや、とろりと情欲に蕩けた。

湯の中の性器をまさぐろうとする手を、明良はきゅっとつねる。この無尽蔵の性欲が治まる日は、本当にやって来るのだろうか。

「こら、やめろ」

「う…、でも、俺……まだ、足りない。明良の、あんまり、飲んでないし…」

「それはまた明日。早く風呂から上がって、松尾さんに連絡しないと」

「…連絡なら、昨日、あったよ。三日間、休んでていいって言ってたから。明日まで、明良は何にもしなくていいんだ」

「……え？　昨日？」

明良は目をぱちくりとさせた。二次選考は今日開催されたのに、松尾からの連絡が昨日あったとは、どういうことだ。

「うん。…明良、一日、寝てたから」

「寝て…た…？　一日…？」

あっけらかんと言い放たれ、明良はようやく現状を正しく把握する。

……五時間どころじゃない。

明良は今日が二次審査当日だと思っていたが、実際は翌日の夕方だったのだ。十二時に帰宅した後、寝室に連れ込まれ、休憩を挟みつつ貪られ、夢うつつのうちに、まる一日以上が経過していたらしい。

その間の記憶がまるきり無いのは、達幸の欲望が、それだけ執拗だったからなのか……。

「達幸…っ…」

「うん。なあに？　明良」

答える達幸があまりに幸せそうだったので、何てことをしてくれたのかと叱りつけるつもりだったのに、怒りがどこかへ逃げてしまった。もし達幸にタツと同じ尻尾があったら、水中でぶんぶんと左右に振られているだろう。

「…ずいぶん、機嫌がいいんだな」

「だって、明良にずーっとぎゅっとしてもらえたの、久しぶりだったもの。明良、俺のこと、可愛くっていい犬って何度も言ってくれたし」

達幸が『ぎゅっとしてもらう』と言えば、明良に抱き締められることではなく、明良の胎内に長時間居座ることを意味する。

どうやら達幸は明良が失神している間、雄を明良の中に収めたまま、『ねえ、俺、いい犬？　あーちゃんだけの、可愛くていい犬？』と問いかけ続けていたらしい。

そして夢と現実を行き来していた明良は、ほぼ条件反射で『ああ、可愛い、いい犬だよ』とでも答えていたのだろう。

翌日の体調におおいに差し支えるので、休みが二日以上重なりでもしない限りは許さないのだが、松尾から連絡を受けた達幸は『お休みだから、ぎゅっとしてもらっていいんだ！』と安直に判断したに違いない。その時の会心の笑みが、ありありと目に浮かぶ。達幸の高い知能は、いかにして明良に可愛がられるかということだけにしか利用されない。

溜め息を吐いた明良の肩口に、達幸は鼻先を埋めた。

「俺ね、俺ね、昨日もね、ちゃあんとこうしてお風呂に入れてあげたんだよ。俺は明良が俺の出したのにべったり濡れてるのが大好きだから、そのままの方が良かったんだけど、明良は綺麗好きだって、俺、知ってるもの。俺、いい犬だよね？」

「…ああ、そうだな…」

つまり、意識が無い間も、身体の内側から外側までまんべんなく達幸の精液まみれにされていたということなのだが、もう責める気も起きない。幸せそうで良かったね、と思ってしまう。

「俺に全部任せてくれた明良、すごく、…すごくキレイで、可愛かった。俺、明良を洗ってる間も、一緒にお湯に浸かってる間も、ずーっと、明良にうっとりしてた。明良よりもキレイな飼い主なんて、この世のどこにも居ないよね？」

「…ああ、そうだな…」

「今日もね、お風呂から出たら、ぎゅっとしてもらおうと思ってたの。…明日もお休みなんだから、いい、…よね？」

「ああ、そう……、じゃない！　駄目に決まってるだろう！」


うっかり流されて頷いてしまいそうになり、明良ははっと我に返った。

尻に当たる達幸のものは、二日間もやりたい放題だったにもかかわらず、硬く兆《きざ》している。明良が隙を見せれば、『ぎゅっとしてもらう』べくいそいそと入り込んできかねない。

叶うならバスタブから出て、達幸から距離を取りたいが、酷使され続けた身体はろくに言うことを聞いてくれない。達幸の補助無しでは、服を着るのもままならないだろう。

「……どうして、駄目、なの？」

恐ろしいことに、達幸はなおもぎゅっとしてもらう気満々だが、これ以上付き合わされたら、さすがに明良の身体ももたない。

幸い、今までの反応を見る限り、達也と遭遇してしまった影響は、明良が予想していたほど酷くはなかったようだ。早く松尾と連絡を取り、その後の二次選考がどうなったのか、達也の動向も含めて把握しておきたい。達幸を守るためにも。

「……ねえ、どうして……？」

ぽたり……。

達幸の囁きと共に、小さな水音がして、乳白色の水面に波紋が広がった。

天井から水滴でも落ちたのだろうか。何気無く見上げようとしたが、出来なかった。背後からのしかかってくる達幸に、身動き一つ取れぬほど強く抱きすくめられていたから。

「…たつ…、ゆき？」

返らない応えの代わりに、ぎり…、ぎり…っ、と、明良を閉じ込める腕の力は強くなる。達幸は明良の肩口に鼻先を埋めたままだ。

静まり返ったバスルームにたゆたうのは、立ち込めた湯気と、ぽたり、ぽたりという水音。そして、ぐすぐすとしゃくり上げる、達幸の嗚咽だけだ。

「…ぅ…っ、ふ……」

再び肩口で嗚咽が漏れ、水面に波紋がいくつも広がった。そこで明良は、ようやく気付く。さっきから落ちているのは、達幸の涙なのだと。

「達幸…!?」

「…う…っ、あーちゃん…、どう、して…？」

達幸は大きく啜り上げると、明良を軽々と抱き上げ、くるりと回転させた。

今度は正面から向かい合う格好で膝に乗せられ、明良はひくりと喉を震わせる。滂沱《ぼうだ》の涙を流す青い双眸に、強い悲しみと憤りが渦巻いていたから。

「…どうして…？　どうして、あーちゃん、俺のこと…ぎゅっとして、くれないの？」

「…達幸、お前…」

「俺、…俺…、すごく、すごく我慢した…！　俺のキレイなあーちゃんに横恋慕して、盗ろうとしたあいつを…ぶちのめしてやりたかったの、いっしょうけんめい我慢したっ！」

ひく…っ、と達幸がしゃくり上げながら言った『あいつ』とは、間違いなく達也のことだろう。

『あんた…、誰…？』

熱のこもった問いかけと、どこか達幸に似た眼差しがよみがえった。胸をよぎった不安を隠し、明良は必死に首を振る。

「違う、達幸。た」

　達也は横恋慕なんかしていない、ただ台本を取り返した僕に興味を引かれただけだ。明良はそう訴えようとした。

「うあああ、ああああーっ！」

　だが、達也の名を紡ぎかけた瞬間、達幸の口からほとばしった絶叫にさえぎられてしまった。

　魂を削られるような叫びに圧倒され、二の句が継げない明良に、達幸はずいっと顔を寄せてくる。頬を伝う涙が、粒となって宙に飛び散るほどの勢いで。

「駄目っ…、駄目ぇっ！　あいつのことなんか、呼んじゃ駄目っ！　あーちゃんが、穢れちゃう！」

「…た、…っ…」

　達幸、と呼んでなだめようとしたのに、達幸はまた明良が達也の名を口にしようとしたのだと勘違いしたらしい。青い目をぎらりと光らせ、かぶりつくように唇を重ねてくる。

「…う、…ん、……っ…」

　搦め捕られる舌ごと、呼吸までもが奪い取られる。窒息の恐怖に、明良は達幸の腕に爪をたててもがいたが、達幸はいっこうに離れてくれない。

　むしろ、もがけばもがくほど、口内をより深く貪られる。後頭部をがっしりと支えられていては、どこにも逃げようが無い。

「あーちゃん…、あーちゃぁぁん……」

　目の前が暗くなり、息苦しさが頂点に達したところでようやく解放され、ぐったりとする明良に、達幸はぐしゅぐしゅと泣きながら頬擦りをする。

「お願いだから、あいつのことなんか呼ばないで。優しくしないで。構わないで。死にかけてても見捨てて。……あーちゃんがいい子いい子ってするのは、俺だけでいい。そうでしょ？　あーちゃんの飼い犬は、俺だけなんだから」

「……、ぁ……」

　明良は呼吸を整えるのに精いっぱいで、頷くことさえままならない。

　そうさせたのは自分なのに、達幸はいかにも悲しげに、ぼろぼろと大粒の涙を零す。

「お願い…っ、あーちゃん、お願い。俺のこと、ぎゅっとして…放さないで…。じゃないと、俺、俺…っ…」

深い悲しみに染まった青い目に、明良の胸は引き絞られるように痛んだ。

……何て、勘違いをしていたのだろう。

達也と遭遇して、達幸が動揺しないはずがなかったのだ。

今にも暴走し、草の根を分けてでも達也を捜し出してぶちのめしたい衝動を抑え付け、半分だけ同じ血を引く雄に明良が惹かれるかもしれないという不安を押し殺すために、この二日間、明良と繋がっていたのだろう。明良の胎内に宿ることで、達幸は必死に正気を保っていたのだ。

明良がこれまでのことをほとんど覚えていないのも、あまりに常軌を逸した行為だったゆえに、頭が記憶として留めておけなかったからかもしれない。

意識を喪失していた間、我が身に何が起きていたのかと思うと、恐ろしくなる。

けれど、それ以上に明良の胸を占めるのは強烈な自己嫌悪だ。

明良が達也を見ておきたいなどと願わなければ、二人の異母兄弟をあんな形で出逢わせずに済んだ。せめて河本たちの不正に見て見ぬふりを貫けば、達幸をこれほど苦しめることも無かったのだ。

達幸が身勝手な父親やその家族にどれほど傷付けられたか、今も無意識に苦しめられているのか、明良は知っていたのだから。

「…ご…、めん…」

「…あー、…ちゃん?」

「ごめん…、達幸。ごめん……」

どうにか整った息を吐き出しながら、間近にあった達幸の唇に、明良は自ら己のそれを重ねる。

「…僕は…、お前の、飼い主なのに…お前のこと、何もわかっていなかった。ごめん…」

「違う…、違う、違うよ、あーちゃんっ…」

達幸は湿った髪を乱し、幼い子どものようにぶるぶると首を振る。水面が波打ち、ぱしゃりと乳白色の飛沫が舞った。

「あーちゃんは、何も悪くない。…悪いのは、あいつだもの…っ」

「達幸…」

「あーちゃんの一番いい犬でもないくせに、あーちゃんを欲しがる、あいつが悪いんだもの…」

「…達幸、達幸…」

どんな時でも…自分が深く傷付けられた時でさえ、達幸は決して明良が悪いとは言わない。

愚かなまでのその妄信が、恐ろしくもあり、…愛おしくもある自分は、やはり達幸とお似合いの愚かな飼い主なのだろう。

明良は再び触れるだけの口付けを贈り、囁いた。

「…早く風呂から上がって、寝室に連れて行け」

「えっ……?」

「お湯の中でやったら、のぼせるだろう。…ぎゅっとして欲しくないのか?」

「……欲しいっ！　ぎゅっとして欲しいっ！」


俄然《がぜん》、やる気に満ちた達幸は、明良を抱き上げたままバスタブを出た。数歩で洗い場を横切り、脱衣所に用意されていた大判のタオルで自分と明良の身体を拭い、寝室のベッドにたどり着くまで、ほんの五分もかからなかっただろう。

「あーちゃん…、あああ、あっ、あー、ちゃんっ…」

「…こら。がっつくな」

新しいシーツに交換されてあったベッドに二人して横たわるなり、背後から性急に貫かれそうになり、明良は慌てて端っこへ転がった。

いくら今まで繋がり続け、湯に浸かっていたからといっても、いきなり貫かれれば痛いに決まっている。明良の蕾は自分を受け容れるためにあると、達幸は信じて疑わないが、そこは本来、排泄のための器官なのだ。

達幸の大きすぎるものを『ぎゅっとする』前に、出来ればきちんと解しておきたいのだが……。

「あ…、あああ、…あ、あーちゃ、ん…、あーちゃん、ああ、ああっ…」

ちらりと見遣った達幸は、臍《へそ》に付くほど雄を反り返らせ、膝立ちのまま明良の肢体を視線で犯している。したたり落ちた透明な先走りが、シーツに無数の染みを作っていた。

明良を味わうことしか頭に無いこの男に解してもらうのは、自殺行為にも等しいだろう。命じれば喜んで従うだろうが、何時間も尻を舐め回され、再び意識を失う羽目になりそうだ。

飼い犬が使い物にならなければ、頼れるのは自分だけである。

「……仕方がないな」

ひとりごちた明良は人差し指と中指を咥え、たっぷりと唾液を纏わせた。本当はそれ専用の潤滑剤でもあればいいのだが、達幸が明良に自分以外の匂いをつけるのを極端に嫌うせいで、そういった類いのものは常備していないのだ。

「…んっ、…」

明良はベッドに横臥し、唾液に濡れた指先をそっと尻のあわいに差し入れた。

いつも達幸に丹念に舐めしゃぶられ、蕩かされているから、こうして自分で解すことはめったに無く、どうしてもぎこちない手付きになってしまう。

「…あ、あー、あー、…っ、あああ、あー、…ちゃ、…あ、あーっ、あ…」

少しでも達幸を刺激しないようにと、脚をぴたりと閉じているのだが、意味は無かったようだ。

受け容れるべき場所を自ら解す明良、という稀有《けう》なご馳走を前にした達幸の口からは、明良を呼んでいるのか呻いているのかも定かではない咆哮が、涎と共にひっきりなしに垂れ流されている。

「あ、あっ！　ああ、あーっ、あーちゃ、…あーちゃ…ん、あーちゃん…！」

明良が胎内で指をうごめかせ、小さく呻くたび、達幸はぼたぼたと大量の先走りを雄の先端から溢れさせ、悔しげに喚《わめ》く。

「俺…っ、俺の…っ、あーちゃん…、俺の、俺のあーちゃん、なのにぃ…っ！」

どうやら明良自身の指でさえ、明良の中を探るのは許しがたいらしい。

達幸にとってそこは、達幸だけに許された聖域なのだ。今、達幸の頭の中を覗いたら、ありとあらゆる体位で犯される明良の姿がみっしり詰まっているに違いない。

「早く…、ぅ、あーちゃん…、早く…っ、俺、俺…っ、もう…っ…」

とうとう達幸は明良の足首を引っ摑み、今にも弾けそうな雄を足裏に擦り付け始めた。

湯で柔らかくなっていたそこはみるまに先走りのぬめりを帯び、灼かれそうな熱を明良に伝える。達幸の精を擦り込まれれば、明良の身体はどこでも性感帯に変えられてしまう。

……あぁ…、熱い…、それに、何て大きい……。

ちらりと視線を下げてしまったことを、明良は心から後悔した。

足裏に擦り付けられている達幸のそれは、いつもより大きく、凶悪なまでの存在感を放っていたのだ。数えきれないほど銜え込んできた明良でも、そんなものを突き入れられたら身体が二つに割られてしまうのではないかと危惧してしまう。

…どうにかして、逃げられないものか。

胸に過った誘惑を、明良は即座に振り払った。

達幸は絶対に逃がしてくれないだろうし、達幸を拒む素振りをちらとでも見せたなら、最悪、二度目の監禁生活に突入してしまうかもしれない。それだけは、絶対に避けたかった。

今の達幸は、飢えた獣と同じなのだ。二日もの間、意識の無い明良を貪っていてもなお満たされなかった、手負いの獣――。

骨まで残さず喰らい尽くされ、何も残らなかった己の幻影を頭から追い出し、明良は横臥したまま、震えながら右の脚を上げた。

喉を通り、胃の腑へ落ちていく唾液が、妙に冷たく感じられる。

「…いいぞ。おいで、達幸」

「あ……、あ、ああ、あーちゃん！　あーちゃん！　俺のあーちゃんっ…！」

人間の言葉を借りた雄叫びと、のしかかられる重みと衝撃、そして腹をぱんぱんに膨らまされる圧倒的な感覚が、同時に襲いかかってきた。

突き上げられる勢いでベッドの上をずり上がりかけた明良を引き寄せ、滾《たぎ》る肉の杭とわななく胎内を無理やり噛み合わせた達幸が、溜め込んでいた熱をがつがつとぶつけてくる。肉の軋む音が、腹の奥から、ぐずりと明良の聴覚を犯した。

「う…、ふふっ、ふふ…っ、あぁ、あー、ちゃん、あーちゃん…」

「…っ、ぁ…、…」

「あーちゃん…、あーちゃん、俺のあーちゃん…、ね、お願い…、ぎゅっと、…ぎゅっと、して…っ」

無茶すぎる注文だった。解しておいてもなお、入り口が擦り切れてしまうのではないかと危ぶんでしまうほどの突き入れに必死に耐えている明良には。

けれど、明良はきつく目を瞑り、懸命に達幸の願いを叶えた。さもなくば、いつまでもこの責め苦から解放されないと、本能で悟っていたからだ。

「…あぁ…っ、…あーちゃん…、あーちゃん…」

小刻みに蠕動する胎内に抱き締められる感触を、達幸は腰の動きを止め、じっくりと味わった。高く上げた明良の右脚を右腕で抱え込み、左腕は絶え間無く明良の平たい胸をまさぐっている。

その顔を見ることは出来ないが、きっと青い目をきらきらと輝かせ、至福の笑みを浮かべているのだろう。

耳朶をしゃぶり、耳孔に突き立てられる舌も、吹きかけられる吐息も熱く、官能を帯びている。ぴったりと隙間無く重ねられた肌から、達幸の歓喜が熱の奔流《ほんりゅう》となって染み込んでくる。

……嬉しい、嬉しい！　あーちゃん、俺の。俺のあーちゃん、ぎゅっとしてくれて、嬉しいっ！

「…た、…達、幸…」

あと少しでも拡げられたら擦り切れてしまいそうな入り口や、かすかな嘔吐感すら覚えるほど奥まで侵され、内側から圧迫されている腹も意識の外に追い出し、明良は達幸の胸に背中を擦り付ける。

うっすらと膨らまされた己の腹を、ゆるゆると撫でさすりながら。

「いい子…、達幸は、…いい子、だな…」

「う…、あ、あっ、あーちゃん…、ううう、あっ、ああああ、あーちゃ、んんっ」

感極まったように、達幸は明良をがっしりと抱え込み、腰を揺らめかせる。その動きがさっきよりもだいぶ緩やかなのは、明良の胎内に収まった己を、腹越しに撫でてもらえたからだろう。

明良の腹に収まり、可愛がられることを、達幸は何よりも好んでいる。もし可能であれば、その身体ごと明良の中に宿って、二度と外に出てきたくないのではないだろうか。

そうすれば、明良と絶対に離れずに済み、他の雄に奪われる心配も無くなるから…。

「あーちゃん…、あーちゃん、俺の、キレイで可愛い大好きなあーちゃん…」

「…ん、…うぅっ、あ、…達幸、…っ」

「ね…、あーちゃんの飼い犬、俺だけだよね…? …あ…っ、あいつなんか、…飼ったり、しないよね…?」

口にするのも汚らわしい、とばかりに言い放たれた『あいつ』とは、間違い無く達也のことだろう。

「…達幸。…僕、は…」

あいつ——達也のことなど、何とも思っていない。ただ予想外のアクシデントが起きただけなのだと説明しようとして、明良は一旦口を閉ざした。

明良が絡めば、達幸の勘は冴《さ》え渡る。外すことはまず無い。

おそらく達幸は、達也に腕を掴まれた明良を目にしただけで、何もかも看破してしまったのだろう。達也が明良に、どんなふうに詰め寄ったのか。…明良が、達也の射るような眼差しを、どう感じたのか。

無難に取り繕おうとすればするほど、かえって達幸の心を逆撫ですることになる。そう判断した明良は、素直に胸の内を吐き出した。

「…僕は、…あいつが、怖かった。…とても、怖かったんだ。達幸…」

「…あーちゃんっ…」

「名前を…、聞かれたけど、…答えたくなかった。お前が、来なかったら…、僕は…」

「あーちゃん…、あーちゃん…っ！」

達幸は明良の右脚を下ろし、弾みでわずかに抜けてしまった雄をしっかりと嵌め直しながら、両の腕で背後からきつく抱きすくめてきた。肩口に顎を乗せられ、頬をすりすりと擦り寄せられ、それだけでは足りずに舐め回される。

「大丈夫…、あーちゃんは、俺が、守るから…」

「あ…、あっ、達幸っ…」

「俺は、あーちゃんの、一番いい飼い犬だもの。…あーちゃんが怖いって思うモノ、…全部、ぜぇーんぶ、俺がやっつける、から…っ」

「あひ…っ、ひぃっ、いい…っ…！」

ぐるりと腹の中を回転しながら掻き混ぜた雄が、さっきよりも深い場所を抉る。

射精に似た快感が明良の脳天を突き抜けたが、この二日間で限界まで搾り取られてしまった性器は、一滴の精液も零していないだろう。

達幸に抱かれるようになってからというもの、明良は自分の性器が射精するところを見たことがほとんど無い。ことが始まれば、まず達幸に残らずしゃぶり尽くされ、味わわれてしまうせいで。

「あ、あっ、…達幸、…いいんだ、達幸。…あいつを、やっつけたり、しなくても…」

逞しさと男らしさを誇示するように下からがつんがつんと突き上げられ、頭の中が真っ白に灼かれてしまいそうな快感に侵されつつも、明良は湿った髪を振り乱しながら訴える。ここでがつんと言い聞かせておかなければ、明良が気絶したとたん、達幸は達也を抹殺しに行きかねない。

「ど…、して…？　だって、あーちゃん…、あいつのこと、怖いんでしょう…？」

「…あぁっ、あ…っ」

達幸しかたどり着けない奥をごりごりと抉られ、小突き回されるせいで、明良の声は応えを返そうとするそばから軒並み嬌声に変化してしまう。

明良に腹の内側から自分の匂いを発散させようとする時の達幸は、根元まで挿入するとすぐにおびただしい量の精液をぶちまけながら果てるが、ぎゅっとしてもらいたい時の達幸はそう簡単には達してくれない。勃起を保ったまま、何時間でも明良の胎内に居座り、抱擁をねだり続ける。

……きっと昨日も、こんな状態が続いて、気絶したんだろうな……。

今日もそうなってしまえば楽になれるのだろうが、今の達幸を放置するわけにはいかない。腹の中から全身に回りつつある快感を抑え、明良はどうにか喉を震わせ、声を絞り出す。

「は…、ぁっ、…た、…しかに、あいつは、怖い…けど、僕は…、お前が傷付く方が、怖いんだ…」

「俺…、が?」

「…あいつは、お前を…初めて逢った兄を、自分が、有名になるための道具としか、…見て、なかった。あんな奴に関わっていたら…、お前は、きっと傷付く。僕は、それが…」

怖いんだ、と告げる前に、背後からいっそう強く抱きすくめられ、腹の中にぶわりと熱いものが広がった。ぐちゅり、とぬかるんだ音が聞こえて初めて、ああ中に出されたのかと気付き、明良は目を見開く。

かつて、ぎゅっとしてもらうのだと意気込んでいた達幸がこんなに早く絶頂に達することなど、あっただろうか。しかも、一度で腹がもったりと重たく感じるほど大量に…。

「あ…、あ…ぁ、達幸、お前…」

「あーちゃん…、あぁ、あーちゃん…、俺の、キレイで優しいあーちゃん…」

精液まみれにされた腹の中を、達幸は緩やかに突き上げてくる。出されたばかりの粘液をぐじゅっぐじゅっと攪拌する雄は、ほんの一突き、二突きの間に逞しさを取り戻していた。

「嬉しい…、あーちゃん、俺のこと、…俺のことだけ、心配、してくれてるんだよ、ね…? あいつなんて、…どうでも、いいんだよ、ね?」

「…あ、…当たり前、だ、ろう…。お前は、…僕の、可愛い、犬なんだから…」

「…あーちゃんっ…！」

　達幸は繋がったまま身を起こし、仰向けの明良を己の下に移動させた。

　開いた脚の間に恋人を迎え入れるいわゆる正常位から、膝裏に入れられた手でぐっと脚を持ち上げられる。みっしりと筋肉のついた長身にのしかかられ、全身をきつく抱きすくめられれば、精液で満たされた腹は達幸の重みでみちみちとひしゃげた。

　どこにも行き場の無いどろどろの精液が、受胎をねだるように胎内に絡み付く。

「…や、あっ、達幸…っ、お腹、…そんなにしたら、お腹、が…っ…」

「うん…、あーちゃんのお腹、俺でいっぱい。もっともっと俺を注ぎ続けたら、きっと…、いつか俺を孕んで、くれるよね…」

「あ、…馬鹿、ああ、あああー…！」

　のしかかられたまま発射された二度目の精液は、すでに注がれていた分と混ざり合い、胎内を逆流し、あるいはさらに奥へと流れ込んでいく。まるで、より優秀で、明良に孕んでもらうに相応しい種はどれなのか、競い合っているかのように。

「…ふ、うふふ、あーちゃん、あーちゃん。ぎゅっと…ぎゅっとして。ね？　俺だけのあーちゃん」

　なおも萎えない雄で明良の胎内をこねくり回す駄犬に罵倒の一つも浴びせてやりたいのは山々だが、全身を押し潰されている上、顔面をべろんべろんと舐め回されているのでは不可能だ。

　明良は睫毛からしたたりそうになる唾液をきゅっと目を瞑ることで振り落とし、お望み通り、腹の中の達幸を食み締めてやる。

「う…、あ、あぁ…、あーちゃん…、愛してる、…大好き、あーちゃん…」

　苦しくてつらくて、呼吸すらままならないけれど、それでも達幸がうっとりと幸福そのものの表情を浮かべてくれるならいいと思えてしまう。

「…たつ、…ゆき…」

　圧迫感に慣れ、昂っていた達幸の神経が少し落ち着いてきた頃を見計らい、明良はするりと逞しい背中に腕を回す。

「僕も…、お前が、…好きだよ。離れたくない…から、僕を置いて、…あいつのところなんて、行かないで」

「…あーちゃんっ…！　もちろんだよ、あーちゃん…俺、どこにも行かない。ずっとずーっと、あーちゃんの傍に、居るから…」

肩の上に明良の両脚を担ぎ、膝立ちになった達幸が、浮かび上がった尻のあわいに雄をぐぷりとねじ込んだ。隙間から零れ落ちそうになっていた精液が、熟した切っ先によって胎内に押し戻される。

「…う、ふ…っ、うう、ん…」

背中はベッドに押し付けられたまま、下肢だけを抱え上げられているせいで、二回分の精液はいっこうに明良の中から溢れていかない。

明良の腹が空っぽになることを許されるのは、達幸の欲望が完全に満たされた時だ。それまではただひたすら猛り狂った雄に栓をされ、達幸の精液を宿す器であり続ける。

どうすれば明良に精液を零させないまま繋がっていられるのか、まぐわうたびに、達幸は学習しているのだ。

そして、学習しているのは、明良とて同じこと。突き上げられる感覚や腹の圧迫加減から、行為があとどれくらい続くのか、だいたいの見当が付くようになった。

……この漲りぶりからすると、あと、三時間は離れないだろうな。

「は…、ぁっ、あ、ああっ…、あ…」

溜め息は、即座に甘い嬌声へ変化した。

明良の零すものなら涙だろうと鼻水だろうと涎だろうと何でも舐め取る達幸だが、繋がっている間は、深い口付けはめったに仕掛けてこない。絶えず腹を揺さぶられ続けているのに、呼吸まで塞がれては本当に窒息死してしまうと、明良が躾けた結果だ。

「達幸…っ、お、願い…」

だから明良はなけなしの力を振り絞って両脚を達幸の背中に絡め、自らねだる。

「僕が、気を失ったら…、目が覚めるまで、…たまに、キス、して欲しい…」

「…え…っ、…あーちゃん…？」

「あ…っ、あ、…お前が傍に居るって、…ずっと、感じていたいんだ…、…駄目、…か？」

行為の最中、明良の方からおねだりをすることなどほとんど無い。達幸は青い目をきらきらと輝かせ、首を大きく上下させた。

「うん…っ…！　俺、あーちゃんが寝てても、キスするよ。絶対、寂しくなんか、させないから」

「ああ…、あっ、あぁぁん…、達幸…っ」

案の定、胎内の雄は危機感を覚えるくらいに成長を遂げ、突き上げはいっそう激しくなったが、明良は満足だった。やり遂げた自分を誉めてやりたかった。

明良のお願いを、達幸はいじましいくらい忠実に実行する。

明良が失神したら、明良を寂しがらせないよう、ずっと傍を離れず、口付けを贈り続けるだろう。達也をぶちのめしに行く暇など、なくなるはずだ。

今、明良が最も恐れるのは、意識が無い間に達幸が達也への報復に出るかもしれないということだが、これでその可能性は消えた。

……もう、何も心配することは無い。あとは、達幸がくれる嵐のような快感に身を任せるだけ。それ以外、明良には何も出来ないのだから。

「あ…っ、は、ぁぁんっ、達幸ぃ…っ、…もっと、…もっと、…あ、あああー…！」

全身で自分を孕ませようとする男にしがみつき、明良は思うさま声を上げた。


「…くそっ…、くそ、くそっ……」

止まらない罵倒を垂れ流しながら、青沼達也はグラスに残っていたビールをぐっと呷《あお》った。

爽やかな喉越しのアルコールが渇きを潤してくれるのは、ほんの一瞬だけ。飲み下すと同時に再び渇きに襲われ、注ぎ足そうとするが、持ち上げた金色の缶は空っぽだ。

テーブルには、すでに空になったアルコールの缶が何本も並んでいる。

それらを横目で睨み、達也はふらりとソファから立ち上がった。すっかり酔いが回り、おぼつかなくなった足取りでリビングを突っ切って、向かうのはキッチンだ。

モデルデビュー後、念願の一人暮らしを始めてからというもの、スタイル維持のためになるべく自炊するよう勧められているにもかかわらず、料理をしたことなど数えるほどしか無い。冷蔵庫に食材の類いは皆無だが、酒だけはふんだんに常備していた。

身体や仕事のためを思うなら控えるべきだとわかっていても、酒に一時の癒しを求め、憂さを晴らすことはやめられない。…今日のような日には、尚更。

「チッ……」

ふらつきながら開けた冷蔵庫には一本の酒も残っておらず、達也は壁を殴りつけた。

……何で、こんなタイミングでなくなるんだよ！

夕方に帰宅してから今まで飲み続ければ、ストックが尽きるのは当たり前なのだが、八つ当たりをせずにはいられない。さもなくば、まざまざと思い出してしまう。初めて邂逅《かいこう》を果たした異母兄の達幸と——その、予想を凌駕《りょうが》する演技を。

『…この世界に、君と僕だけしか存在しなくなればいいのに…』

「う…っ、ああ、あああっ！」

ごんごんごん、と達也は冷蔵庫の扉に額を何度もぶつけた。整った、だが自分とはまるで似ていない面影を、頭の中から追い出してしまいたくて。

けれど、消し去ろうとすればするほど、達幸の姿はより鮮やかによみがえる。

『……愛しているよ』

手首を摑まれ、甘く囁かれたあの瞬間、突き落とされたと思った。現実という確固たる世界から、どろどろとした狂気の淵……落ちたが最後、二度と這い上がれない泥沼へと。にじり寄ってくる達幸に、愛し殺されると本気で恐怖した。

だが、観客の歓声で我に返った達也の目に映ったのは、無感動に自分を見下ろす異母兄だった。ほんの数秒で、達幸は恋人を病的に愛する狂った男から、現実へ――若手最高の呼び声高い俳優、青沼幸に戻っていたのだ。

まるで、羽織っていた衣を一枚脱ぎ捨てるかのような呆気なさで。泥沼に片足を突っ込んだまま動けない達也を、置き去りにして。

「何だよ…、何なんだよ、あれはっ……」

惨《みじ》めだった。半分は同じ血が流れているのだから、自分だっていずれは達幸のような演技力を身に付けられるはずだと自信を抱いていたのに、それは絶対にありえないと思い知らされてしまったのだ。

――悔しかった。結局、台本の台詞以外、異母兄はひと言も声をかけてくれなかった。その代わりに、達也など眼中にも無いのだと、無感動な双眸が物語っていた。

達幸が青沼家を出された経緯は、達也も父親から聞かされている。最も責められるべきは不貞を疑われるような子どもを産んでしまった達幸の母親だが、両親や祖父母に愛されて育った異母弟に、達幸が兄としての愛情など抱くはずがあるまい。それは仕方の無いことだと、達也も納得している。

でも、達幸が両親に疎まれて育ったのは達也のせいではないのだし、父いわく、達幸を引き取った里親は裕福な医者だそうだ。父からの養育費もあったのだから、何不自由無い暮らしを送れただろうと、達也は信じて疑わない。…実際は、兄弟の父である幸雄は、鴫谷家に引き取られていった達幸に対し、ただの一度も養育費を支払ったことなど無いのだが。

どんな事情があっても、兄弟は兄弟である。生き別れになっていた弟、それも自分と同じ道に進んだ弟とようやく出逢えたのだから、少しは感動してくれても良いではないか。

もしもあの時、達幸が涙の一筋でも流しながら抱擁してくれれば、達也は満座の注目を集め、知名度も急上昇したはずだ。二次選考には文句無しに通過。兄貴の七光で仕事を取っていると達也を敵視してくる、くそったれな河本たちの鼻を明かしてやれた。もしかしたら、あの久世監督と知己となれたかもしれない。

しかし現実は、達也の思い描いた光景とはかけ離れていた。

達幸は周囲の熱狂になど興味は無いとでも言わんばかりに姿を消してしまい、それでもなお、残された観客たちは、しばらくの間、達幸の演技の余韻から醒められなかった。進行役のスタッフが審査開始時刻を過ぎていると告げに来なかったら、いつまでもそのままだったかもしれない。

一時間遅れで始まった二次選考において、審査員から最も注目され、期待されていたのは、間違い無く達也だっただろう。気難しいので有名な久世監督も、身を乗り出さんばかりに達也を観察していた。あの鬼気迫る演技をしてのけた青沼幸の弟なら、きっと兄に勝るとも劣らない演技を見せてくれるはず。無言の期待は熱気となって会場を包んでいた。

…結果は、さんざんだ。

この日のためにモデルの仕事を控えてまでレッスンを受けたのに、普段の半分も実力を発揮出来なかった。自分らしく演じようとするたび達幸の演技が脳裏をちらついて離れず、それ以外の何も考えられなくなり、台本の台詞を思い出すのがやっとだったのだ。

何度もつっかえながらも、最後まで演じきれたのは奇跡といっていい。

だが当然、審査員たちの評価は芳しくない。彼らは一様に失望を露わにし、久世などは苛立ちの表情すら浮かべていた。事前の期待が高かっただけに、幻滅もまた大きかったのだろう。

『……これが、幸の弟とはな』

そう忌々しげに吐き捨てた久世に、ふざけるな、と怒鳴り付けてやりたかった。達也は何も悪くない。悪いのは、頼みもしないのに達也の台本を演じた達幸と、勝手に期待した周囲ではないか。

おとなしく引っ込んだのは、絶対に爆発するな、とマネージャーの田部井が必死の表情で訴えてきたからだ。達也の後もまだ審査は残っていたが、ライバルたちの演技を見ること無く、達也は会場を去った。針のむしろと化した会場に残るなど、達也の高すぎる矜持《きょうじ》が許すわけがなかったのだ。

そうして田部井に自宅まで送らせてからずっと、達也は酒に溺《おぼ》れている。

ライバルたちの嘲笑や審査員の失望の表情は、大量のアルコールが忘れさせてくれた。だが、物心ついて以来初めて出逢った異母兄の演技だけは、飲んでも飲んでも頭の中から消え去ってくれない。

「…俺が、何をしたっていうんだよ…っ…」

開いたままの冷蔵庫から溢れ出る冷気が、ぴくぴくと引きつる達也の頬をなぶっていく。火照った肌を冷ますそれさえも、無言で達也を見下ろしていた達幸の眼差しに比べれば温かく感じられる。

――あれは、兄が弟を見る目ではなかった。いや、その目は確かに達也を捉えていたが、達也を見詰めてはいなかった。達幸の目に映るのは、おそらく…達也をたったひと言でたしなめてみせた、あの青年だけだ。

あーちゃん、と呼ばれていた。名前を聞き出す前に達幸と共に姿を消してしまったが、後で田部井に確かめたところ、ライバル事務所・エテルネの従業員であり、達幸のマネージャー補佐だそうだ。

名前は鴫谷明良。達幸の仕事先にはほぼ漏れ無く同行し、また自身も所属アーティストと間違われるほどの整った容姿の主であるため、マネージャー補佐という微妙な立場にもかかわらず、田部井の記憶に残っていたらしい。

それ以外の情報は引き出せなかったものの、渾名《あだな》で呼ばれていたことといい、演技を終えた達幸に駆け寄ってきたことといい、相当親密な仲のはずだ。

……達也の無様な演技を見たら、彼はどんな反応をしただろう？　呆れるか、それとも嘲笑するのか。血を分けた弟のくせに、兄の足元にも及ばないと……。

「畜生……っ！」

達也はかろうじて残っていたミネラルウォーター

のボトルを呷るが、ただの水では、この喉の渇きを癒せはしない。

だが、もはや真夜中だ。こんな時間に酩酊《めいてい》して酒を買いに出た挙げ句、何かトラブルを起こし、マスコミに嗅ぎつけられでもしたら目も当てられない
——そう思った時、ふいに魔が差した。

……いや、いっそその方が良いのかもしれない。

すっかり乱れてしまった前髪を、達也はくしゃくしゃと掻き上げた。

飲酒絡みの不祥事は、芸能界では命取りだ。報道されれば、いくら事務所がごり押ししようと、達也は二次選考失格となるだろう。

その方がいい。同じ血の流れる異母兄に遠く及ばないから選考を通過出来なかったと言われるよりも、不祥事で失格になる方が、きっと——。

「……うわっ！」

昏い想いにそそのかされるがままキッチンを出たとたん、何かにぶつかった達也は、よろけた弾みで壁際まで突き飛ばされた。

酔いの回った足ではまるで踏ん張りが利かず、ずるずると廊下に座り込んでしまった達也を見下ろすのは、マネージャーの田部井だ。寝坊の常習犯の達也を仕事に連れ出すため、この部屋の鍵は田部井も所持している。

「…達也？　こんなところで何を…」

途中で言葉を切った田部井が、うっ、と呻いて鼻を押さえる。

「酒臭い…。あれほど控えろとトレーナーからも注意されたのに、また飲んだのか」

「…いいだろ、今日はもう仕事ねえんだから」

「そういうことじゃないだろう。お前はいつどこで誰の目に触れるとも限らないんだから、常に節度を保てと、…っ！」

達也が酒臭い息を至近距離からふうっと吐きかけてやると、ありがたくない説教をまくしたてるしたり顔はみるまに歪んだ。その変化が面白くてけらけら笑っていると、田部井がいかにも不承不承といったふうに手を差し出してくる。

「立て。リビングに移動するぞ。こんなところじゃまともに話も出来ない」

「話ぃ？」

どうせ、今日の酷い演技に対するお説教に決まっている。聞きたくない。反射的に耳を塞ごうとした達也に、田部井は含みのある笑いを投げかける。

「お前、最終選考に進みたくないのか？」

「……はっ……？」

予想外の言葉に、周囲への罵倒だらけだった達也の頭は真っ白に染め上げられた。ほら、と再度促され、素直に田部井の手を取って立ち上がる。

「まず、今日の二次選考だが、お前は落選だ。久世監督が相当おかんむりだったらしい」

未だ酒の匂いが残るリビングに戻り、ちらかり放題のテーブル越しに向かい合ってソファに腰を落ち着けるなり、田部井はハンカチで鼻を押さえたまま単刀直入に切り出した。

「…っ…、それで？」

覚悟していたこととはいえ衝撃は大きかったが、何とか平静を保てたのは、この田部井が、ただ落選を告げるためだけにわざわざ達也のマンションを再訪するとは思えなかったからだ。

案の定、田部井はハンカチの下の鼻をひくひくと得意気にうごめかせた。

「スポンサーの一つに話をつけた。条件次第では、お前を最終審査に進ませてもいいそうだ」

「スポンサーに……」

映画製作に関し、監督である久世は最も強い権限と影響力を有しているが、それでも資金を出してくれるスポンサーの意向にはおおっぴらに逆らえない。『青い焔』はすでに一度、頓挫《とんざ》しかけている。奇跡的に撮影再開に漕ぎつけたのだ。そこまで思い入れのある作品を、いくら久世であっても、スポンサーを怒らせて再び撮影中止に追い込まれるような真似などすまい。

数時間前に行われたばかりの選考の結果を候補者のマネージャーに過ぎない田部井が把握しているのも、スポンサーの力だろう。

「……そこまで、やるのか？」

その絶大な力を振るってもらうためには、相当の条件を要求される——そう覚悟していた達也さえ眉を顰めてしまうほど、田部井から聞き出した『条件』は酷いものだった。確かに、うまく運べば達也はもちろん、『青い焔』にも注目が集まり、集客に大いに貢献するだろう。

だが、その代償を支払わされるのは…。

「いいか達也。コネっていうのは持って生まれた才能の一つだ。使わなければ意味は無いし、活用したからって誰かに責められる筋合いのものでもない」

達也の逡巡を、田部井は過《あやま》たずに読み取った。

「ルックスや実力が伴わなくても、大物芸能人の血縁というだけで分不相応な仕事を獲得してる奴らなんてごまんと居るだろう。別に、お前が格別に狡《ずる》いってわけじゃない。今までだって、さんざん『青沼幸の弟』を売りにしてただろうが」

「…それは…、そうだけど…」

達也はかつて、アクトとは比べ物にならないほど小さな芸能事務所に所属していた。

異母兄に可能だったのだから、自分も必ず芸能界で成功出来る。秘めた才能を必ず誰かが見い出してくれるはずと確信し、青沼幸の異母弟であることは伏せた上で、大手から中堅を中心に数えきれないほどのオーディションを受けたのに、見る目のある人間は皆無だった。

結局、達也を採用してくれたのは、前の所属事務所だけだったのだ。

その頃はろくにメディアへの露出も無く——だからこそ今、最初から大手事務所に所属していたかのように装えるのだが——鬱々と毎日を送っていた達也は、とうとう一念発起し、青沼幸の弟であることを明かして業界最大手のアクトのオーディションを受けたのだ。

以前は書類選考すら通らなかったのに、青沼幸の弟だとわかったとたん、達也はアクトの所属俳優として採用され、前の事務所では絶対にありえなかった仕事が次々と舞い込んだ。たったひと言、プロフィールに青沼幸の弟と書き加えただけで、世界が一変したのだ。

田部井が言う通り、すでにさんざん利用している身で、今回ばかり尻込みするのは今さらなのかもしれない。

けれど、いわば達幸の人気のおこぼれに与っていただけの今までとは違い、今回の『条件』は、明らかに達幸を食い物にするものだ。達也が達幸の立場なら、決して良い気はしない。達幸のマネージャー補佐の明良も、きっとアクトの…達也の遣り口に嫌悪を抱く。

『青沼くん』

柔らかな、だが不思議と威厳のある声で呼ばれたとたん、燃え盛っていた怒りはぴたりと鎮火した。とんでもない悪戯《いたずら》をしでかした河本たちをぶちのめしてやらなければ気が済まないと、あれほど激昂していたのに。

『やめなさい』

この男には従わなければならないと、本能が叫んでいた。口煩い田部井にも、実の両親にすら、そんな気持ちを抱いたことなど皆無だったのに。

…アクトに所属し、青沼幸の弟と公表して以来、女に不自由はしなくなった。青沼幸のファンだから、という理由で擦り寄られるのは癪《しゃく》に障ったが、どの女も皆、達也と寝れば、達也に夢中になった。進んで脚を開く女たちに、食傷気味ですらあったのだ。

芸能界には同性愛者が多いと聞くし、実際に遭遇したこともあったが、いくら美形でも男相手なんて冗談ではない。いくらでも女は居るのに、同性に誘われて、その気になるものかと思っていた。

…その、はずなのだ。自分は、男になど興味は無い。断言してもいい。

だったらどうして、初対面の男がこんなにも気になって仕方が無いのだろう。また、あの日に見詰められ、優しく叱られたいと淡い願望を抱かずにはいられないのだろう。

結果的に、助けてもらったからか？　あの時河本を殴っていたら、非はあちらにあったとしても、芸能人としての達也は少なからぬ痛手を負ったはずだ。一時の激情が去った今ならわかる。

……いや、違う。ただそれだけなら、興味が無いはずの同性の声や姿を、何度も繰り返し脳内で再生などしない。ましてや、常に明良に傍に居てもらって、世話を焼かれているはずの異母兄に黒い気持ちがむくむくと湧いてくることなんて……。

「――達也」

とめどない思考を断ち切ったのは、いつになく真剣な田部井の声だった。

「ためらっている場合じゃないだろう。条件を呑まなければ、お前はここで終わりだぞ」

「…そんなこと…」

無い、とは言えなかった。達也自身、ブログやSNSなどでさんざん異母兄への憧れを語り、異母兄との共演を煽ってきたのだ。このところ仕事のオファーが増え続けているのは、明らかに、兄弟共演への期待によるところが大きい。

にもかかわらず相手役を射止められなかったら、せっかく獲得した仕事も人気も、波が引くように消え失せてしまうだろう。『青沼幸の弟』から『兄に遠く及ばない弟』に転落すれば、事務所にも見捨てられる。河本たちを始め、達也を嫌う同業者は快哉《かいさい》を叫ぶに違いない。

「それでいいのか？」

胸に渦巻く不安を見透かしたように問われ、達也は反射的に首を振っていた。

「…終わるなんて嫌だ。俺は、もっともっと…青沼幸よりも有名になりたい…！」

口を突いたのは、紛れも無い達也の本音だった。

異母兄が実家で養育されていたのは、達也がごく幼い頃までだったが、両親も祖父母も達也ばかりを可愛がってくれ、異母兄には何の関心も持たなかったのはよく覚えている。

青沼家の中心はいつだって達也だったし、皆の愛情を一身に浴びるのもまた達也だった。それはきっと家の外に…芸能界という異世界に場を移しても同じはずだと、そうでなければならないと、達也はどこかで信じていたのだ。

だって異母兄は、青沼家に刻まれた『汚点』なのだから。家族の誰もが言っていた。あんな子が生まれてしまったせいで、幸せそのものの家庭に傷がついたと。どうせなら、母親と一緒に死んでくれれば良かったのにと。奇特な里親が現れ、異母兄を引き取っていってくれた日には皆でお祝いをしたほどだ。

……今さら、異母兄の存在に押し潰されるなんて、許せるものか……！

「お前なら、そう言ってくれると思っていたぞ。……条件を呑むと、先方に伝えていいんだな？」

「……ああ」

達也は頷いた。いつもなら鼻についてどうしようもないはずの田部井の得意げな顔も、今は気にならない。

達也の頭を占めるのは、異母兄よりも皆にちやほやされる自分ばかり。そして達也を誉めそやす取り巻きたちの中には、異母兄のマネージャー補佐の姿も交じっている。

男にまるで興味の無い達也ですらこのざまなのだ。同じ血を持つ兄が、毎日傍に居てあの綺麗な男に惹かれないわけがないと、奇妙な確信があった。

……俺が兄さんより売れれば、あのマネージャーだって、俺の方を選ぶに決まってる。

信頼するマネージャーを奪い、異母兄にさらなる精神的苦痛を味わわせる。それは『汚点』である異母兄への、とても良い報復だと達也には思えた。ついでに明良をこの手に奪い取れるのなら、一石二鳥だとも。

もしもこの時、松尾が居合わせたなら、苦虫を噛み潰したような顔でこめかみを押さえたに違いない。妙なところだけやたらと勘が鋭いのは遺伝なのかと。

そして居合わせたのが明良であれば、血相を変えて叫んだだろう。

——全力で墓穴を掘って火薬を大量に詰めた挙げ句、燃え盛る松明を手に、自ら埋まりに行くような真似はやめろ！　と——。

二次選考の結果がエテルネに通達されたのは、あの波乱ずくめの選考会から十日後のことだった。

制作会社から送られてきた書類を一読するなり、松尾は渋面を作り、空いていた会議室に明良と達幸だけを連れていった。その理由はすぐに判明する。

「……まさか、彼が通過するとは……」

選考通過者の欄には、他の有力候補者に交じり、青沼達也の名前もあったのだ。

寝耳に水だった。

達幸と明良が去った後の選考の様子は、松尾から詳しく聞いている。明良たちをマンションに送り届けた後、松尾は選考会場に取って返し、選考終了まで見届けたのだ。つくづく、松尾の冷静さと強い精神力に感服せずにはいられない。

その松尾によれば、一番の懸案であった達也の演技は惨憺《さんたん》たるものだったという。目の前で見せ付けられた達幸の演技に打ちのめされ、台詞すら満足にこなせなかったそうだ。


久世監督を始めとする審査員たちは落胆し、達幸の登場で沸き返っていた会場の空気は一気に冷え込んだ。居たたまれなくなったのか、達也は挨拶も早々に、逃げるように会場を後にしたという。

あの出来ではおそらく、達也が二次選考を通過することは無いだろう。松尾の推測に、明良も同意した。これで達幸も心労から解放されると安堵しつつも少しだけ複雑な想いに囚われたのは、実際に対面してしまったせいかもしれない。達幸との繋がりを確かに感じさせる、青沼達也という青年と。

けれど、明良にとって最も大切なのはやはり達幸だ。こちらは俳優としてだが、同じく達幸を最も大切に思う松尾と二人で胸を撫で下ろし、最終候補に残るのは誰だろうかとあれこれ楽しく想像していたところへ、まさかの結果がもたらされたのである。

「…審査員の誰かが、アクトと繋がっていたのでしょうか？」

「それは無いと思います」

明良の疑問を、松尾は言下に否定した。

「アクトは大手ですから、全く繋がりが無いとは言えません。ですがあの日の審査員は皆、久世監督と親交の深い方々です。久世監督をあれほど落胆させた候補者を、敢えて生き残らせるような方はいらっしゃらないはず」

「では、何故……」

考え込みながら、明良はそっと達幸を窺った。

達幸は隣の椅子に腰かけ、明良の肩にこてんと頭を預けている。時折、撫でて撫でてとねだるようにその頭をぐりぐり動かす以外、何もしない。明良が手にした書類の内容は達幸にも見えているだろうに、驚きも焦りも伝わってこず、明良の方が不安になるくらいだ。

『俺、…俺…、すごく、すごく我慢した…！　俺のキレイなあーちゃんに横恋慕して、盗ろうとしたあいつを…ぶちのめしてやりたかったの、いっしょうけんめい我慢したっ！』

『お願いだから、あいつのことなんか呼ばないで。優しくしないで。構わないで。死にかけてても見捨てて』

達幸が初めて遭遇した異母弟に嫉妬心を露わにし、明良にむしゃぶりつき、犯し尽くしたのは、ほんの十日前の話だ。あのままでは達也の居場所をでたらめな精度を誇る嗅覚で捜し出し、襲撃しかねなかったから、明良は達幸に求められるがまま我が身を差し出し、必死になだめた。

今の落ち着きようは、明良の献身が功を奏したと思っていいのだろうか。次の最終選考では、審査員として再び異母弟と顔を合わせることは、わかっているはずなのだが…。

「…明良」

見られていることに気付いた達幸が、おもむろに顔を寄せる。それがあまりに自然な仕草だったので、ふわりと触れた柔らかな感触が達幸の唇だと理解するまで、少し時間がかかってしまった。

「こ…、こらっ！」

ぬるぬるしたものが潜り込んでくる寸前で、明良は達幸の肩を突き放した。事務所の会議室、それも松尾の前なのに、いきなり何をするつもりなのか。すでに松尾にはさんざん恥ずかしいところを見られているから今さらかもしれないが、だからといって羞恥心を捨てられるわけではない。

「……どうして？」

意地悪をされた仔犬のような顔をする達幸に、それを聞きたいのは僕の方だ、という明良の無言の訴えは伝わったらしい。

「だって明良、たまにキスして欲しいって言ったでしょう？」

「はっ……？」

何のことだとたじろぎ、少ししてようやく思い当たった。抱き潰されている間、どうにか達幸をマンションに繋ぎ止めるために紡いだあの願いのことだと。明良の言葉を、達幸は出逢った頃から、その無駄に高性能な頭脳に逐一刻み込んでいる。

だがあれは、あくまであの日限定の願いだ。断じて、外に出ても人目をはばからずにキスして欲しい、という意味ではない。そう叱りつけてやりたいが、まるで恋人同士のじゃれ合いを松尾に見せ付けているようで恥ずかしい。

「…安心しました。幸はいつも通りのようで」

茶化すでも恥じらうでもなくそう言ってくれた松尾に、明良は心から感謝し、椅子ごと達幸から距離を取った。すかさず席を立ち、離れてなるものかとばかりに背中から抱きついてくる達幸には一瞥もくれず、正面の松尾に向き直る。

「松尾さん……それでも僕は、アクトが何らかの手段で働きかけたはずだと思います。審査員を抱き込まなくても、アクトほどの大手なら、他にいくらでもルートはあるはずですよね？」

「同感です。とはいえ、製作者サイドには久世監督の影響力が強い。付け入るとすれば、監督も引き下がらざるを得ない領域で…」

「…松尾さん、大変です！」

松尾の呟きを掻き消す勢いで開いたドアから、若い女性社員が息せき切って駆け込んできた。アーティストマネージメント部門の取りまとめ役もこなすようになった松尾の、アシスタントを任された女性だ。

「どうしました？」

「こ…、これを見て下さい…！」

息を整える間も惜しいとばかりに、アシスタントは抱えていたタブレットをテーブルの上に立てる。

——はっと息を呑む音が、会議室に響いた。

光に満ちた空間から、突如、暗闇に放り込まれたような錯覚に、明良は囚われる。

これは夢ではないのか？　否、夢であって欲しい。現実であって欲しくない。

そんな明良の願いも虚しく、何度目を擦り、しばたたいても、タブレットの画面に表示された内容は変わらなかった。

『青沼幸の実父・Y氏激白！　親子生き別れの真相！』

業界最高部数を誇る週刊誌のオンライン版のトップページに、赤い文字の見出しがでかでかと躍っていた。

タップして記事に飛んだ明良は、ぐっと唇を引き結び、拳を握り締める。そうでもしていなければ、せり上がってくる憤りのまま叫び出してしまいそうだ。隣で画面を覗き込む松尾も、無言だが、怖いくらい張り詰めた表情をしている。

Y氏とは、達幸の実父である青沼幸雄のことだろう。父の公明から聞いている。

実の父親でありながら達幸を離れに閉じ込め、居ない者として扱っていたことも、鳴谷家に引き取られていってから養育費の類いはおろか、自発的な連絡一つ寄越さなかったことも。達幸が芸能界にデビューしたことは知っているはずだが、今までに電話の一本、入れてきたことは無い。

血が繋がっているだけの他人。明良にはそうとしか思えない男が、週刊誌のインタビュアー相手に、反吐が出そうなほど身勝手な理屈を並べ立てている。

『Yさんは、息子さんの幸さんが生まれて間も無く、当時の奥様…幸さんのお母様と離婚されていますね。息子さんは可愛い盛りだったと思うのですが、これは何故でしょうか?』

この質問に対し、明良ならこう答えただろう――ただ生まれた子の目が青かっただけで、母親の言い分もろくに聞かずに不貞を疑った末の暴挙だと。

だが、当事者であったはずの男の答えは、事実とは乖離《かいり》していた。

『今だから言えることですが、彼女は当時、外国人男性と関係を持っていました。それでも私は、彼女を愛していた。いつか私の元に戻ってきてくれればいいと思っていたのです。しかし、そんな時に息子が生まれ…その目は、彼女の相手と同じ色で…私はとうとう、耐えきれなくなってしまいました』

『だから離婚され、青沼達也さんのお母様である次の奥様と再婚されたのですね』

『はい。ですがその後も私は息子が…母親に引き取られていった幸のことがどうしても忘れられませんでした。とても可愛い子でしたから…。DNA鑑定を思い立ったのは、あの子が私の子であるかもしれない一縷《いちる》の可能性に賭けたかったからです』


そこまで目を通した時点で、明良の忍耐は限界に到達しつつあったのだが、明良は残る精神力を総動員して記事を読み続けた。

…明良の背中越しに記事を読む達幸の手が、かすかに震えている。同じ重荷を背負ってやるためにも、ここでやめるわけにはいかない。

――結論からいえば、センセーショナルな見出しで始まった記事は、事実誤認と偽り、そして虚構に満ちていた。Y氏こと幸雄の言い分で明良も事実と認定出来るのは、せいぜい、彼が達幸の生物学上の父親であることくらい。それ以外は何もかも、面白いくらいに食い違っている。

突っ込みたい部分は多々あるが、最たるものは、やはり幸雄の達幸に対する感情面だろう。

記事の中で、幸雄は何度も主張していた。

幸を…達幸を忘れた日など一日も無い。DNA鑑定で紛れも無い我が子だと判明した時には、男遊びをするような母親に任せて離婚してしまったことを心底後悔した。どうにかして手元に取り戻したいと願ったが、母親の死後、里親に引き取られていた達幸は幸雄が何度詫びても許してくれず、里親も頑として達幸と会わせてくれなかった。ゆえに、生き別れてから一度もじかに顔を見ていない。

　愛しい息子との再会も許されぬまま人生を閉じるのかと半ば諦めていたら、思いがけず、達幸が俳優・青沼幸としてデビューした。対面は叶わずとも、その姿や活躍ぶりを見守ることは出来ると喜ぶ幸雄に、達也が申し出てくれた。自分も異母兄と同じ俳優になる。そうすればいつか達幸と会い、父親の本当の気持ちを伝えることも出来るだろうから、と。

　異母兄への罪悪感に苦しむ父親をずっと傍で見ていた達也は、父親を救い、異母兄と和解させたいと願い続けていたのだ。

「……よくもまあ、ここまで嘘八百を並べられたものですね。この厚顔ぶりには、いっそ感心します」

　やがて松尾が漏らした呟きは、その場に居合わせた皆の感想でもあっただろう。彼もまた達幸の事情については把握しているし、明良からも伝えてある。

　心もち青褪めた顔で控えていたアシスタントに、松尾は確認した。

「この記事は、いつから？」

「今日付けになっていますが、アップされたのは数時間ほど前のようです。幸さんや青沼達也の話題がＳＮＳで急上昇したので、不審に思って検索したら、この記事にたどり着きました」

　達也がＳＮＳを活用するので、常にチェックを怠らないよう、松尾は竹下《たけした》を始めとした部下たちに言い置いてあるそうだ。

　スクープと称していても、こうした記事が出る際には、すっぱ抜かれる側にも事前にそれとなく情報が漏れてくるものである。芸能人とマスコミは基本的に持ちつ持たれつだ。記事の公開は避けられないにしても、事前に察知していれば、それなりの対応策を練られる。

　だが今回は、情報収集を怠っていなかった松尾さえ出し抜かれた。完全な不意打ちだった。それが意味するところは、たった一つ。

「……スポンサー……！」

明良と松尾の呟きが、ぴたりと重なった。

アクトが働きかけるとすれば、久世監督とその一派以外に大きな発言権を持ち、かつ達也を候補者として生き残らせることに多大な利益を見出せる者に違いない。そしてこの週刊誌の発行元である出版社は『青い焔』のスポンサーの一社であり、その二つの条件にぴったり合致する。久世がいかに鬼才の主であろうと、金を出す側はいつでも強者なのだ。

おそらくアクトは、選考終了後、達也の落選は免れないと考え、くだんの出版社に打診したのだろう。達也を介し、幸雄の激白――と呼ぶのも業腹だが――を提供することを。見返りはむろん、達也の二次選考通過である。

そして出版社は、二つ返事で承諾した。絶大な人気に反し、今までほとんどプライベートが明らかにされてこなかった青沼幸の、実父のインタビューである。青沼幸のファンはもちろん、そうでない者の興味まで煽るだろう。その価値は計り知れない。

しかもインタビューの末尾には、今後、幸雄関連の記事は週刊誌で続々公開予定であると記されていた。書籍離れが叫ばれて久しい昨今だが、今回のインタビューを目にした多くの人々が買い求め、売り上げアップに多大なる貢献をするに違いない。

出版社としては、必ずしも達幸を追い詰める意図など無いだろう。むしろ、映画の興行成功に協力しているのだから感謝して欲しいとすら思っているかもしれない。達幸と父親を結び付けるために俳優になった達也が、達幸の相手役オーディションに臨んでいるのだ。

クランクアップ前から、世間の耳目を集めるのは間違いない。公開された暁には、現在の想定を上回る興行収入が見込めるはずだ。そして『異母兄と父親を仲直りさせたい健気な弟』という評判を背負った達也は他の候補者よりも有利な条件で最終選考に臨み、幸雄は悲運の父親として注目を浴びる。

俳優に実力しか求めない久世監督はこんな遣り口には反感を覚えるだろうが、清濁併せ呑むだけの器量はある。これが映画の成功に結び付くとわかれば、あからさまに達也を非難はしないだろう。

誰一人、損をしない。……そう、知らぬ間に渦中に放り出されていた当の本人……達幸を除いたら。

「……」

とうにインタビューを読み終えただろうに、背後の達幸は無言のまま、微動だにしない。それが何かとてつもなく危険な兆候に思えて、明良は松尾に願い出る。

「松尾さん。…こんな時に申し訳ありませんが、少しの間、達幸と二人にしてもらえないでしょうか」

達幸を守る同志ともいえる松尾は、即座に頷いた。

「わかりました。私はひとまず社長に報告を済ませ、その後は今回の件についての調査を進めます。存分にどうぞ」

「ありがとうございます」

頭を下げる明良に、『幸を頼みます』と返し、松尾はアシスタントを伴って退出していった。いつもながら、話が通じすぎるくらいに通じるあの上司には、感謝せずにはいられない。

「達幸……」

無事二人きりになり、とにかく顔を見るべく立ち上がろうとした明良だが、出来なかった。背後からしがみつく達幸の腕が、痛いくらいに明良を拘束していたから。

……一言も喋れないほどショックだったのか……。

無理も無い、と明良は嘆息した。

自分を捨て、今まで一度も顧みることの無かった父親が、突如こんな暴挙に出たのだ。その目的がもう一人の息子…離れに半ば監禁されていた達幸と違い、家族全員から可愛がられていた異母弟を助けるためとあれば、達幸でなくともふさぎ込みたくなる。

「だい、…っ…」

大丈夫か、と問いかけようとした声が途中で跳ね上がったのは、耳の孔にぬるりと生温かい舌が潜り込んできたせいだ。同時に、背後から伸びてきた手が器用にシャツのボタンを外し、無防備な胸の粒を探り当てる。

二次選考の後、達也を襲撃しかねない達幸をなだめ続けていたせいで、ただでさえ敏感な明良の身体はここ最近、いっそう感じやすくなっている。馴染んだ大きな掌を這わされるだけで、全身が火照ってしまうほどに。

「…た…っ、達幸…！」

「あーちゃん……、だいじょうぶ……？」

こんな時に何を考えてるんだ、と叫びかけた明良は、予想の斜め上をいく問いに絶句した。大丈夫とは、明良こそ達幸に確かめたかったことだ。

「…お前、お父さんのインタビューを、読んでいないのか…？」

「お父さん…って、誰…？」

一瞬、達幸は動揺のあまり正気を失っているのではないかと思った。だが背後から伝わってくるのは戸惑いの気配だけで、否応無しに明良は悟る。…達幸は、本気で言っているのだと。

「…誰って、決まっているだろう。このインタビューに答えているY氏は、お前のお父さんの、幸雄さんのことで…っ、…ん…っ」

懸命に説明する途中でぐいっと振り向かされ、無理な体勢で唇を重ねられる。息苦しさに明良は首を振るが、すかさず回された手に頭を押さえ込まれたせいで逃げられない。

「…う…っ、…ん…、ぅ、…っ…」

性急に入り込んできた舌を受け容れさせられ、口内を蹂躙されるうちに、身体が弛緩していく。

達幸は明良の体液なら何でも甘い、美味しいと評するけれど、達幸のそれには何かおかしな成分でも含まれているのではないかと思う。だって、舌を絡められ、唾液を流し込まれながら吸い上げられるだけで、頭にぼんやりと靄《もや》がかかってしまうのだから。

「……駄目」

いつもの達幸なら、唇を離せば即座に明良の衣服を奪いにかかる。

けれど今日は違った。唇の端から唾液をこぼし、椅子の背に力無くもたれかかる明良と、床にひざまずいて視線を合わせる。カラーコンタクトの奥で燃え盛る青い目が、明良を捕らえる。

「駄目……、駄目。あーちゃん、そんな奴の名前なんて呼んじゃ駄目」

「…、達幸…？」

「…だって…、その男、あいつの父親なんでしょ？ …あ、あーちゃんのこと、俺から盗ろうとした…っ…。だから、だからあーちゃん、その男のことも、怖いんでしょう…っ…？」

達幸は明良が他の男の名前を呼ぶのを極端に嫌う。二次選考から帰った後も、達也の名前を呼ぼうとしただけで半狂乱になった。

だが今の達幸は、明良を守ろうとしているのだ。

……やっとわかった。

震えていたのも、張り付いて離れようとしなかったのも、こんな最悪の形で『再会』してしまった父親を恐れていたせいでも、嫌悪したせいでもない。二次選考の後、激しく抱かれている間、明良が達也を『怖い』と言ったからだ。達也は幸雄の息子だから、幸雄のこともまた、明良は怖がるに違いないと思い込んだのだろう。

――何てことだ。

重大な事実にようやく気付き、明良の胸は差し込むように痛んだ。

達幸は幸雄を、達也の父親だと認識している。ならばまた、幸雄が自分の生物学上の父親であることも、理解出来ているはずなのだ。なのに、達幸は己を捨てた父親に立腹したり嫌悪したりする以前に、明良を案じた。達幸の中で、父親は…青沼幸雄は、その程度の存在でしかない。

明良には、それが酷く悲しく、そして危ういことに思えた。

どんなに最低の男であろうと、幸雄が達幸の実父である事実に変わりはない。その幸雄に捨てられた記憶も、虐待された記憶も、普通の人間なら決して忘れえぬもののはずなのに、達幸は明良の方が心配だという。

……本人に自覚が無いだけで、達幸の繊細な心が傷付いていないわけがない。異母弟に利用され、父親にありもしない事実をねつ造されて、つらいはずなのに。

それでも明良の犬だと自負するこの男は、明良を慮るあまり、どくどくと血を流す己の傷に気付かない。…気付こうともしない。

「…大丈夫、だよ」

ともすれば嗚咽となり、喉奥から迸ってしまいそうなやりきれなさと愛おしさを呑み込み、明良は達幸の頭に手を伸ばした。仕事中ゆえきちんと整えられている黒髪を崩してしまわぬよう注意して撫でてやれば、怒りと使命感に燃えていた双眸が、ぱちくりと瞬く。

「あーちゃん……?」

「僕はもう、達…、あいつなんて怖くない。お前がたくさん、慰めてくれたから。もちろん、その男のこともだ」

「…ほん、と…?」

「ああ、本当だ。これからだって、お前が僕の傍に居てくれれば怖くならない。だから…お前は、僕なんかよりお前自身の心配をして欲しい」

「俺、…自身、の?」

ああ、と頷き、明良は達幸を会議室の窓際にある休憩用のソファに座らせた。アシスタントの置いていったタブレットを持ち、少しためらってから、達幸の開いた脚の間に腰を下ろす。人目が無いとはいえ、真っ昼間のオフィスでやるのは気恥ずかしかったが、達幸がご機嫌で腹に腕を回し、肩口に顎を乗せてきたので、恥を忍んだ甲斐はあったのだと思いたい。

「このインタビュー記事は、読んだな？」

「……うん」

気を取り直して問えば、明良の腹を抱き締める腕にきゅっと力がこもった。腹の上で組み合わされた手にそっと己のそれを重ねてから、明良はシャツ越しにも逞しい胸板にもたれかかる。

「その男の…お前の父親の言い分は、全部でたらめだ。そうだな？」

……こくり。

応えの代わりに、肩口で達幸の顎が上下する。

「なら…お前の父親が何のためにこんなでたらめを言い出したのかは、わかるか？」

安堵したのもつかの間、明良はさらに酷な質問を重ねなければならなかった。

達幸は明良の耳朶の後ろに鼻先を埋め、匂いを嗅ぎまくっていたが、やがてぽつりと答える。

「…あいつを…、俺の相手役にさせるのと…、あと、…金のためだと、思う…」

「……金？　確かに、出版社からは相応の報酬が出るだろうが…」

青沼家は地方の名家だ。不動産を多数所有し、働かなくとも不動産収益だけで暮らしていける。

幸雄自身も中堅規模の建設会社を経営しており、暮らし向きは豊かだと——にもかかわらず達幸に一銭の養育費も寄越さなかったと、父の公明がこぼしていたことがある。

そんな青沼家や幸雄にとって、出版社から得られる報酬など微々たるもののはずだが…。

「金を貸して欲しいって、言われたことがあるから」

「…えっ…？　ゆき、…お前の父親が、お前に金を貸して欲しいと言ったのか？」

達幸を少しでも刺激しないため、名前を呼べないもどかしさに歯噛みしながら確かめれば、こくり、とまた達幸は頷く。

「まだ、俺があーちゃんの犬にしてもらう前…、会社の経営が苦しいので、ほんの一千万くらいでいいから貸して欲しいって、言われた…」

「なっ……」

呆れて二の句が継げなかった。困窮したとたん捨てた息子に縋る厚かましさもそうだが、一千万を『ほんの』と表現する金銭感覚は、狂っているとしかいいようがあるまい。

いや、それよりももっと、懸念すべきことがある。

「お前の父親は、どうやってお前と連絡をつけたんだ？　鴫谷の家には、もう誰も住んでいないはずだが…」

「…最初は、…公明さんに電話したって。それを公明さんが、俺に教えてくれたの」

「父さんが…」

先方からは感謝の言葉はおろか、返事すら無いのに、公明は律儀に達幸の成長を幸雄に報告し続けていた。いつか、達幸が己のルーツを求めた時のため、繋がりを保っておきたかったのかもしれない。

でも、そんな身勝手な申し出まで達幸に伝えなくていいのに、と恨めしく思いつつも、父親らしいと納得する自分が居る。あの父親のことだ。自分が握り潰してしまうのはフェアではない、どんなことでも達幸に判断させるべきだと考えたに違いない。

せめて明良にも教えておいてくれれば、と悔やむのは筋違いだろう。その頃はまだ、明良は詰まらない意地を張り、父とは没交渉だったのだから。

…責められるべきは明良だ。今や父とは和解したのだから、達幸やその『家族』について、もっと聞いておくべきだった。達幸と共に生きる、俳優・青沼幸を支えると決意したのなら。

「それでお前は、どうしたんだ？」

「断った。…出そうと思えば、じゅうぶんに出せる金額だったけど…」

今より若い時分に一千万という大金を出せるだけの余裕があった達幸には驚きだが、きちんと断ったと聞いて安心した。万が一、親子の情に絆され、大切な金を渡すような真似をしていたらどうしようかと、一抹の不安を抱いていたのだ。

だが、すぐに新たな不安がむくりと頭をもたげる。

建設会社の経営が傾いたとしても、潤沢な不動産収益から補塡すればいいだけの話だ。わざわざ、捨てた息子に縋るまでもない。にもかかわらず達幸に連絡を寄越したのは、自分の金に手を付けたくない、万が一にも達幸が一千万出してくれれば御の字だという狡賢い考えゆえだったのか。

だとすれば、まだいい。幸雄が最低の下種《げす》だというだけだ。最悪なのは……。

「…あーちゃん…、黙ってたこと、怒ってる…？」

達幸が心細そうに頰をすり寄せてきたので、明良は考えるのをやめ、小さく首を振った。

「怒ってなんかいないよ。お前にしてみれば、敢えて言うまでもない話だったんだろうし…」

「うん。今、あーちゃんに聞かれるまで忘れてた」

ふふん、と、達幸は誇らしげに高い鼻を鳴らす。

「だって俺、あーちゃんの一番いい犬なんだもの。あーちゃんの犬は、いつだって、あーちゃんのことだけしか考えないんだもの」

明良がこれだけ悩み苦しんでいるのに、渦中の只中に居るはずの達幸は徹頭徹尾変わらない。

初めて達也について話した時と同じだ。家族であるはずの人々から受けた虐待を覚えていたことを、あーちゃんの犬なのにあーちゃん以外の奴が頭の中に居たと、酷くうろたえていた。

……どこまでもいじらしく、可愛いこの男を、醜い人間の欲望で傷付けたくない。否、傷付けさせない。明良は、この男の恋人であり、飼い主でもあるのだから。

「…なあ、達幸…」

「なあに、あーちゃん？」

「マンションに帰ったら……いっぱい、抱いてくれるか？」

めったに無い明良からの誘いに、達幸が不可視の尻尾をちぎれんばかりに振りまくり、明良を抱き上げ、歓声を上げながらその場をくるくる回ったのは、いうまでもない。

それから数時間後に帰宅してからは、予想通りの展開になった。

「…あ…っ、あっ、あぁ…、達幸…ぃっ…」

玄関にたどり着くや、その場でズボンと下着だけをずり下ろされ、壁に押し付けられて背後から貫かれたのに始まり、寝室に連れ込まれるまでに廊下で一度、寝室で二度、濃厚な精液を中に出された。

そして今は乱れまくったベッドの上、仰向けになった達幸に跨がり、真下から腹を突き上げられている。

「あーちゃん…っ、俺の、あーちゃん……！」

「ひ、…あぁ、あっ、あっ…」

すでに何度も達しているとは思えないほど猛々《たけだけ》しく勃起した雄は、明良がどれほど激しく揺さぶられても、精液まみれの胎内から抜け出ない。まるで、一つに溶け合ってしまったかのように。

「…た…、達幸、…達幸っ…」

とうに蜜を搾り尽くされ、萎れてしまった性器が力無く揺れるのを感じながら、明良は逞しい胸板についていた手をよろよろと伸ばした。いつも以上に勘の冴え渡っている達幸が、見事な腹筋を発揮して上体を起こす。

「ん…っ、ああ、あああっ、達幸ぃっ…！」

頑健な首筋にしがみつくや、明良は達幸の腰に両脚を絡め、自ら腰を使い始める。

えらの張り具合から肉茎の大きさ、反り返りぶりまですっかり覚えてしまった達幸自身を、ぬるついた媚肉で頬張り、締め付けるたび、明良の細腰を鷲《わし》摑《づか》みにした達幸の指先がぎりぎりと肌に食い込んでくる。それすら快感に変わるのだから、達幸とのまぐわいはけだものじみているとつくづく思う。

「…好き…っ、あーちゃん、大好きっ……」

「あ…、あんっ、あぁ、達幸、…僕も、好き…、愛してる…」

後から後からほとばしる愛おしさを荒い息と共に吐き出しているうちに、汗みずくの達幸の耳朶が酷く美味しそうに見え、明良はかぷりと嚙み付いてみる。当たり前だが、味はしない。

強いていうならば——。

「…しょっぱい…」

感じたまま呟いたとたん、達幸はぴたりと動きを止めたかと思えば、やがて全身の骨が軋むほどの強さで抱き締めてきた。

「…っ…、あ、あーちゃん……っ！」

「あぁぁ…ん…っ！」

みちみちみちと、達幸を受け容れた胎内が限界まで拡げられ、この男以外の誰も入ってこられないだろうさらに奥まで、いきり勃った雄が犯す。

本来、男を呑み込むようには出来ていない敏感すぎる内壁に、幼児の拳ほどありそうな切っ先が与えるのは、最初は軽い口付け。…そしてそれは、じょじょに強い突きへと変わっていく。もう数えきれないほど達幸と交わった明良でさえ、腹を内側から裂かれてしまうのではないかと危惧するほどの。

「…どうして…っ、どうしてっ…！」

「あ、ああ、あ…」

「どうしてあーちゃんは、キレイで優しくて俺の自慢の飼い主なのに、そんなに可愛いの…っ…」

ぐちゅ…、ぐちゅ、ぐぷぅっ……。

達幸が有り余る体力と精力に任せて突き上げるたびに聞こえる粘ついた音は、果たして、怒張した雄が結合部を蹂躙する音——それだけなのだろうか。達幸を隙間無く頬張らされた胎内が、腹の奥で、苦痛と紙一重の歓喜に泣いているのでは……？

「キレイで優しいだけでも危ないのに、そんなに可愛かったら、あーちゃん、さらわれちゃうよ…っ」

生きたまま腹を裂かれる恐怖と、それを凌駕する圧倒的な快感にわななく明良の胎内を、他人には理解不能な独自の理論を展開しながら、達幸は小突き回し、こねくり回す。まぐわいが始まって以来、最も充溢した肉の剣で。

「……っ、あ、あん…っ、あ、達幸…っ…」

「どうしてなの…？　どうして、俺のあーちゃんはそんなに可愛いの…っ⁉」

「あ、…た、達幸…、ぼ、…僕は…っ、僕は……」

……知らない。そんなの、わかるわけがない。

理不尽極まりない詰問をぶつけてくる張本人に縋りながら、明良はぷるぷると首を振る。

……そこまで僕のことを可愛いだのキレイだの優しいだのと言うのは、お前くらいだ。お前以外の誰も、僕なんかを欲しがったりしない。

そう反論したいのに、喉を精いっぱい震わせて絞り出した声は、唇からこぼれるや蕩け、鼻にかかった喘ぎへと変えられてしまう。

「…あーちゃん…っ、あーちゃんってば……！」

上体を屈めた達幸が、がぶり、と明良のささやかに浮き上がった喉仏にかぶりつく。軽く歯を立てるだけの甘噛みさえ、今の明良には頭の芯が痺れそうなほどの快感をもたらす。

「ひ…っ、や、あ、あー…っ…」

「…可愛くちゃ…、可愛くちゃ駄目って、俺、言ったのに…ッ！」

達幸は大きな掌で明良の背中から腰をまさぐり、最後にたどり着いた尻たぶを割り開く。

そのまま弾力を堪能するように揉み込まれれば、襞が伸びきるくらい開かれた蕾を…腹の中を滅茶苦茶にかき混ぜるものに喰い付いて離れないそこを、否応無しに感じさせられてしまう。

「どうして、可愛いの、やめてくれないの…？ …あ、あーちゃん、…俺以外の雄にさらわれてもいいって、思って、…るの…っ？」

「…、ぁ…、た、…たつゆ、き…」

ぴたりと重なった肌の熱さとは裏腹に、呟く声は絶望に冷えていく。そう遠くない過去、二人きりの世界に閉じ込められた時の記憶が、ちらりと明良の脳裏をかすめる。

「あ…、ぁ…っ…、達幸……」

達幸が顔を上げると、青い瞳の奥に、不穏な光が揺らめいている。危険を告げる本能に衝き動かされ、明良は他の誰も感触を知らないだろう唇に己のそれを重ねた。

胎内に打ち込まれた雄が、どくん、と脈打つ。

「あー…、ちゃん……どうして……」

「僕が…か、可愛くなるのは、お前と居る時だけだ」

どうしてまた可愛いことするの、さらわれたいの、と問い詰められる前に、明良は先手を打った。

我ながらものすごく恥ずかしいことを言っている気がするが、仕方が無い。今の達幸には——いや、今に限ったことでもないが——明良が何をしても可愛く見え、可愛いからさらわれるに決まっている、と不安に陥る、負の無限ループに嵌まりかけているのだから。

そうして万が一、達幸の思考が不安と狂気に傾いたなら……その先に待っているのは、二度目の監禁だ。それだけは絶対に避けなければならない。

「…俺…、と……？」

「ああ、そうだ」

ぱちぱちとしばたたく達幸の頬を、明良は両手で包み込む。さんざん犯された身体にはもうほとんど力が入らないが、問題は無い。絡み付いて離さない達幸の腕と、胎内に埋め込まれた雄が、しっかりと明良を繋ぎ止めているから。

「お前が居なければ、僕は、可愛くなんてならない」

顔から火が出る思いで、明良は正面から達幸と眼差しを重ね合わせた。どうかわかってくれと、心の中で必死に祈る。

「僕を可愛くしているのは、お前なんだよ、達幸。…だってお前は、僕の可愛い犬なんだろう？」

「うん、俺、あーちゃんの一番可愛い、いい犬だよ」

こくこくと頷く達幸の双眸から、暗い影が少しずつ失せていく。もう少しだ、と内心拳を握り締め、明良はたたみかけた。

「だから飼い主の僕も、お前と居る時だけ可愛いんだ。…一番いい犬なら、わかるよな？」

明良だったら絶対に理解不能な理屈だが、何事につけ明良中心に生きている男には、じゅうぶんに通用したらしい。青い目が、晴れた空のようにぱっと澄み渡る。

「…わかる！　俺、一番いい犬だからわかるよ、あーちゃん！」

「そう…、か。…お前は、…可愛い、な…」

恥ずかしい問答の間にも胎内で暴れ狂う雄に内側から圧迫され、明良の声はだんだん張りを失っていく。まともな成人男性ならとうに力尽きていていいはずが、飼い主に誉められてますます精力漲る達幸とは対照的に。

「だったら…、攫われるなんて、心配しなくていいことも、わかるよな…？」

「………」

明良がこれだけはと念押しすると、達幸は微妙に目を逸らす。

明良が達幸と一緒に居る時だけ可愛い、ということには納得しても、他の雄に攫われるかもしれない恐怖からは逃れられないようだ。まあ、これは何も今に始まったことではないのだが…。

しかし、ここで仕方が無いと引き下がり、達幸の中に不安の芽を残すわけにはいかない。

「…わかる、よな…?」

達幸の高い鼻先にかぷりと噛み付き、額を合わせて再度確かめれば、達幸は熱に浮かされたかのように何度も頭を上下させる。

「…うん…、わかる。俺、わかる…」

「ああ…、達幸……」

――当座の危機は、これで回避出来た。

安堵に弛緩した腕を、明良は再び、達幸の首筋にするりと回す。胎内の達幸を、大量の精液にやわらかく蕩かされた媚肉で包み込み、奥へと誘いながら。

「……愛してる……」

駄目押しの告白は、元から存在するのか怪しい達幸の理性にとどめを刺し――明良はそれから、夜が更けるまで喰い尽くされた。


目を覚ましたのは、真夜中の二時を回ってからのことだ。いや、意識を取り戻したのは、真夜中の二時を回ってからのことだ。


清潔な寝具に交換されたベッドの上、明良は背中から達幸に抱かれる格好で横たわっていた。少し身じろいでみても、規則的で安らかな寝息は途切れない。眠っている間、ちゃっかりと明良の胎内に潜り込んだままのことが多い雄も、尻に押し当てられているだけだ。いつも以上に発奮したせいで、さすがの達幸も疲労し、深い眠りに落ちているらしい。

「……はあ……」

良かった、と明良は詰めていた息を吐き出した。こうでなければ、身体を張ってまで達幸を疲れさせた意味が無い。

起こしてしまわないよう細心の注意を払い、枕カバーの中からそうっと抜き取ったのは、プライベート用のスマートフォンだ。寝室に連れ込まれて間もない頃、隠しておいたのである。青沼幸雄の事情について最も詳しいであろう人物…明良の実父、公明に電話をするためだ。

救急の第一線からは退いたものの、優秀な医師として今も多忙な毎日を送っている公明は、昼間はまず捕まらない。しかし夜、帰宅してからでは、達幸が片時も離れずに張り付いているので、込み入った話をするのはためらわれる。そこで明良が取った苦肉の策がこれ、というわけだ。

達幸は他人の気配に敏感だが、一度深く寝入ってしまえば、明良が腕の中にきちんと収まっている限り、物音をたてても起きない。下手に離れる方が危険なのだ。明良が電話をかけるために抜け出したとたん、達幸は一瞬で覚醒し、半狂乱になって明良を捜し回る。

たとえ親子だろうと、夜中の二時は電話には遅すぎる時刻だが、背に腹は代えられない。達幸の一大事なのだから、父も許してくれるはずだ。

『……明良？　どうしたんだ、こんな時間に……』

出てくれるまで呼び出し続ける覚悟だったが、予想に反し、ほんの数コールで電話は繋がった。久しぶりに聞く父の声に、自然と頬が緩む。

「遅くにごめん、父さん。どうしても聞きたいことがあって…もしかして、起きてた？」

『ああ。病院から持って帰った資料に目を通していたところだよ』

「邪魔をして悪いんだけど、今、ちょっと時間をもらえるかな？　……聞きたいのは、達幸のお父さんのことなんだ」

明良がひそめた声で告げると、電話の向こうで、父は小さく息を呑んだ。

『……幸雄さんが、またあの子に無茶を言ってきたのか？』

「というより、達幸の異母弟の達也くんが、かな」

インターネットは仕事絡みでしか使わず、多忙ゆえにテレビもほとんど見ない父は、芸能界の事情には非常に疎い。一応、達幸の活動状況などは折に触れ明良から伝えているのだが、忙しい父を心配させるのもどうかと思い、達也たちに関してはまだ教えていなかった。

『…相変わらず、性根の腐った男だ』

明良がこれまでの経緯を手短に説明すると、温厚な父には珍しく、憤りも露わに吐き捨てた。公明が他人に対する好悪をあからさまに示すことは、めったに無い。

「僕は今日初めて達幸から聞いたんだけど、達幸のお父さんは、前にも達幸に借金を申し込んできたことがあったんだって？」

『借金というより、金の無心だな。貸して欲しいとは言っていたが、あの口ぶりでは、返済する意志など無かっただろうから』

公明に突如連絡してきた幸雄は、売れっ子の俳優なら一千万円程度で懐は痛まないだろう、親孝行だと思って出して欲しい、などとほざいていたらしい。さすがの公明も開いた口がふさがらず、聞いたままを達幸に伝えることは出来なかったそうだ。

……最低だ。

喉元まで出かかった言葉を、明良はぐっと飲み込んだ。幸雄をこき下ろしている暇など無い。

「達幸のお父さんから父さんに連絡があったのは、いつ頃のこと？」

『…そうだな…三年か、もう少しくらい前だったと思うが』

嫌な予感がした。その時点で捨てた息子に無心するほど経済的に困窮していたというのなら、今は…。

「わかる範囲でいいから教えて。達幸のお父さん…青沼家の経済状況は、今、どうなっているの？」

『……おそらく、相当悪いと思う。三年前、私も気になったので、友人の弁護士に頼んで調査をしてもらったんだ』

「その結果は？」

『幸雄さんの会社は元から経営状況が良好とはとてもいえず、赤字を不動産収益や銀行からの借り入れで穴埋めする有り様だった』

ならば早々に会社を清算してしまえば傷は浅くて済んだのだが、会社社長という肩書きに固執する幸雄は、無理をしてでも会社を存続させることを選んだ。『無理』の中には、所有不動産を抵当にしての融資や、達幸への厚かましい無心も含まれる。

『幸雄さんの所有地だが…友人が調べた際には、半分以上が競売にかけられ、新たな所有者の手に渡っていた』

つまり、土地を担保に融資を受けたものの、返済しきれなかったということだ。当然、第三者のものとなった不動産から収益は得られない。しかし会社の業績は悪化の一途をたどり、潰したくなければ他所から金を持ってくるしかない。

『そんな記事に協力したということは、今は三年前以上に行き詰まっているということだろう。…考えたくはないが…』

父が言いづらそうに濁した言葉の先が、明良には容易に汲み取れた。

週刊誌のインタビューで支払われる報酬程度では、これから何度応じるにしても、破たん寸前の青沼家を救うのは不可能だ。これだけでは絶対に終わらない。降って湧いた幸運を最大限に活かすべく、幸雄はありとあらゆる卑劣な手段を用いるだろう。

「…達也くんは、自分の家の状況を理解しているんだろうか？」

もし承知の上で父親に依頼したのだとしたら、親子揃って救いようの無いクズだ。

しかし公明は、それはないだろう、と否定した。

『幸雄さんは、達也くんのことを猫可愛がりしているそうだ。近所でも評判になるくらいだから、精神的な負担になることは絶対に打ち明けないだろう』

「そう、なのか……」

安堵と切なさが、明良の胸を同時に満たす。

達幸と達也。同じく血を分けた己の息子だろうに、どうしてここまで差をつけられるのか。あんなに純粋な達幸を、実の父親がどうして愛せないのか。目の色が青いのは隔世遺伝だと、ＤＮＡ鑑定でも証明されたというのに。

『それより、達幸はどうしている？　目の色のことは隠していたのに、幸雄さんのせいでばれてしまったんだろう？』

そう心配そうに尋ねてくる公明の方が、幸雄よりよほど父親らしい。

実父に捨てられた元凶であり、俳優デビューしてからカラーコンタクトで隠し続けた青い目は達幸にとって忌むべきものなのだと、公明は信じている。当の本人にそこまでの思い入れは無く、ただ明良以外に見せないために隠していただけだとも、達幸なら今僕に張り付いて安眠を貪っています、とも言えず、明良は曖昧にごまかした。

「……幸い、松尾さんたちが早々に対応してくれたから、目のことで取り乱したりはしなかったよ」

代わりに、明良が幸雄を怖がっていると勘違いして騒ぎたてそうになった事実を敢えて伏せれば、安堵の吐息が聞こえてくる。

『松尾さんは今も、達幸を気遣って下さっているんだな。私がお礼を言っていたと、お前から伝えておいてくれるか？』

達幸の公の保護者は公明なので、松尾と公明は面識がある。

「うん、もちろんだよ」

『…それから、明良。お前にも礼を言わなければならないな』

「…え…、僕に？　何で？」

『達幸とは色々あったのに、今はあの子のために心を砕いてくれているんだろう？　…達幸は、私のもう一人の息子のようなものだ。実の息子のお前が傍で支えてくれて、これほど心強いことは無い』

ありがとう、と真摯《しんし》に告げられ、明良の胸はほんのりと温かくなった。同じ父親でも、これほど違うものなのか。この人の息子に生まれてきて良かったと、つくづく思う。

「ううん…父さん。僕はただ、僕がやりたいことをやっているだけだよ」

『…そうか。達幸は幸せ者だな。あの子はうちに来たばかりの頃からお前に懐いて、お前さえ可愛がってくれればいいと言っていたくらいだから』

「…達幸が、そんなことを？」

『ああ。自分以外の全部が無くなれば、お前が自分だけを考えてくれるようになるのか、とも言っていたな』

公明は子どもの微笑ましい戯言だと懐かしく思っているようだが、明良はそうはいかなかった。自分以外の全部が無くなれば——達幸は一度、それを実行しているのだから。明良を監禁する、という形で。

『明日、青沼家の現況を調査してくれるよう、改めて頼んでおこう』

息子の焦燥など知るよしも無い公明は現実に立ち返り、そう約束してくれた。

「ありがとう、父さん」

『いや、礼には及ばない。これからお前たちが苦労することがわかっているのに、この程度しか出来ない自分が歯がゆいくらいだ』

「…でも、父さんが心配してくれてるって聞けば、達幸も喜ぶし、ほっとすると思うから」

明良の言葉に、ふっ、と笑う気配がした。

『だとすれば、父親冥利に尽きるな』

それから数分ほど、互いの近況を報告し合ってから通話を切り、明良はスマートフォンを枕の下に滑り込ませた。

達幸は明良を抱き締めたまま、目覚める気配も無い。その方がありがたいのだが、明良は少し心配になってしまった。こんなに近くでかなり長い間話し込んでいたのに起きないなんて、精神的に相当疲れているのではないだろうか。

……それもそうだろうな。いくら達幸が僕以外は頭に無いからって、実の父親からあんな仕打ちを受けて、傷付かないわけがない……。

ふと、今は天国に居る愛犬のシベリアンハスキー、タツを思い出す。

本人が聞いたら憤慨するだろうが、達幸はタツと同じだ。落ち込んでいても、体調が悪くても、飼い主に不調を訴えられない。飼い主が常に注意して、異常を察知してやるしかないのだ。

人間の達幸は犬のタツと違ってちゃんと喋れるし、常人より遥かに高い知能まで持ち合わせているが、明良を優先するあまり、自分の不調はめったに口にしない。喜怒哀楽のはっきりしていたタツの方が、よほどわかりやすかった。

……そういえば、タツが風邪を引いた時、達幸も仮病で寝たふりをしていたっけな……。

「…あー、ちゃん」

懐かしい思い出に浸りかけた時、濡れた舌が項をねっとりと舐め上げた。

「……っ⁉」

ぎょっとする明良の脚に、達幸の筋肉質な長いそれが後ろから絡められる。尻たぶに押し当てられる雄は、じわりと熱い。

「…達幸…？　お前、まさか起きていたのか？」

狸寝入りだったのかと危惧した明良だが、達幸は明良の項に吸い付きながら首を振った。

「ううん。ちゃんと寝てたよ。何か、あーちゃんが俺以外の雄のこと考えてる匂いがしたから、起きただけ」

「お前以外の雄って……」

公明との電話中には起きなかったのだから、タツしかあるまい。タツの名を呼んだわけでもなく、ただ思い浮かべただけなのに嗅ぎ付けるとは、相変わらず達幸の嗅覚は人並み外れている。

「…あーちゃんは俺だけの飼い主なんだから、俺のことだけ考えてればいいのに…」

ぼそりと呟いた達幸にいじらしさと、そして危うさを覚えてしまったのは、公明から聞いたばかりの昔話のせいだろう。

明良だけしか求めない男。

——出逢って間もない頃から、自分以外の全部が無くなれば明良が自分だけを見てくれると思い詰め、一度は実行した男……。

そんな男の腕の中に閉じ込められていることに、微塵《みじん》も恐怖を感じないといえば嘘になる。けれど、逃れたいとは思わない。だって明良を失ったら、比《ひ》喩《ゆ》ではなく、達幸は生きていけないのだから。

「ちょっと、父さんと電話をしてたんだよ。…お前のお父さんのこと、伝えておきたかったから」

明良はくるりと身体の向きを変え、達幸に正面から抱かれる格好になった。いくら達幸でも『俺以外の雄』が誰かまではわかるまいとたかを括っていたのだが、予想に反し、達幸はふんふんと鼻をうごめかせる。

「…そう、なの……？　でも、公明さんじゃなくて、もっと忌々しい感じの匂いだったんだけど…」

「そんなことを言われても、事実だから仕方ないだろ。……ほら」

冷や汗が背を伝い落ちるのを感じつつ、明良は枕の下のスマートフォンを取り出し、発信履歴を呼び出してみせた。発光する画面をじっと見詰めた達幸は、たっぷり一分ほど経ってからようやく青い目を離す。

「……本当、だった」

「だろう？」

不可解そうな顔つきからして、心から納得したわけではないようだが、タツに対する達幸の嫉妬心はすさまじいのひと言だ。ばれたら面倒なので、ここは押し切るしかない。

「今回の一件について話したら、父さん、お前を心配していたぞ。お前はもう一人の息子のようなものだから、って」

「公明さんが……」

「しばらくは無理だろうけど、落ち着いたら、二人で顔を見せに行こうな」

「……う、ん」

達幸がこくんと素直に頷いてくれたので、明良はまだ仕事にいそしんでいるだろう父に感謝した。

明良に近付く者は基本的に威嚇して排除する達幸の、数少ない例外が松尾と公明なのだ。特に、明良の敬愛する実父であり、明良に出逢わせてくれた恩人でもある公明には敬意を抱いているらしい。

「…あーちゃん…あーちゃん…」

ふいに達幸がもぞもぞと布団の中に潜り、明良の裸の胸に顔を埋めてくる。スマートフォンを枕元に避難させた明良が頭ごと抱き締めてやると、うふふっ、と嬉しそうな笑い声が上がった。

「俺…、俺ね…、あーちゃんが大好き。あーちゃんとずっとこうしていられれば、他の何も要らない」

「…僕もだよ、達幸」

どこかタツを彷彿《ほうふつ》とさせる黒い髪を、指先で梳《す》いてやる。『他の何も』の中には、当然のように実父と異母弟たちも含まれるのだろうと、一抹の切なさを噛み締めながら。

「……だからね、あーちゃん。他の奴らが何かしてきても、あーちゃんは関わらないで。俺、あーちゃんさえ可愛がってくれれば、生きていけるんだから」

「…達幸…、それは…」

間違い無く、幸雄と達也のことを言っているのだろう。二次選考の直後も、達幸は明良を滅茶苦茶に抱き潰す間じゅうせがんでいた。達也には構わないで、何かあっても見捨ててと。

達幸の精神的な安定のためには、いっそ全てを松尾たちに任せ、明良は傍観者の位置に居るのが最善の策なのかもしれない。けれど現実問題として、マネージャー補佐の明良が達幸を取り巻く事情を把握しないわけにはいかないし、何より――。

「…僕はもう二度と、お前を一人にしたくないんだよ、達幸」

「…え…?」

「高三の夏に別れてから再会するまで、僕はお前を一人にしてしまった。お前は僕を迎えに来るために、必死に働いていたのに…」

そしてその間に、幸雄の厚顔極まりない申し出があったのだ。ただでさえストレスの溜まりやすい芸能界で、どれほどの精神的な負荷をもたらしたことか。明良は自分が生きるのに必死で、達幸の存在など思い返しもしなかったのに。

「…違う…、違うよ、あーちゃん。あーちゃんはずっと俺の心の中に居てくれた。だから俺は、どんな仕事だって頑張れたんだよ」

明良の腕に収まったまま、達幸がおろおろと言い募る。明良を盲目的に愛し、崇《あが》める犬は、嫉妬さえ絡まなければ、決して明良を責めたりしない。

…思えば明良は、達幸のその寛大さに、ずっと甘えてきたのだ。達幸が納得ずくでやっているのだから、自分はただ甘んじて享受していればいいのだと。

けれど一方的に尽くされ、受け取るだけの関係が、対等な恋人同士であるはずがない。

「お前がそう言ってくれるのは嬉しい。…でも達幸、僕はお前の恋人で、飼い主なんだ。誰かがお前を利用し、傷付けようとするのなら、僕はそいつを許せない。お前だって、僕が誰かに酷い目に遭わされたら怒るだろう？」

「……絶対、許さない。俺のあーちゃんを傷付ける奴なんて、めちゃめちゃの、ぐちゃぐちゃにする」

明良が傷付けられる様を想像してしまったのか、達幸の声がにわかに怒気を孕む。怒りに震える背を、明良はよしよしと撫でた。

「僕も同じだよ。お前が傷付けられて、黙っていられるわけがないんだ」

「…う、あ、…あーちゃん…」

「僕は、お前を守りたい。今まで、お前がそうしてくれたように。…守らせてくれるだろう？」

「……あ、あーちゃん…、あーちゃん、…俺の、あーちゃん……」


達幸の顔を受け止めた胸が、とめどなくこぼれ落ちる涙に濡らされていく。しゃくり上げる達幸は、まるで頑是無《がんぜな》い幼子のようで、明良の胸を千々にかき乱した。

出逢ったばかりの頃、達幸は感情を持たない空っぽの器だった。徹底的に居ない者として扱われた過去がそうさせたのだろうが、青沼家に軟禁されている間も、心の中ではこんなふうに泣いていたに違いない。

時を遡《さかのぼ》り、虐待されている達幸を救い出し、抱き締めてやれたらどんなに良いか。いや、せめて出逢った頃、もっと優しくしてやっていれば――。

叶わぬ願いばかりが、泡沫のように生まれては弾け、消えていく。

「あーちゃん…、ねぇ、あーちゃん、ぎゅってして…俺を、離さないで…」

「あ…、…あぁ、…達幸…」

やがて、いつの間にか泣きやんだ達幸に身体の向きを替えさせられ、背後から胎内に侵入されても、明良は拒めなかった。

むしろ、がつがつと突き上げるのではなく、ただ明良の温もりと抱擁を求めるだけの雄が愛おしくて、腹に回された大きな手に己のそれを重ねる。自分から脚を絡める。

「……あいつらを使えば、あーちゃん、俺のことだけ可愛がってくれるようになる……？」

愛しい恋人兼飼い犬に温もりを分け与え、慰めることにばかり気を取られている明良に、その不穏な呟きは届かなかった。

――おそらくは、幸いなことに。


これ以上、騒ぎを大きくしたくない。達幸を心穏やかに過ごさせてやりたい。

明良のそんな願いを嘲笑うかのように、事態は日に日にもつれていった。

「……全く。好き勝手にぴいぴいとさえずってくれる。毎日毎日、よくネタが尽きないものですね」

ドラマのロケに付き添っていた明良が、達幸を仮眠用の部屋に押し込んでからオフィスに戻ると、松尾が渋面を隠そうともせずに吐き捨てるところだった。今日、更新された達也のブログをチェックしていたらしい。

オフィスチェアにだらしなくもたれ、ここ最近くまが濃くなる一方の目元を指先で揉み込む上司に、明良は無言で淹れたてのコーヒーを進呈する。

「鴫谷さんは、もうご覧になりましたか？」

半分ほどカップを空けた松尾が、気遣わしげに問いかけてくる。

「はい。今日は『兄との思い出』その三でしたね」

ブログ記事のタイトルを読み上げるだけで、どうにか呑み込んだはずの苛立たしさが再燃する。ありもしない『思い出』を、よくも毎日こまめに更新出来るものだ。俳優としての才能は兄に遠く及ばなくても、作家としての才能なら勝るのかもしれない。

――青沼幸雄のインタビューは、予想通り、インターネットを席巻した。

記事のアップから五日後に発売された、インタビューの続編が掲載された週刊誌は発売日当日に完売。翌日には重版されるという、週刊誌としては異例の事態が連続した。

それと連動し、達也は自身のブログ上で異母兄への想いを吐露していく。

異母兄と家族を和解させたい一心で芸能界デビューを果たしたことに始まり、俳優・青沼幸への憧憬や、幼い頃の異母兄との思い出を綴った記事は、更新されるたびアクセスが殺到し、テレビの情報番組でもしばしば取り上げられた。訳知り顔のコメンテーターは好き勝手に憶測を述べ、達也の健気さを誉めそやす。

やがて、達幸が沈黙を保っているにもかかわらず、世論は達也への同情へと傾いていった。

達也があれほど和解を望んでいるのに、歩み寄りの気配すら見せないのはあまりに可哀想ではないか。父親とは無理でも、罪の無い異母弟の差し伸べる手まで振り解くのは、度量が狭すぎるのでは？

そうした無責任な意見を耳にするたび、明良は激しい憤りを覚えた。

達也がブログで綴っている『兄との思い出』は、真実を知る者からすれば呆れるしかないねつ造ばかりだ。達幸いわく、青沼家に軟禁されている間、達也が達幸の元を訪れたことはおろか、まともに言葉を交わしたことすら無かったという。達也を溺愛《できあい》する祖父母や両親が、厄介者の異母兄には絶対に近付けなかったのだ。

それでどうして『一人ぼっちの兄が可哀想で、僕だけが兄に話しかけていた』だの『兄は家族の誰とも打ち解けようとしなかったけど、僕にだけは心を開いてくれたのか、会話をしてくれることもあった』だのということになるのか。明良にはまるで理解出来なかった。

今日更新された最新の記事では、兄ともっと仲良くなりたかったのに、兄の優秀さに目をつけた里親が半ば無理やり青沼家から引き取っていった、ということになっていた。純粋な善意から達幸を助けた公明さえ、人さらいのような扱いである。

ここまでくると、もう怒りも呆れさえも通り越し、乾いた笑いしか出てこない。

今や達也は、悲劇のヒロインならぬヒーローだ。達幸が二次選考に姿を現したことさえ、心の中では家族との和解を望んでいる達幸が、達也を応援するために訪れたということになっている。達幸の言動全てが、達也を粉飾するための道具として都合良く改ざんされ、利用されているのだ。

かといって、世論の望む通り、達幸が自分の意見を発表するのは火に油を注ぐようなものだ。達幸の反応を引き出せたのを幸いと、達也たちはますますあることと無いことを言いたて、事態は泥沼化の一途をたどるだろう。

達幸が頑なに口を閉ざしているため、世間の注目はもっぱら来月に行われる予定の『青い焔』の最終選考に集められている。噂《うわさ》の異母兄弟が審査員と共演者候補としてじかにまみえるその瞬間を、誰もが心待ちにしているのだ。


選考は非公開とされているにもかかわらず、選考委員会の元にはマスコミからの取材申し込みが相次ぎ、対応に追われているらしい。

「…ここだけの話ですが、最終選考の公開を検討すべきだという意見が出始めているようです」

「ええ…っ…⁉」

松尾の苦々しげな呟きは、明良を心底驚かせたが、ありえない話ではなかった。異母兄弟の直接対決にマスコミを同席させれば、これ以上無い映画の宣伝になる。達也以外の候補者にとっては、いい迷惑以外の何物でもないだろうが。

「幸い、そうした意見は久世監督が抑えて下さっているそうですから、実現の可能性は低いでしょう。…問題はこちらの方かと」

松尾はパソコンのディスプレイにＳＮＳサイトを表示させた。そこで達幸と達也の話題を検索すると、達也のファンには『達也くんがあんなに頑張ってるのに無視するなんて、何様？』『兄弟で共演して、さっさと仲直りしちゃえばいいのに』といった達幸に対する苛立ちが多く見受けられる。

達幸のファンはそうした達也のファンたちを厳しく糾弾し、達幸に同情を寄せる一方、『でも、幸の目って本当は青いんだ。いつか本物を見てみたい』『映画では外国人役だから、もしかして本当の目が見られるってこと？』と、幸雄がばらしてしまった達幸の目の色に興味津々だ。

普段、どんな役柄の際でもカラーコンタクトで隠されている達幸の青い目——親子の隔絶の元凶とされたそれを見たいという声はだんだん大きくなっている。達幸の純粋なファンに限らず、好奇心旺盛な一般人の間でも。

こきこきと音をたて、松尾は凝ってしまった首を回した。

「最近は、『青い焔』ではぜひカラーコンタクト無しで演じて欲しいというメッセージが、数えきれないほど寄せられるようになりましたし…」

「…達幸に公式サイトもブログも無いのが、唯一の救いでしたね…」

周囲が勘ぐっているように、達幸は父に捨てられる元凶となった青い目を疎むあまり、カラーコンタクトで常に覆い隠すようになった——わけではない。かつて明良が綺麗だと誉めてくれたから、明良以外の誰にも見せないだけなのだ。犬が深い穴を掘り、大切な宝物を隠すのと同じである。

達幸が『青い焔』で演じる主役のレイはヨーロッパの架空軍事国家の出身という設定なので、自前の青い目で出演しても違和感はあるまい。だが、いかにスポンサーや制作会社が望んでも、達幸は決して己の青い目を晒さないだろう。明良に初めて誉めてもらえた、大切な宝物なのだから。

それをファンとはいえ、何も知らない人々に晒せと迫られたら、精神的な疲労が蓄積するばかりの達幸がどうなってしまうのか。想像するだけで、背筋がひやりとする。

今メインで撮影中のドラマが、気心が知れた共演者ばかりのシリーズものだったのは、不幸中の幸いだ。皆、達幸の心配こそすれ、詮索の類いなど一切しなかった。

一応、スマートフォンだけは所持しているものの、達幸はインターネットを覗いたりしない。そんな時間があれば明良に纏わり付き、少しでも可愛がってもらおうとする。

しかし、それで安心は出来ない。達幸の方から近付かなくても、これだけ報道されていれば、いつどこで達也たちの動向が目に入るとも限らないのだ。

ここ数日など、達幸からコメントを引き出そうと、事務所の周囲をテレビの情報番組の取材班が幾つか張り込んでいた。松尾が密かに監視させていたため達幸の目に触れる前に追い払えたが、達也たちが情報を発信し続ければ、マスコミの取材攻勢はますます激しくなるだろう。

そうなる前に、達也と幸雄が改心する、もしくは諦める可能性は無いと断言出来る。何故なら…。

「松尾さん。これを」

明良はブリーフケースから取り出した書類を、松尾に差し出した。

昨日、父の友人の弁護士から、父経由で届けられた青沼家の調査報告書である。これを渡すために、渋る達幸を仮眠室に押し込んできたのだ。

「拝見します」

受け取った書類に目を通す松尾の顔が、みるまに引きつっていく。それも尤もだ。明良もロケ中、達幸に隠れて一読したが、青沼家の経済状態は酷いものだった。

幸雄の経営する建設会社は、去年、資金繰りの目途がつかず、裁判所に破産の申し立てがされていた。幸雄は民事再生の手続きを望んだのだが、債権者の同意が得られなかったのだ。民事再生したところで、今後の返済は見込めないと判断されたのだろう――と、弁護士の見解が添えられていた。経営者失格の烙印を押されたようなものである。

会社の破産に伴い、幸雄は社長の地位のみならず担保としていた不動産の全てを失った。残されたのは自宅だけだが、広大な敷地面積を誇る邸宅には、固定資産税を始め、相当額の維持費がかかる。

そこで幸雄は泣く泣く先祖代々受け継いできた邸宅を手放し、賃貸マンションに移り住んだものの、たちまち生活に行き詰まった。邸宅の売却によって得た少なくない金を、妻であり達也の母親でもある莉子が、買い物やホストクラブでの遊興費に蕩尽《とうじん》してしまったのだ。

会社の業績が傾き始めた頃から不仲だった夫婦は、これを契機に離婚。支払い能力の無い莉子からはろくに慰謝料も請求出来ず、幸雄の手元に残ったのは徒労感と、激減した貯金のみだった。

ちょうどその頃、達也が『青い焔』のオーディションに応募したのだ。

幸雄にしてみれば、達也と達幸は、どん底から這い上がれる唯一の希望の光である。幸雄に対しては『どんな理由があっても、我が子を捨てるのは許されない』と非難の声も強いが、どれほど世間の顰《ひん》蹙《しゅく》を買おうと、幸雄は摑んだ金づるを手放そうとしないだろう。

読み終えた松尾が、はあっと溜め息を吐いた。

「…さすがに、達也くんももう父親から事情を聞かされているでしょうね」

「はい。僕もそう思います」

幸雄は達也を溺愛しているため、実家の窮状については口を閉ざしている。公明は電話でそう言っていたが、会社が倒産し、実家を手放した挙げ句離婚までしては、いくら離れて暮らしていてもごまかしきれまい。遅くとも週刊誌のインタビューを依頼した時には、達也も真実を知らされたはずだ。

だから達也はありもしない事実を必死にでっち上げ、発信している。達幸の相手役を射止め、有名になるという最初の目的に加え、父親の危機を救うために。

二人の思惑通り、マスコミの報道は加熱する一方で、達也と『青い焔』への注目度もうなぎ上りだ。この時点でもじゅうぶん成功といえそうだが、明良にはどうしてもこれで終わりだとは思えなかった。

幸雄も達也も、もう後が無いから必死だ。そうした人間は、何をしでかすかわからない恐ろしさがある。かつて己の過ちも省みず、達幸を陥れようとした明良だからこそ感じる、不穏な気配……。

「大丈夫ですよ、鳴谷さん」

ここ最近纏わり付いて離れない不安に呑み込まれそうになった明良を、松尾の力強い宣言が引き上げた。目が合うと、にっこりと微笑まれる。

「幸には私を始め、事務所の皆も付いていています。貴方が一人で悩み苦しむ必要は無い。もっと、私たちを頼って下さい」

「…松尾さん…」

「さっそく、この報告書を社長に提出し、今後の対応策を練りましょう。鳴谷さんは幸を起こしてから、会議室に来て下さい」

松尾は立ち上がりざま、ぽんと明良の肩を叩くと、報告書を手にして去っていった。達也の一件があってからというもの、頼もしい上司は仕事中でも、達幸と二人きりで過ごす時間をこうしてさりげなく与えてくれる。達幸の精神を安定させるには明良と過ごさせるのが一番だと、理解しているのだ。

上司の心遣いをありがたく受け取り、明良はフロアの奥にある仮眠室へ向かう。

「…明良！」

間接照明が灯されただけの薄暗い部屋に入るなり、達幸は毛布を跳ね除けると、ベッドを跳び下り、明良に勢い良く突進してきた。条件反射で逞しい腰に腕を回してやると、うふふ、と嬉しそうな笑い声と共に、明良を腕の中に閉じ込め、耳の裏に高い鼻先を埋めてくる。

「寝ていなかったのか、達幸」

「だって、いい子にしてたら明良がぎゅってしてくれるって言ったから」

待ちきれなくて、楽しみでずっと目を爛々とさせながら毛布に包まっていたのだと嬉々として白状され、明良は後悔した。仮眠室に放り込んだのは松尾と二人で話すためだけではなく、少しでも達幸を休ませたかったからなのに。

「…ちゃんと僕を待てて、いい子だったな、達幸」

これでは逆効果だ、と苦々しく思いつつも明良は手を伸ばし、乱れた黒髪を撫でてやった。とたん、項に移動していた鼻先から、ふふんと自慢げな息が漏れる。

「俺、明良の一番いい犬だもの。明良の言うことなら、何だって守れるもの」

「……達幸」

切なさと、同じくらいの愛おしさがこみ上げてきて、明良は抱き締める腕に力を込めた。うふふ、くふふ、と笑いながら項を舐め回す男は明良より一回りは大きいのに、出逢った頃と同じ、幼い子どもに見えてしまう。

これだけの騒ぎになっているのだ。いくら明良と松尾が必死に守っても、達幸の耳に達也たちの動向が入らないはずがない。つい忘れがちだが、明良さえ絡まなければ常人よりも遥かに高い知能と、人間離れした勘を有する達幸だ。明良が考える以上に、事態を正確に把握していてもおかしくない。

なのに、達幸は変わらない。二次選考で期せずして達也に遭遇した後こそ混乱していたが、それ以降はいつも通りだ。明良と松尾が拍子抜けするくらいに。

けれど、明良には達幸の心が傷付き、悲鳴を上げているように思えてならなかった。こうしてくっつきたがるのは前からだが、二次選考以降、甘えぶりに拍車がかかり続けているのが、その証拠ではないだろうか。

明良への強すぎる執着と恋情に覆われてはいるが、達幸の心は本来ひどく繊細で、傷付きやすく、そして無垢だ。そのことを、本人が一番理解していない。達幸が無自覚のうちに助けを、救いを求めているのなら、明良は受け止めてやりたいと思う。――飼い主として…恋人として。

「…いい子だな、達幸」

名残惜しそうに項から離れていった唇をぺろりと舐めたのは、明良の全身を舐めたがる達幸の真似をすれば、喜ばせてやれるかもしれないと思ったまで。それ以上の意味など無かったのだが、達幸は見開いた青い目を歓喜に輝かせる。

「…明良…っ…、あーちゃん…！」

「…う、わ…っ！」

両脇に手を差し入れられたと思ったら、驚くほど簡単に身体が浮き上がった。

面食らう明良に達幸は頬をすり寄せ、何度も宙でくるくると回してから、再び抱き締める。今度は、明良が達幸の胸に顔を埋めさせられる格好で。

「嬉しい、あーちゃん…俺のこと、ぺろって、してくれた…」

「…た、達幸、苦しい…」

「ね…、あーちゃん、あーちゃんがぺろってして、可愛がるの、俺だけ、だよね？　…他の雄になんて、絶対に、しない…よね…？」

窒息の危機を感じながら必死に頷けば、達幸はようやく明良を解放してくれた。ほっとする暇も与えられず、今度は横向きに抱き上げられる。

「うふ、うふふふ、ふふっ、あーちゃん、あーちゃん…あーちゃんが可愛いのは、俺だけっ」

「こ、こら達幸、やめろっ…」


達幸が再びくるくると回りそうになったので、明良はとっさに達幸の両目を掌で覆った。毎夜求められ、ただでさえ消耗しているのに、これ以上やられたら、こちらの目の方が回ってしまいそうだ。

「あーちゃん、大好き。好き、好き、あーちゃんだけが好き」

さすがに動きを止めた達幸は、両目を覆われたまま、幸せそうにさえずる。

明良がそっとまぶたを覆う手を緩めると、指の隙間から覗く青い目は、いつにも増して輝いていた。何の憂いも感じさせないほどまばゆく、澄み渡って。

明良だけにしか見せない、達幸の宝物ともいえるこの目が、いつまでも曇ること無くきらめいていてくれればいい。幼い頃、不遇だった分まで。

……いや、そうなるよう、明良が守るのだ。この純粋で繊細な、傷付きやすい男を。

「……僕も好きだよ、達幸。お前だけが」

——その数日後、くだんの週刊誌上で、幸雄の手記『息子へ』の近日発売が発表される。

同時に公開された書影を目にするなり、明良も、松尾さえもが言葉を失った。

シンプルなデザインの表紙には、まだ物心つく前に撮影されたのであろう幼い達幸が――青い目を大きく見開いた愛らしい顔が、はっきりと印刷されていた。

遅めの昼食を終えた明良がオフィスに戻ると、ちょうど男性社員たちによって段ボール箱が運び込まれるところだった。日に日に増えていく数に溜め息を漏らし、明良は速足で社員たちに歩み寄る。

「手伝います」

「ああ、ありがとう」

明良に託された段ボール箱は、ずっしりと重く、中身が全部手紙だとは信じられなかった。転ばないよう注意しながら、前に進んでいく。

「…鳴谷さん？　どうされたんですか？」

フロア奥の会議室に段ボール箱を運び込むと、タブレットに目を落としていた松尾が顔を上げた。

最近、目元のくまが濃くなる一方の上司に、明良は力無く微笑みかける。

「そこで行き合ったんです。この分じゃ、きっと手が足りなくなるだろうと思って」

「……そう、ですね」

テーブルに載せられていく段ボール箱をうんざりと見遣り、松尾は眉間を揉み込んだ。

こんなことのために社員を動員するのは、甚《はなは》だ不本意なのだろう。だがアルバイトを雇うわけにもいかない。

費用の問題ではなく、外部の人間には任せられない作業だからだ。社内でも、知る人間はなるべく少ない方がいいという上層部の判断で、わざわざ松尾自らが立ち会っている。

「幸の撮影は、何時まででしたか？」

「一時間ほど前に送り届けてきましたから、あと二時間は大丈夫です」

「…では、申し訳ありませんが、それまでお願い出来ますか？」

「はい、もちろんです」

明良は頷き、上着を脱いで椅子の背にかけると、シャツの袖をまくり上げた。他の社員たちと一緒になって段ボール箱を囲み、山盛りに詰め込まれている手紙を一通ずつ取り出しては開封し、中身を確認していく。

宛て先は全て青沼幸だが、差出人の住所氏名は記入されていたり、いなかったりとまちまちだ。ただし、記入されていたとしても、大半が偽名と実在しない住所の組み合わせである。

『青沼幸は、あんなに達也が一生懸命なのに、どうして和解してあげないの？』

『確かに、お父さんのやったことは酷いかもしれないけど、反省しているんだし、いい加減許してあげたら？』

『未だに何も公式の声明を出さないのって、もしかして映画の興行収入上げるため？』

身勝手すぎる文面を目にするたび、便せんをびりびりと引き裂き、燃やしてしまいたい衝動にかられるのは、明良だけではないだろう。

……何も知らないくせに、どうしてここまで勝手な理屈ばかり並べられるのか。

反吐が出そうになるが、きっと何も知らないからこそだろう。欠片でも真実を知っていたら、誰も絶対に青沼幸を…達幸を責めたりは出来まい。

——達幸の実父、青沼幸雄による手記『息子へ』は、発売直後から重版が続き、わずかひと月足らずで総発行部数三十万部に到達した。明良も松尾が購入したものを読ませてもらい…読み終えた直後、借り物にもかかわらず、床に叩き付けてしまった。松尾は怒らず、沈痛な面持ちで明良の肩をさすってくれた。

デビューから支え続けてきたマネージャーと、飼い主兼恋人。立場は違えど、共に達幸を大切に思う者同士、心は同じだ。実の父親でありながら我が子を金儲けの道具としかみなさない恥知らずを殴りつけ、達幸が味わった苦痛の数百分の一でも味わわせてやりたい。

生来争いごとを好まない明良や松尾ですらそう渇望せずにはいられないほど、『息子へ』の内容は酷いものだった。

週刊誌のインタビュー記事でも事実をひたすら自分に都合良く改ざんし、いかに達幸を手放したことが不本意だったか、後悔しているかを強調していた幸雄だが、『息子へ』ではそれがさらに顕著になっている。

だが、並外れた売り上げの最たる原因は、何といっても表紙を飾る達幸の写真だろう。

せいぜいまだ二、三歳の頃とおぼしき達幸が、誰かに呼ばれたのか、こちらを振り返っている。生まれて数年の幼子とは思えないその空虚な表情に、心を撃ち抜かれない者は居ない。

整っているからこそいっそう作り物めいた、人形にも見間違えてしまいそうな顔を彩るのは、双つの青い瞳だ。今よりも少し色の濃い双眸は、薄暗がりにもかかわらず、宝石にも劣らぬ鮮やかな輝きを放っている。

おそらく、達幸の母の薫が撮影した写真だろう。公明はそう評した。達幸の青い目を理由に離婚を強いられた薫は、成長する息子の姿を見ればよりを戻す気になってくれるかもしれないと一縷の希望を賭け、幸雄のもとに写真を定期的に郵送していたようなのだ。それが二十年以上経って、こんな形で利用されようとは、薫も想像すらしなかっただろうが。

薫が送った写真は、表紙以外にも、文中のあちこちに挿入されていた。ページをめくるたび、それらは身勝手な文章と共に明良の心を切り裂いてくれたものだ。

明良の家に引き取られてきた時、達幸の心はすでにからっぽだった。小学校に上がったばかりの子どもが、どうやって感情を失っていったのか、薫の写真は克明に表している。

明良さえ、つまらない嫉妬からちっとも優しくしてやれなかったあの頃を思い出すと胸が締め付けられるというのに、どうして血の繋がった父親がこんな惨い仕打ちを出来るのか。ほんの少しでも、心は痛まないのか。

　怒りと悲しみ、そしてやるせなさを増幅させるのは、皮肉にも達幸だった。

『…泣かない、で、あーちゃん』

　手記のことは何も告げず、精いっぱいいつも通りを装っていた明良を、達幸はいたわるように抱き締めたのだ。自分こそが、泣きそうな顔で。

『あーちゃんが悲しいと…、俺も、胸がきゅって苦しくなるから…。ね、だから泣かないで…』

　泣いてなどいないと、何度主張しても達幸は信じてくれなかった。その腕の力強さと熱にとうとう強がりの殻《から》を崩されてしまい、溢れた涙は、達幸が残らず舐め取ってくれた。

　基本的に明良しか眼中に無いし、明良を求めるがゆえに時折とんでもない事件を引き起こす駄犬だが、優しい男なのだ。今まで辛酸を舐めた分、これからは幸せになって欲しいのに、現実は明良の願いとは正反対の方向へ進んでいく。

『息子へ』の発売以降、エテルネには『息子へ』の読者から達幸宛の手紙が大量に届くようになったのだ。最初はエテルネ公式サイトの問い合わせフォームから届いていたのだが、ウイルスが添付されていたり、あまりの多さにサーバーが何度もダウンしかけたりしたため、緊急措置として一時的に削除されてしまったのである。

　達幸に直接物申したくても、達幸はSNSはおろか、個人ブログすら持っていない。そこで読者たちは、手紙というアナログな、しかし最も確実な手段を用いたわけだ。

　SNSが隆盛を極める現代では、ファンレターの類いは激減したが、それでも熱意を伝えるために筆を執るファンは根強く存在する。そういった熱心なファンは、芸能事務所にとっても、所属アーティストにとっても、非常にありがたく、決しておろそかにしてはならないのだ。

　こんな状況になっても…いや、こんな状況だからこそ、達幸のファンは励ましの手紙を数多送ってくれた。だが『息子へ』の読者たちの悪意と偏見に満ちた手紙と純粋なファンレターは、見た目だけでは区別がつかない。

そこで届いた全ての手紙を開封し、選別するという作業がエテルネ社員に課せられたわけだが…。

「……はあ……」

百通ほどを選別し終えた明良は、椅子に座ったまぐるぐると首を回し、そのまま天井を仰いだ。よくもまあ、他人の家庭の事情にずけずけと口を挟めるものだ。

「鳴谷さん、そちらはいかがですか？」

別の段ボール箱を選別していた松尾が、ふと手を止めて問いかけてくる。

「嫌がらせが七、励ましが三、というところですね」

「…こちらも同じような割合です。明らかに、嫌がらせの方が増加していますね。まあ、達也くんの頑張りが功を奏しているのでしょうが…」

松尾は皮肉っぽく口元を歪める。『息子へ』の発売以降、達也はSNSをフルに活用し、異母兄への憧憬をアピールし続けているのだ。達也が幸雄から譲り受けたのだろう達幸の写真と共に記事をアップするのに比例して、エテルネへの嫌がらせの手紙も増加していく。

だが明良には、達幸のもとに届く手紙について、少々思うところがあった。

「…松尾さん。僕、ずっと読んでいて思ったんですが…これって単純に、嫌がらせとひとくくりには出来ないんじゃないでしょうか」

「……、どういう意味ですか？」

「確かに、達也くんのファンは、達也くんの願いを叶えてやりたい一心で無茶を言っていますが…それ以外の人々は、ただ単に達幸を叩きたいわけじゃないんじゃないかと思うんです」

青沼幸はその人気に反比例して、メディアへの露出が極端に少ない俳優だ。情報を最低限に絞ることによってファンの興味を掻き立てる巧妙な作戦…ではなく、単純に達幸自身が望まないのと、いつ明良を求めて暴走するかもしれない姿を晒すわけにはいかないからだが。

そこへ、思わぬ形で、謎に包まれていた達幸の過去が暴露された。印象的な青い瞳に魅了された人々は、幸雄や達也からもたらされる情報だけでは飽き足りず、どんな形でもいいから達幸自身の生の反応を引き出したくなったのではないか。

明良の推察に、松尾は頷いた。

「詰まるところ皆、幸に魅了されているというわけですね。万人を惹き付けるのは俳優として得難い資質、喜ぶべきなのでしょうが…今回ばかりは、裏目に出てしまいましたか」

「達幸が何らかの声明を出せば、多少は沈静化するのかもしれませんが…」

「一時的には、効果があるでしょうね。ですが一度相手にしてしまえば、幸雄氏や達也くんの思うつぼです。彼らはマスコミを味方につけ、ここぞとばかりに幸との関わりを持とうとするでしょう」

今まで一度もスキャンダルを起こしたことの無い達幸は、マスコミには絶好の獲物だ。幸雄のインタビューを掲載した週刊誌では、毎週のように特集が組まれ、幸雄の一方的な言い分を元にあること無いこと書き立てられている。そこに達幸が首を突っ込めば、待っているのは抜け出せない泥沼だ。

だから今のところ、沈黙を保つしかないのだが、事態は刻々と悪い方へ転がっている。

「……おや」

じっと考え込んでいた松尾が、ふと腕時計に目を落とした。

「鴫谷さん、そろそろ撮影が終わる頃合ではありませんか？」

無心に手紙を選別しているうちに、二時間が経過していたらしい。はっとした明良がスーツの上着の胸ポケットを探り、スマートフォンをチェックすると、メールが一通届いている。達幸に同行したエテルネのスタッフからだ。

メールを一読し、明良はほうっと息を吐いた。

「僕は迎えに行かない方が良さそうですから、誰か手すきの方にお願い出来ますか？」

「わかりました」

わけも聞かず、さっそく手配をしてくれる松尾は、メールの内容などお見通しなのだろう。

スタッフからのメールによれば、達幸が撮影に赴いているテレビ局には、どうにかして達幸のコメントを取ろうとするマスコミがあちこちに潜んでいるそうだ。どこから出ても彼らとの遭遇は避けられないが、もし達幸が彼らの前で暴走したら、さらなる火種を提供してしまうことになる。それだけは避けなければならないため、明良はここしばらく達幸との同伴を避けていた。

いくら質問をぶつけても何の反応も示さない達幸からどうにか言葉を引き出そうと、マスコミは躍起になっている。もし万が一マネージャーとして付き添う明良が彼らの標的になれば、達幸は明良を助けようと、彼らを排除するに違いないのだ。

達幸が寂しがるので、たまには今日のように送迎の車に同乗することはあるものの、決して車からは降りず、付き添いは他の社員に頼んでいる。迎えに行くかどうかは報告次第だが、今日は……いや、今日も、控えておいた方が良さそうだ。

幸雄と達也だけでも厄介なのに、増える一方のマスコミが加わると、日々、神経がすり減らされてしまう。傍観者の明良さえそうなのだ。当事者である達幸の心の傷は、いかばかりか――。

「あ…、すみません。ちょっと失礼します」

握ったままのスマートフォンが振動し、明良は松尾に断ってから会議室を出た。近くの男子トイレに入り、誰も居ないのを確認すると、一番奥の個室に入る。

『さみしい』

案の定、新着メッセージは達幸からだった。撮影を終え、テレビ局の控え室で迎えを待っているのだろう。たったひと言に血を吐くかのような孤独を感じ、明良は素早く返信する。

『僕も寂しいよ、達幸。お前が居ないから』

電話をすれば早い上に声も聞けるのに、敢えてメッセージを遣り取りするのは、万が一にもマスコミに嗅ぎ付けられるのを恐れてのことだ。明良には信じ難いが、松尾いわく、加熱したマスコミが盗聴器を仕掛けたり、テレビ局の職員を抱き込んで達幸の様子を監視させたりする可能性も低くはないらしい。

『さみしい、さみしい、さみしい、あーちゃん。今すぐあーちゃんにぎゅってしてもらって、俺のこと、いっぱい孕んでほしい』

ディスプレイに新たなメッセージが表示された。昨夜もうっすらと膨らむまで大量の精液を注ぎ込まれた腹を無意識に押さえ、明良はメッセージを打ち込んでいく。

『…家に帰ったら、いくらでも孕んでやる』

男なのに孕むなどという言葉を使うことに、むろん羞恥はあるが、ためらいは自分でも意外なほど無かった。達幸とのまぐわいが単に快感を追い求めるためではなく、腹を精液で満たされなければ終わらない、まさに孕まされるための儀式としか思えないからだろうか。

『帰ったらじゃ、やだ。いますぐぎゅってされたい』

明良とは比べ物にならない速さで、応えが返される。

『無茶を言うな。お前、まだテレビ局だろうが』

明良が宥めようと送ったメッセージにも、十数秒も待たずに返信があった。

『だって、あーちゃんと何時間も離れ離れだったんだよ。もう待てない。待てないよ、あーちゃん』

『待てない待てないまてないまてない』

『孕んではらんではらんではらんで』

明良に返信の間を与えないほど、立て続けにメッセージが表示されていく。

トイレに移動したのは正解だった。もし松尾にでも目撃されていたら、ただでさえ疲れているのに、ますます心労をかけてしまう。それに――人目があるところでは、こんな真似など出来はしない。

「…っ…」

明良はスマートフォンを棚に置くと、素早くネクタイを解き、シャツのボタンを外した。最近、色付きのシャツばかり着ているのは、こんな時のためだ。下着をつけなくても乳首が透けてしまわないから、シャツをはだけただけですぐに乳首を露わに出来る。

羞恥心など、とうに捨てた。スマートフォンで己の乳首を撮影し、メッセージと共に送信する。

『見て、達幸』

とたん、振動し続けていたスマートフォンが止まった。ぶるり、と明良は裸の胸を震わせる。

寒さのせいではない。遠く離れた控え室で、かぶりつくように明良の乳首の写真に見入る達幸の眼差しを…まぐわう時と同じそれを想像してしまったせいで。

『早く戻ってきて、ここ、舐めて』

『さっきから、疼いてる』

達幸を落ち着かせるための方便だったはずなのに、ディスプレイをタップするそばから、小さな肉粒は本当につんと尖り、疼き始めた。まるで、達幸の肉厚な舌を待ちわびるように。

『…疼いてるのは、そこだけ?』

しばらく間を置いてから届いたメッセージに、明良はねっとりとした熱が絡み付いてくるのを感じた。

離れ離れの恋人兼飼い犬は今、きっと、数多の人々を魅了したあの青い瞳を欲情に滾らせている。

……達幸を、静めるためだから……。

己に言い訳をしながら、明良はズボンのファスナーを下ろした。下着に包まれた股間は、案の定、わずかに熱を持ち、膨らんでいる。

『……ここも』

撮影したその場所を、短いメッセージと共に送信すれば、応えはすぐさま返された。

『みせて』

明良に輪をかけて短いそれは、まばたきの間に何度も何度も表示され、たちまちディスプレイを埋め尽くした。もしここが二人きりの寝室で、達幸が傍に居たら、明良のそこはとうに下着を引きちぎられ、むしゃぶりつかれていたことだろう。

「…は、…ぁ…」

現実の明良が漏らした吐息は、達幸以外の誰にも聞かせられない艶を滲ませていた。明良は下着をずらし、新着メッセージを知らせるランプが点滅し続けるスマートフォンで、緩やかに勃ち上がっているそこを撮る。

今度はメッセージなど添える余裕すら無かったが、達幸の反応は早かった。

『たべちゃいたい』

次のメッセージが届くまでのわずかな間は、達幸の舌なめずりだったのか。

『かわいいかわいいかわいいあーちゃんかわいい、きれい、かわいい』

「あ…、…達幸…」

『あーちゃん、今どこに居るの？　傍に他の雄、居ないよね？』

尋常でない速さで送られてくるメッセージに、明良は早鐘を打つ心臓を宥めながら、震える指先で返信した。

『といれのこしつだからだいじょうぶ』

もはや文字変換もままならなかったが、達幸には問題無く通じたらしい。次の返信まで、数秒もかからなかった。

『絶対、そこから出ないでね。あーちゃんはただでさえキレイなのに、そこをそんなにかわいくしてたら、絶対にさらわれちゃう』

「…そ、んなこと、…言われても…」

ここはオフィスのトイレで、明良は仕事中なのだ。あと少ししたら、会議室に引き返さなければならない。手紙の選別が終わっても、幸雄と達也のせいで、やるべきことは山積している。

遠のきつつあった理性が、少しずつ戻ってきた。

恥を忍んだ甲斐あって、達幸もだいぶ落ち着いたようだ。この分なら、マスコミに囲まれても、少しでも早く明良を貪りたい一心で脇目も振らずに帰ってくるはずである。

キイ……。

早く会議室へ戻ろうと、勃起してしまった性器を処理しかけた時だった。トイレのドアが開く音が、静かな空間に響いたのは。

……まずい、誰か来た！

性器を扱こうとしていた手を、明良はとっさに引っ込めた。必死に息を殺し、早く用を済ませて出ていってくれるよう祈るが、意に反して、闖入者《ちんにゅうしゃ》の足音はだんだんこちらに近付いてくる。

まさか、誰かに勘付かれた……？

基本的にエテルネの社員しか使わないトイレだが、来客や業者など、外部の人間が絶対に訪れないわけではない。もしも、マスコミ関係者だったら…。

「――開けて、あーちゃん」

ひやりとした明良だが、やがてドアの向こうからかけられたのは、ここには居ないはずの男の声だ。

「た、…達幸…？」

「うん、俺だよ、あーちゃん」

「どうしてここに…お前、移動中じゃなかったのか？　それに、何で僕がここに居るとわかった？」

「早くあーちゃんに逢いたかったから、一人でタクシー拾って帰ってきた。あーちゃんの居るところなら、俺、匂いですぐにわかるもの」

……ああ、間違いない。

頭を抱えつつも、明良は得心した。ドアの向こうに居るのは、確かに達幸だと。

ひっきりなしに送られてきたメッセージは、タクシーの中から送信していたのだろう。思い返せば、テレビ局に居るとはひと言も言っていなかった。マスコミが待ち構える中、タクシーに乗るなど自殺行為にしか思えないが、達幸はその身に纏うオーラを消し去り、他人になりきれるのだ。

匂いで明良の居場所を嗅ぎ付けるのも、普通の人間なら笑い飛ばすだけだが、達幸なら納得だ。この男は、明良に関しては人間離れした嗅覚を有している。

「ねえ…、早く開けて、あーちゃん…」

がりがりと、達幸が焦れったそうにドアを引っ掻く。開けたらどうなるか、嫌というほどわかってしまう明良は、心を鬼にしてドアに体重をかけた。この個室のドアは外から内側へ押し開くタイプだから、もし万が一達幸が鍵を破壊しても、こうしておけば中には押し入れない。

「…駄目だ。松尾さんのところに行け」

「え……」

「きっと今頃、同行したスタッフが、お前を見失ったって大騒ぎになってる。早く行って、謝るんだ」

「…でも、…あーちゃんは…」

「僕も後から行く。……達幸、今がどんな時か、わかっているだろう？」

敢えて硬い声音で告げるや、ドアを引っ掻く音はぴたりとやんだ。ドアの前の気配も、足音と共に遠ざかっていく。

達幸は人の言うことを聞かない駄犬だが、明良が本気で叱っている時は素直に従う。きっと今回もわかってくれたのだろう。

——そう安堵出来たのは、つかの間だった。

「…ひ…っ…⁉」

物音に顔を上げると、隣の個室の壁と天井の隙間から、達幸が顔を覗かせていたのだ。便器に上がり、身を乗り出しているらしい。すでにコンタクトレンズを外しておいたのか、薄暗がりに浮かび上がる青い目が、ニッと笑みの形に歪められた。


「……見付けた。あーちゃん」

「た…っ…、達幸…！　やめなさい…！」

隙間を乗り越え、こちらに忍び込もうとする達幸に、明良は血相を変えて叫んだ。隙間から床までは、少なく見積もっても二メートル近くある。もし足を滑らせでもしたら、無事では済むまい。

「……駄目」

懸命の制止も空しく、達幸は隙間をひょいと乗り越え、そのままこちらへ飛び降りた。声にならない悲鳴を上げる明良を引き寄せ、腕の中に閉じ込める。

「…こんなにキレイでいい匂いさせてるあーちゃん、放っていけるわけ、ないもの」

「…ぁっ…、達幸…」

「俺に食べられたくて、疼いてたんでしょう？　…食べさせてよ、あーちゃん。離れてた分まで、俺の匂い、いっぱいつけさせて…」

囁くそばから、達幸ははだけたシャツの合間に覗く胸をまさぐり、股間をぐりぐりと押し付けてくる。そこは当然のように硬く盛り上がり、達幸の余裕の無さを明良に思い知らせた。

「…ね…、あーちゃん。いつもみたいに、俺のこと…ぎゅってして、くれるでしょう?」

「あ…っ、は…ぁ、達幸…」

「お願い…、お願い、あーちゃん…。俺を…、俺だけが、あーちゃんの一番いい犬だよね? だから、いつだってあーちゃんにぎゅってしてもらえるんだよね?」

——あーちゃん、あーちゃんあーちゃんあーちゃん。

重ねられる懇願は麻酔のような響きを帯び、明良の理性を溶かしていく。せめて家に帰ってから、と警告する心を、身体が裏切る。

「……あーちゃんっ……!」

腕の中で精いっぱい背伸びし、触れるだけの口付けをしてやると、抱きすくめる力がいっそう強くなった。みしり、と全身が軋む。

「っ…、た、つゆ、き…」

「あーちゃん…、あーちゃん、あーちゃん……」

分厚い胸板を拳で叩き、窒息させる気かと抗議すれば、ようやく解放された。腰に引っかかっていただけのズボンごと、下着が足首までずり下ろされる。

「うふ…、ふふ、ふふふふっ…、あーちゃんの匂い、あーちゃんの匂いだ…」

極上の美酒に酔っているかのように、達幸はよろよろと身を屈め、熱を帯びた明良の性器に唇を寄せる。トイレの床に膝をつくことも全くためらわない。

「…ん…っ、…ふ、ぅ…っ…」

鼻息も荒く嗅ぎまくられるせいで、ひどくくすぐったい。身をよじると、よそ見しないで、とばかりに肉茎を咥え込まれた。

「ああ……っ…」

同時に尻のあわいを長い指に探られ、噛み殺しきれない嬌声が溢れた。慌てて口に被せようとした手を、明良はぎくりと止める。

——駄目。あーちゃんが出すものは全部、俺がもらうんだから。

無言で見上げる青い瞳が、雄弁にそう迫っていた。

『息子へ』の表紙に使われた写真のあの空っぽな眼差しとは違う、愛欲という感情に満たされた双眸に、明良は逆らえない。もう二度と、あの頃の達幸に戻らせたくないから。

「…あ、…っ、ん、…ん…」

引き結んだ唇から漏れる甘い声に目を細め、達幸は後ろの蕾をくちくちと拡げながら、肉茎を扱き立てる。いつもより性急なのは、これでも一応、達幸なりに時間を気にしているのかもしれない。

「…っあ、…あぁ…、…!」

達した瞬間、ほとんど意地で嬌声を呑み込んだら、ごくんと精液を嚥下《えんか》する音と共に、腹の中を掻き混ぜていた指が引き抜かれた。名残惜しそうに肉茎を解放した達幸が、ゆらりと立ち上がる。

「……あーちゃん」

懇願めいた囁きに促され、明良は荒い息を継ぎながら身体の向きを変えた。絡みつくズボンから片足を抜いて広げ、壁に両手をつく。

「…あーちゃん、あーちゃんっ…」

「…あ…、あっ、…あ…!」

息を詰める間も無かった。わななく腰を引き寄せられるや、指で慣らされただけのそこを凶悪なほどいきり勃った切っ先がこじ開け、ずるずると潜り込んでくる。

「ひ、…んっ、んんっ……」

ぶしゃあああっ、と腹の中で勢い良く弾けた飛沫に濡らされる感触に、悲鳴をたなびかせそうになり、明良はとっさに唇を噛んだ。いつもより浅いところで吐き出された精液は、絶好の潤滑剤と化し、太すぎるものの侵入を助ける。

「…うぁ…、あ、あぁっ…、あ…」

「ん…っ…、あーちゃん、…あったかいよ、俺のあーちゃん…」

「あ…ん…、た、達幸…、あぁっ…」

「…俺のこと、待っていてくれたんだよね？　あーちゃんがお腹に孕むのは、…俺だけ、だよね…？」

達幸のファンが…否、特にファンでなくとも、耳にすれば腰が砕けてしまいそうな低く艶《つや》めいた声が、ぐじゅぐじゅとぬかるんだ胎内を掻き混ぜる音と共に、明良の耳を浸潤する。

あれほど大量の精液をぶちまけたばかりのくせに、達幸のそれはただちに逞しさを取り戻し、明良の腹を我が物顔で犯していた。まるで、自分こそがそこに宿る正統なる権利を有していると言わんばかりに。

「ねぇ…、あーちゃん、言って。俺だけだって…、妊娠するの、俺だけだって…」

「やっ…ぁ、あっ、…達幸、駄目…、そんな、奥、突いたらぁっ…」

「あーちゃんは俺だけの飼い主で、俺だけがあーちゃんの一番いい飼い犬だよね？　そうだよね？　…他の雄なんて、いい子いい子、しないよね…っ…？」

いやいやとかぶりを振る明良の言葉など、達幸には届いていない。首筋がちりちりとあぶられるように痛むのは、きっと、底光りするあの青い瞳に背後から射られているせいだ。

「…しない…、達幸以外なんて、いい子いい子、しない、からぁ…っ…」

明良は冷たい壁に爪を立て、上ずった声で必死に訴える。

「…達幸しか、妊娠しない…っ、達幸だけ…、僕の犬はお前だけ…っ…」

「…あ…っ、ああっ、あああああっ、あーちゃ、あーちゃん…っ…！」

咆哮した達幸が、達幸しかたどり着けない奥の、さらにその奥まで侵入を果たした。確かに繋がっているはずの胴体が、腹の中で真っ二つに引き裂かれるかのような感覚は、達幸とのまぐわいでしか味わえまい。

「あーちゃん…、好き…っ、あーちゃんだけが、好き…あーちゃんさえ居てくれれば、他の誰も要らないっ…」

「あぁ…っ、達幸ぃ…っ、あ、あああっ……」

「…あーちゃんだけが、俺のこと、見てくれる…あーちゃんが居てくれるから、俺は…っ…」

――違うよ、達幸。そうじゃないんだ。

恋愛感情じゃなくても、達幸を愛し、心配してくれる人は僕以外にもたくさん居る。父さんや松尾さんや社長や、エテルネの社員たち…俳優としてのお前のファンだって、心からお前を想ってくれている。

伝えてやりたいことは胸に渦巻いているのに、吐き出せなかった。

軽い嘔吐感すら覚えるほどの勢いで、腹を突き上げられているせいではない。今の達幸には、明良以外、受け容れる余裕など無いとわかっているからだ。

明良しか眼中に無いのは、今に始まったことではないが、それでも明良を監禁から解放して以降は、達幸なりに安定していたのだ。明良の望みだから、という前提があっても、明良以外の人間の忠告を聞き入れるだけの余裕——達也たちの影がちらつくまでは確かに存在したそれが、今は失われている。

明良や松尾を始め、周囲は『息子へ』を達幸に見せないよう細心したが、あれだけの騒ぎになったのだ。書影もインターネット書店で簡単に確認出来る。

にもかかわらず、達幸は表向き全く動揺せず、スケジュールも今まで通りにこなしてみせた。

周囲は安堵したが、明良だけにはわかる。達幸の心が、かつてないくらい千々に乱れていると。これまでは帰宅するまで抑え込めていた欲望を、ところ構わず発散せずにはいられなくなったのが、その証拠だ。

ほんの半年前、達幸は明良を監禁した。明良は夜となく昼となく貪られ続け、最終的には命の危機にすら陥った。

危うい均衡の上に成り立つ達幸の心。その天秤が少しでも不安に傾けば、達幸は明良を片時も傍から離せなくなる。その事実を、明良は身をもって知っている。

不満たらたらであっても、こうして毎度、明良を孕ませずにはいられなくても、明良が仕事に付き添わないことをとりあえずは承諾しているのだ。今はまだ、比較的余裕があるといえる。

だが、それもいつまで続いてくれるか——。

「…あーちゃん…っ、…奥に…、一番奥に出すから…、孕んで…、俺をっ…」

力強く律動していた腰が止まり、根元までねじ込まれた雄が、二度目とは思えないほどおびただしい量の精液を吐き出す。

「あ……、あ、ああ――――!」

一滴残らず胎内に受け止めさせ、染み込ませようと腹を大きな掌で押さえつけられながら、明良は射精を伴わない絶頂に上り詰めさせられた。


二次選考の結果発表から二か月後。

『青い焔』光役のオーディションは、とうとう最終選考の日を迎えた。予定よりひと月近く延期されたのは、当初は想定し得なかったトラブルが続発したせいだ。原因はほぼ全て、達幸…青沼幸を巡るスキャンダルである。

まず、最初に予定していた会場が使えなくなった。エテルネの猛烈な抗議が聞き入れられ、オーディションの公開こそ立ち消えとなったが、非公開でもマスコミが大挙して押し寄せるのは明らかだったため、万が一事故でも起きたらたまらないと、管理会社から使用許可が下りなかったのだ。

そこは久世の人脈が物を言い、すぐに同規模の別会場を押さえられたのだが、どこからか嗅ぎ付けたマスコミから取材の申し込みが殺到した。大半は即座にはねつけられたものの、スポンサー関係で断れない筋も少なくなく、いかに選考に影響を及ぼさぬよう取材させるか、関係者はオーディションそのものとは関係無いところでよけいな労力を費やすはめになった。

そして、何といっても最大の問題は、最終選考の審査員に名を連ねる達幸だ。

これ以上達幸に負担をかけないため、エテルネ側としても達幸を審査員から外すよう要請したいのは山々だったが、そう出来ない事情があった。達幸はただの審査要員ではないのだ。

最終選考の審査内容は、達幸演じる暗殺者レイと、最終候補者演じる光の共演――『青い焔』の一幕を、実際に演じるのである。光役には演技力のみならず、達幸との相性も求められるので、達幸以外の俳優が務めるわけにはいかない。

つまり、達幸は話題の渦中にある異母弟・達也と、飢えたマスコミたちの面前で共演を強いられるのだ。これには明良や松尾たちエテルネ側ばかりか、達也のやり口を快く思わない久世も難色を示したが、達也の時だけ他の俳優に演じさせるのは公平ではない。最悪、達幸が達也を忌避したと取られ、ますます不仲説が加速するだろう。

主役なのだから仕方が無いとはいえ、達幸には心身共に負担ばかりかかってしまう。この期に及んで再び達也とじかに顔を合わせ、共演などしたら、一体何が起きるのか——二次選考の記憶が頭にちらつくたび、明良の胃はしくしくと痛む。

唯一の救いは、最終選考開始の三十分前になっても、達幸が冷静さを失っていないことだ。……一見したところでは。

「…あーちゃん、大丈夫?」

あてがわれた専用の控え室で、自分のために用意された高価そうなリクライニングチェアを明良に譲り、かいがいしくブランケットをかけたり飲み物を用意したりするという余裕すら見せている。いつも通りといえばいつも通りの光景に、松尾さえも胸を撫で下ろし、関係者に挨拶をするため去っていった。

まさか、思いもしなかっただろう。つやつやとすこぶる血色の良い達幸が、昨夜は一睡もせず明良を犯し続けていたなんて。

明良はリクライニングチェアの傍にひざまずいた達幸に、弱々しく微笑んでみせた。

「……ああ。大丈夫、だ」

嘘である。本当は全身がけだるくて悲鳴を上げているし、少しでも油断すれば、襲い来る睡魔に屈しそうだ。だが、弱音を吐くのも、達幸を責めるのも筋違いだとわかっていた。憑かれたように自分を犯す男を拒まず、求められるがまま応じたのは……明良自身だからだ。

「お前こそ、そろそろ出番だろう。準備はいいのか？」

達幸は審査員ではあるが、共演者でもあるため、カットソーに伸縮素材のパンツという動きやすさ重視の姿だ。どこにでも居そうな格好なのに、達幸が纏うと、目を引き寄せられずにはいられない華がある。見た目の雰囲気こそ似ていても、達也にはこの華が無い。

少しでも滞在時間を減らそうと、メイクやヘアセットもすでに済ませてきた。あとは、係員が呼びに来たら会場に向かうだけだが、短いとはいえ演技に臨むのだ。役作りに集中しなくていいのかと心配になる明良に、達幸は予想通りの答えを寄越す。

「役作りなんて、そんなの、始まってからでじゅうぶん間に合うもの。俺には、あーちゃんの方がずっとずっとずっと大事」

こともなげに言い放たれた台詞を達也や他の候補者たちが耳にしたら、どれほど嫉妬することか。スイッチを切り替えるように他人に成り代われる達幸は、役作りの苦労とは一生無縁に違いない。

「…あーちゃん…、あーちゃん…」

「あ、こら…、駄目っ…」

制止をたやすくかい潜り、達幸は明良のシャツのボタンを外すと、露わになった平らな腹にいそいそと顔を埋めた。そこは昨夜、精液で膨らまされてから嫌というほど吸い痕を刻まれたせいで、あちこちに紅い痕がちりばめられている。

「…ね…、あーちゃん。いつ、俺のこと、ここに妊娠してくれるの？」

「…、達幸…、それは…」

「あーちゃんの飼い犬にしてもらってから、ずーっと中に出してるんだから、いつか必ず、俺を、ここに入らせてくれるよね？」

うっとりと達幸が語るのは、現実世界では叶いようのない夢だ。いくら胎内に種をつけられても、男の明良が妊娠することは無い。ましてや、達幸自身をこの腹に宿すなど――。

「…そう…、だな。いつか…」

けれど明良は、無理だと突き放すことなど出来なかった。

明良の飼い犬兼恋人だから、いつかは明良の中に宿してもらえる。そうすれば、明良は達幸だけを見詰め、愛してくれる。他の雄も明良の中に入ってこられない。そんな希望だけが、揺れ動く達幸の心の唯一の支えだと、わかってしまうからだ。

「うふ…、うふふふ、うふふふふふふっ…」

「…何だ、どうした？」

いきなり笑いだした達幸の髪をそっと撫でてやると、熱い吐息が腹に吹きかけられた。

「あーちゃんのね、お腹に妊娠してもらった時のことを想像したら、嬉しくなっちゃったの」

「想像…？」

「うん。あーちゃんのお腹の中に居るんだから、一秒もあーちゃんから離れなくて済むでしょ。ずーっとあーちゃんにしがみついて、抱っこしてもらうの」

「…それは…、疲れそうだな…」

ありえない未来だとわかっていても、思わず天を仰いでしまった。今でさえ仕事中以外は人目さえ無ければばしがみつかれているので、それが一日じゅうになるなんて拷問としか思えない。

「大丈夫だよ、俺、ちゃあんとあーちゃんが一生働かなくていいようにしてから、孕んでもらうから。あーちゃんはただ、毎日、俺のことだけ可愛がって、いい子いい子してくれればいいの」

「それはそれで、メタボまっしぐらのような…」

「もちろん、あーちゃんをさらおうとする雄は、俺がみいんな追い払ってあげる。俺を妊娠してくれたあーちゃんは、俺だけのものだもの。他の奴なんて、必要無い。全部全部消して…、そうすれば…、あーちゃんは……」

ある意味微笑ましかった妄想が、だんだん昏い響きを帯びていく。腹に埋められた達幸の頭が急に重たく、そして冷たく感じ、押しのけようとした時、控え室のドアが叩かれた。

「失礼します。青沼さん、そろそろ出番ですのでお願いします」

幸い、声の主は部屋には入らずに去っていった。明良は胸を撫で下ろし、達幸の黒髪を引っ張る。

「達幸、ほら、もう行かないと」

「……でも、そろそろ、あーちゃんのお腹に、いっぱい注いであげないと……」

ほんの三、四時間前まで夜通し明良と繋がり続け、軽く腹を押すだけでどぷりと溢れ出るほど精液を注いだ男が、往生際悪く明良の腹にしがみつく。明良はだるい身体に鞭打《むちう》って起き上がり、達幸を押しのけた。

「ああっ、あーちゃんっ…」

「つべこべ言わないで、行くぞ。…選考が終わった後なら、また、いくらでも孕んでやるから…、な?」

羞恥に頬を赤らめ、付け足した言葉の効果は絶大だった。神に見捨てられた狂信者のように打ちひしがれていた達幸は、ぱっと破顔し、立ち上がる。

「うん…! 俺、またいっぱいあーちゃんに注いであげるね。一日も早く、あーちゃんが俺を妊娠出来るように」

これでまた今夜も夜通しのまぐわいが決定したわけで、そろそろ本気で腹上死が心配になってきた明良だが、達幸を安定させるための対価なら安いものだと思わなければなるまい。この身が達幸の役に立つのなら、何でもしてみせる。

……僕が、達幸を守るんだ。

明良は身だしなみを整え、達幸に付き添って会場へ向かった。怪我の功名というべきか、久世の人脈で決まった新たな会場はキャンセルされた会場よりも広く、設備も整っており、審査はただのオーディションにはもったいないほど立派な舞台で行われる。

「青沼幸さん、入られます」

スタッフの誘導に従い、達幸が舞台上に姿を現すと、ざわめきがぴたりと止まった。

一段低いエリアにある客席では、スポンサーの威を借りたマスコミ各社の記者たちがひと言でも達幸のコメントを引き出そうと待ち構えていたが、質問も忘れ、舞台上の達幸に見入ってしまっている。

無理も無い――感心半分、呆れ半分で、明良は舞台袖から場内を見回した。控え室を出たとたん、達幸は明良の飼い犬兼恋人から俳優の青沼幸へと、一瞬で変貌を遂げたのだ。圧倒的な存在感と他の誰にも真似出来ない輝きを放つあの男が、ついさっきまで男を妊娠させる妄想に酔いしれていたなど、誰も想像しまい。

「さすがですね」

舞台袖で合流した松尾が、誇らしげな笑みを浮かべている。一時期より顔色が改善されたのは、達也が光役を射止めるのはほぼ不可能だと確信しているからだろう。

様々な周囲の思惑により、二次選考までは通過出来ても、最終選考は純粋な能力勝負だ。

達也が光役を射止めるには、公衆の面前で実力と才能を見せ付け、認めさせるしかない。だが、二次選考の様子を見る限り、その可能性は低いだろう。芸歴が短いわりには、演技力はなかなかのものではあるが、達幸の弟だと誇るなら、それでは駄目なのだ。達幸に遠く及ばずとも、きらめく才能の片鱗《へんりん》と華が無ければ、少なくとも久世は納得しない。

それに、最終候補者の中には、松尾が九割方この人に決まるでしょうと太鼓判を押した候補が存在した。純粋な俳優ではなく、さる流派の若手能楽師、雪城《ゆきしろ》だ。

原作の光のイメージにも近い上、三歳になる前から舞台に上がっていたというだけあって場慣れしており、達幸の演技にも怯まない。達幸と並んだ時の自然な雰囲気と、何よりその独特の存在感は、雪城だけが持ち得るものだ。久世も大いに興味を示しているという。

話題性では達也に大きく水をあけられているが、逆にいえば達也が雪城に勝るのはそこだけだ。審査が公正に行われる限り、最終選考さえ乗りきれば、達幸と達也の大きな繋がりが消滅する。

幸雄が『息子へ』で達幸の写真を無断使用し、虚偽の内容を広め、達幸の名誉を著しく傷付けた件に関しては別途法的措置を取ることになるだろう。そのための準備も弁護士に依頼し、着々と進めている。

だから、達幸が直接あの恥知らずたちに関わらなければならないのは今日までだ。落選した達也がいかに吠えようと、『青い焰』の公開が始まれば、飽きっぽい世間はあれほど騒ぎたてたのも忘れて夢中になるだろう。それだけの力が、青沼幸にはある。

「……では、これより審査を始めます。名前を呼ばれた候補者は、舞台に上がって下さい」

結局、記者たちは何も出来ないまま、注意事項などが読み上げられた後、審査が始まった。

候補者たちは事前にクジを引き、順番を決めてある。最有力候補の雪城は五番目、達也は最後だ。一番目以外の候補者たちが、ぞろぞろと舞台袖に引き上げてくる。

「——おい、あんた」

邪魔になってはいけないと、松尾と一緒に奥へ引っ込もうとした明良の腕を誰かが摑んだ。反射的に渋面を作りそうになるのを堪え、松尾に頷いてみせてから、明良はゆっくりと振り返る。

「…はい？　何か御用でしょうか」

完璧な営業スマイルを貼り付けてやると、相手は…達也は、わずかに怯んだようだった。だが、摑んだ明良の腕を放そうとはしない。

「あんた…、鳴谷明良っていうんだろ…？　あいつ…いや、兄さんのマネージャーの」

すでに本性が露見しているせいか、達也の態度はファンやマスコミに接する時とは比べ物にならないほどぶっきらぼうだ。ファンならときめくのかもしれないが、明良がほだされることは無い。

「失礼ですが、今は選考中です。審査員の関係者とみだりに接触を持つべきではないと思いますが」

「…仕方ないだろ。こんな時でもなきゃ、あんたとこうして話せないんだから」

「私は貴方とお話しすることなどございません。手を離して頂けませんか」

明良がにべも無く突っぱねるのは、半分は皮肉だが、もう半分は達也を慮っての忠言でもある。

今、舞台ではまさに達幸と一番目の候補者の共演が始まったばかりだが、演技に集中しつつ明良の状況を逐一把握する、という離れ業をやってのけるのが達幸なのだ。あれほど警戒し、疎んでいた異母弟が再び明良に接近したと気付けば、記者の前だろうと審査中であろうと乱入してくるに決まっている。…明良を助けるために。

「っ…、何なんだよその喋り方。あの時はもっと…」

「――おい、達也！　お前はまた…！」

達也が焦れだしたところへ、太りぎみの中年男が息を切らしながら割って入った。達也のマネージャー、田部井だ。その後ろには松尾の姿がある。

弾みで腕を掴む力が緩んだのを見逃さず、明良はするりと達也から離れた。

「あ…っ、ちょっと、待てよ……！」

そう追い縋られても、待ってやる義理など無い。田部井が達也に説教を喰らわせているうちに、明良は松尾と共にそそくさと客席の通路へ移動する。ここなら、達也も追ってこられない。

「…松尾さん、ありがとうございました」

頭を下げる明良に、松尾は苦笑する。

「いえ、たいしたことはしていません。鴫谷さんこそ災難でしたね」

「…どうも、二次選考の騒ぎの時に、目を付けられてしまったみたいで…。僕が達幸のマネージャーだから、よけいに気になるんでしょうが…」

潜めた声で会話しながら、二人並んで舞台を眺める。幸い、審査は滞り無く進んでいた。ちょうど一番目と二番目の候補者が入れ替わるところだ。

「…どうでしょうか。私は、血は争えないと思いましたよ」

「松尾さん…？」

「達也くんの、鴫谷さんを見る目は…幸と、とてもよく似ていましたから。鴫谷さんも、気付いていらっしゃるのではありませんか？」

図星を指され、明良はうつむいた。そう、本当はどこかでわかっていたのだ。あの目は達幸と同じだと。

けれどそんなことを認めたら、達幸の余裕をますます失わせるだけだと承知していたから、見て見ぬふりをしていた。達也は若いし、女には不自由しない身だ。しばらく間を置けば明良の存在など忘れてくれるだろうと、淡い期待も抱いていた。

だが、達也は忘れていなかった――。

「…僕は、当分の間、どこかに隠れていた方がいいのかもしれません」

「何故…、急にそんなことを？」

「もしこのまま達也くんが僕に執着し続ければ、どんな手を使って接触を試みるかわかりませんから」

何せ、あの達幸の弟なのだ。人間離れした嗅覚こそ無くても、度を越した執念で明良に付き纏いかねない。そうなれば達幸のストレスはいや増し、限界を迎えてしまうかもしれない。

それくらいならしばし身を隠すべきかと思ったのだが、松尾の考えは違うようだ。

「私としては、お勧めしませんね」

「…どうしてですか？」

「避けられればよけいに追いたくなるのが、男の性というものですし…それ以前に、鳴谷さんが隠遁《いんとん》したら、幸も当然付いて行ってしまうでしょう」

「ああ……」


松尾の言う通りだった。ほんの数時間の別離さえ、今の達幸には耐え難い苦痛なのだ。明良がどこかに潜伏すれば、達幸はその傍を絶対に離れまい。

「鳴谷さんが居るのと居ないのとでは、居る方が幸にとっても私たちにとってもメリットが大きいんです。精いっぱいフォローしますから、鳴谷さんは幸から離れないでやって下さい」

「……はい。ありがとうございます」

気を取り直して舞台を見上げると、二番目の候補者の演技が終盤に入っていた。最終選考まで残っただけあって、どの候補者も演技力は高いのだが、案の定というべきか、達幸と比べるとどうしても見劣りしてしまう。

「……ありがとう、ございました」

演技を終えた二番目の候補者が肩を落として舞台袖に引っ込むのを、カラーコンタクト越しに達幸が無感動に見遣っている。ほんのついさっきまで相手役を務めていた候補者の存在など、もう頭の片隅にも無いのだろう。

…こういう時、明良は芸能界の厳しさをしみじみと思い知らされる。

持って生まれた才能と魅力がぶつかり合い、せめぎ合う世界では、努力が報われるとは限らない。ここまでのし上がってきたのだから、あの候補者とて相応に自信があったはずだ。

けれどそれは今、こっぱみじんに粉砕された。努力を蹂躙する天賦の才能によって。

才能は、必ずしもそれを望む者に与えられるわけではない。かつて達幸に父親の愛情を横取りされたと思い込んでいた苦い記憶と照らし合わせ、この世の理不尽さをしみじみ噛み締めながら見守るうちに、審査は五番目…本命候補の雪城に突入する。

「ほう……」

隣の松尾から、感嘆の溜め息が漏れた。いや、松尾だけではない。久世や他の審査員、記者たちまでもが、雪城と達幸の共演に言葉も無く見入っている。

——数分後、演技を終えた雪城が退場すると、松尾がぽつりと呟いた。

「…これは、もう決まりですね」

達幸を最初に見出し、ここまで育て上げただけあって、松尾の目は確かだ。明良も頷く。

「降板した伊勢谷さんよりもずっと、嵌まり役だと思います。新人なのに、達幸相手にまるで物怖じしないのもすごいですよ」

それ以降も審査は続いたが、雪城を超える候補者は出なかった。半ば消化試合じみた、たるんだ空気は、最後の候補者の登場によって急速に引き締まる。

「……アクト所属、青沼達也です。よろしくお願いします」

確執にまみれた兄弟が、舞台の上で静かに眼差しを交わした。


何てことしてくれるんだよ、この野郎…っ…。

神妙な表情の下で、達也は目の前の異母兄に毒づかずにはいられなかった。

ちらりと見遣った舞台袖には、演技を終え、屍《しかばね》と化した候補者たちが呆然と突っ立っている。あと数分もすれば自分もあの群れに加わることになるのかと思うだけで、この場から逃げ去りたくてたまらなくなった。

半分だけ血の繋がった兄が天才であることは、二次選考で嫌というほど思い知らされていたはずだった。だから演技以外の部分で喰らい付いたのだ。手記を出す父親のために、田部井の伝手で腕利きのゴーストライターを手配したり、SNSでも積極的に異母兄絡みの情報を打ち出したりしていった。

世間は面白いくらい達也の思い通りに踊ってくれた。インターネット上には、達也がいくら和解を願っても何のアクションも起こさない達幸に対する非難が渦巻き、兄弟の共演を望む声は日増しに大きくなっていった。そして今日、達也は自信満々で会場に乗り込んだのだ。

客席に陣取った大勢の記者たちが、達也の鼻をさらに高くした。一挙手一投足に注目されていると思うと、機嫌は上昇する一方だった。光役を射止めた後、押し寄せてくるであろう記者たちへの受け答えまで想像し、悦に入っていたほどだ。

だが、達也の余裕は、一番目の候補者が演技を終える頃には粉砕されていた。

大手事務所の威を借りようと、父親とぐるになって過去を掘り起こし、スキャンダルまみれにしようと、この異母兄には絶対に敵わないのかもしれない。そんな思いが頭を過るくらい、達幸の演技は達也を…否、居合わせた全ての人間を惹き付けた。審査される側であるはずの候補者たちすらも。

達幸に見惚れ続け、ふと気付けば全てが終わっていた——彼らの大半が、そんなところだろう。まともに演技が出来たのは、雪城くらいではないか。

舞台袖で何度も繰り返し見せ付けられた達幸の演技が、まぶたの裏に焼き付いて離れない。こんな有り様で審査に入ったら、他の候補者たち同様、実力の百分の一も発揮出来ないまま終わってしまう。それでは、さすがに光役を射止められないだろう。

ここぞという時に実力を発揮出来ることも、一種の才能。その事実に気付かぬままさまよわせた視線が、客席の隅に佇む鳴谷明良を捉える。

……逃がすものか。

照明の絞られた客席通路にも浮かび上がるほっそりとした立ち姿が、達也のプライドを呼び戻す。

ずっと考え続けても、自分があの青年をどうしたいのか、はっきりしないいままだった。わかるのはただ、彼を…明良を自分の傍に置きたい、あの瞳にずっと見詰められていたい、あわよくばそれ以上も——

—そう望んでいるということだけだ。

そのためにも、まずは最終選考を乗り越えるのだ。なし崩しに達幸と『和解』し、青沼幸の弟として名実共に認知されれば、達也は今とは比べ物にならないほどの売れっ子になれる。エテルネよりも好待遇を約束すれば、明良も異母兄のもとを去り、達也のマネージャーになってくれるかもしれない。

……俺だって、青沼幸の弟なんだ。やってやれないことは無い……！

「……アクト所属、青沼達也です。よろしくお願いします」

己を奮い立たせ、達也は異母兄と審査員に向かって頭を下げた。すると、そこで予想外のことが起きる。それまでは軽く頷き返すだけだった達幸が、すっと手を差し出してきたのだ。

静まり返っていた客席が、にわかにざわつく。握手を求められていると数秒経ってようやく気付き、達也は慌てて異母兄の手を握った。初めて触れるそれの感触をしみじみと味わう暇すら、達也には与えられない。達幸の唇が、声を伴わずに動くのが見えてしまったから。

——ゆ　る　さ　な　い。

「……っ！」

カラーコンタクトを突き抜け、あの青い瞳に心臓を撃ち抜かれた気がした。

むろん達也とて、自分たち父子の行動が達幸の怒りを買っていることくらい承知している。だが、己の罪を悔い、手元に引き取ろうとした父親を拒んだのは、達幸の方ではないか。

もし達幸が青沼家に戻ってきていたら、公に兄弟として扱われるのはまっぴらだが、幼い頃のように離れに暮らすことくらいは許してやるつもりだったのだ。自分たち家族は、最大の譲歩をした。達幸も内心ではそれを理解しているからこそ、今まで沈黙を保っているのだと思っていたのだが——本当は、違っていたのだろうか？　自分たちは達幸に……恨まれていたのか？

答えを与えぬまま達幸は離れ、すうっと息を吸い込んだ。たったそれだけで、俳優・青沼幸は、哀しい過去を背負った暗殺者・レイに変貌を遂げる。

『光…、探したよ。こんな真夜中に、何をしているんだい？』

穏やかに問いかける達幸…レイの背後に、凍えるほど冷たい真冬の海が見えた。

それは今、レイと光が対峙する港の波止場に打ち寄せる海であり、レイが光のもとに流れ着くまでに越えてきた凄惨な過去の象徴でもある。

『…あ、ああ、ちょっと、海を見たくなったんだ。レイこそ、どうしてここへ？』

審査が始まったのだと思い至り、達也もやや遅れて台詞を返した。最終審査では、『青い焰』のクライマックスのシーンを切り取り、達幸と共演するのだ。

国家に養成された暗殺者という過去を背負うレイだけではなく、流れ着いた彼を拾い、かくまった光にも決して他人には明かせない過去がある。

とある地方の港町に住まう小学校教師である光には、毎朝、海辺を散歩する習慣がある。そのおかげでレイを拾い、人目に付かぬうちに家へ連れ帰れたのだが、実はその習慣は、海辺に母親の死体が揚がらないかどうか、確認するためのものだったのだ。

光の母親は、光が幼い頃に浮気相手と駆け落ちし、行方不明という扱いになっている。だが真実は違った。

光の母親が駆け落ちを決行したのは、激しい嵐の夜だった。誰もが戸締まりをした家に閉じこもる中、外へ出ていく母親に不安を誘われ、幼い光はこっそり母親の後をつけたのだ。そして母親は、浮気相手との合流を急ぐあまり不用心になっており、足を滑らせ――光の目の前で、海に転落してしまったのである。

　助けを求めてもがく母親は、光が手を伸ばそうとするうちに荒波に呑まれ、水底へ沈んでいった。逃げるように帰宅した光が沈黙を貫いた結果、居なくなった母親は浮気相手と失踪したということにされたのだ。

　光はずっと、強い後悔に苛まれていた。あの夜、必死に伸ばした手が届かなかったのは、自分を置いて男と逃げようとする母親など、いっそ死んでしまえばいいという願いが心のどこかにあったからではないか。本気で助けようとしていれば、助けられたのではないかと。

　光の住む地方では、ここ一帯の海で溺れ死んだ者は、海流の関係なのか、不思議とこの街の海に遺体となって戻ってくるという。だが二十年近くが経っても、母親の遺体は揚がらない。

　自分を見殺しにした息子のもとへなど、戻りたくないからに違いない。自分は母親に恨まれている。絶対に許してもらえない。そう諦観しつつも、光は毎日、確認せずにはいられないのだ。母親が還るかどうかを。

　最終審査に選ばれたクライマックスのシーンで、光は父親にすら言えなかった秘密をレイに打ち明け、懺悔《ざんげ》するのだ。

『……母さんは、僕を恨んでる。だから、僕のところに戻ってきてくれないんだ』

　無難にこなすうちにシナリオは佳境に入り、達也は涙を滲ませながら項垂れた。よし、と内心快哉を上げる。我ながら完璧なタイミングだ。達幸の強すぎる存在感に、だいぶ慣れてきたらしい。

　……何だ、青沼幸なんてたいしたことないじゃないか。

『僕は…一生、母さんに許してなんかもらえない…』

　どうだ、と胸を張ってやりたい気持ちを抑え、達也はうつむいたまま、やるせなさそうに拳を震わせた。

　まともに演技さえこなせば、あとは兄弟共演を望む世間の声が達也を後押ししてくれる。雪城など、恐るるに足りない。

『……光』

　浮かれる達也の肩を、達幸がそっと摑んだ。

『俺は今まで、数えきれないほどの命を奪ってきた。お前は、俺を許せるか？』

『…そんな…、そんなこと、当たり前じゃないか…』

　達幸が人を殺してきたのは、幼い頃から暗殺技術を叩き込まれ、殺さなければ自分が殺されるという過酷な状況に晒されたからだ。私利私欲から殺したのではない。子どもを導く教師である自分が、どうして大人の薄汚い欲望の犠牲となった達幸を責められようか。

　ごく自然に浮かんだ考えに、達也はふと違和感を覚える。

　……違うだろ？　暗殺者に仕立て上げられたのは、兄さんじゃない。レイだろう。それに、レイを憐れんでいるのは光であって、俺じゃない。なのにどうして…、どうしてさっきから俺は、胸が痛くてたまらないんだ？

『だったら、お前も同じだ』

　穏やかに微笑む達幸に、心を読まれたのかと思った。達也もまた、他の候補者たちと同じく、達幸の存在感に屈してしまったのかと。ただ台詞を口にしただけだと理解した時には、達幸は次の演技に入っている。

『荒れた海に落ちた人間を救助するのは、訓練された大人でも至難の業だ。幼かったお前が出来なかったとして、誰が責められる？』

『…レイ…』

『俺なんかを助けるような、超がつくほどお人よしのお前が、愛する母親の死を願うはずがない。お前は母親を助けられなかった、自責の念に苦しんでいるだけだ』

　寡黙《かもく》な達幸が珍しく饒舌《じょうぜつ》に語った言葉が、重苦しかった達也の心をすうっと軽くしてくれる。本当に母は、自分を恨んでいないのだろうか――芽生えかけた希望を、達也は慌てて打ち消す。

……まただ。また、流されそうになった。

しっかりしろ、と己に言い聞かせる。

……俺は光じゃない。兄さんもレイじゃない。ここは光の母親が死んだ海じゃない。俺は、レイに惹かれてなんかない……。

動揺が出ないよう表情を引き締め、達也は小さく息を吸い込んだ。見せ場はここからなのだ。

光はレイに『母は僕を許してくれるだろうか』と問いかける。それに対し、レイは『俺がお前の母親なら、とっくに許している』と答え、二人の友情は同じ秘密と痛みを共有することでますます深まる。原作の漫画でも、最も人気の高いシーンの一つだ。

『……レイ。母は僕を……』

渾身の演技で紡いだはずの台詞が、途中で喉に引っかかった。今までなめらかに動いていた口が、喉が、まるで達也の言うことを聞いてくれない。

許してくれるだろうか――その短い台詞が、どうしても喉から出てこない。

『…僕を、…僕、を…っ、…げほ、げほっ…』

けいれんを起こしたように震える喉から、台詞の代わりといわんばかりに、乾いた咳が溢れる。怪訝《けげん》そうに見守っていた審査員たちが、互いに顔を見合わせ、ひそひそと言葉を交わし始めた。

「…何だ？　台詞を忘れたのか？」

「体調を崩したんじゃないか？　持病は無いはずだが…」

「今日は煩い記者連中も来ている。中止させた方が良くないか？」

――冗談じゃない！

漏れ聞こえてきた会話に、脳がカッと沸騰しそうになった。中止になどされたら、失格になる。もう少しで手の届きそうな光役が、他人にかすめ取られてしまう…！

「…ハッ…、ァ、アアッ…」

だが、声を出さなければと必死になればなるほど、達也の喉は硬直し、呼吸すらままならない。

「………」

ぜえはあと苦しげに喘ぐ達也を、達幸は無言で見下ろしている。その凍った眼差しに射抜かれた瞬間、達也は理解した。喉を硬直させているのは達也自身——達也の中に居る、光なのだと。

許してくれるだろうかと尋ねれば、レイは…達幸は許しの言葉をくれる。だが、いつの間にか達也の中に生じていた光が…レイを心から大切に思う親友が、達也を糾弾するのだ。

——お前に、レイに許してもらう資格があるのかと。

これまでの言動が、頭を駆け抜けていく。有名になるために、達幸との繋がりを最大限に利用した。たとえ全てが事実であっても、達幸がそれを公にされたくないことくらい、わかりきっていたのに。

——そんなお前が許しを乞うなど、厚顔無恥にもほどがある。

「…あぁ…、あ、あぁっ…」

「……青沼くん？　きみ、大丈夫か？」

髪を掻きむしる達也に、脇からいぶかしげな声がかけられた。

頭の中の光がとうとう実体を伴い、現れたのか。達也はひっと息を呑むが、振り返った先に立っていたのは久世監督…このオーディション全般に、強い権限を持つ存在だ。

幻影が去り、現実が戻ってくる。

実力主義のこの男は、スポンサーの威を借る達也を快く思っていない。そんな男の前で、とんでもない醜態を晒したのだ。もう、……もう。

——もう、おしまいだ——。

「具合が悪いのなら、救急車を……」

「う、うああ、あああああっ！」

絶叫した達也は、差し伸べられた久世の手を乱暴に振り払い、舞台を飛び降りた。審査中のカメラ使用を禁じられているはずの記者たちが、我先にと身を乗り出し、シャッターを切りまくる。

まばゆいフラッシュを浴びながら、出口に向かい、達也は脱兎のごとく駆け出した。

『ゆるさない。ゆるさないゆるさないゆるさない』

頭の中では、声無き声が繰り返し響いていた。


審査の結果、光役は雪城に決定した。

松尾の予想が的中したわけだが、その経緯は予想の枠を大きく外れていた。もっとも、達也が審査途中で突如取り乱し、逃げ去ってしまうなど、松尾でなくとも予測不可能だろうが。

達也の消えた後の混乱といったら、酷いものだった。記者たちはスキャンダル到来、とばかりに達也を追いかけたり、達幸のコメントを取ろうと舞台上まで押し寄せたりと好き放題だったたし、審査員たちも呆気に取られ、会場はさながら無法地帯と化してしまった。

それを鶴の一声で鎮めたのは、久世だ。

久世はその場で達也を失格とし、達也抜きで審査を行う旨を宣言した。達也のマネージャーの田部井は憤慨したが、肝心の達也が逃げ出してしまったのでは、抗議のしようも無い。

達也が候補から外れれば、話は簡単だ。雪城が若さに似合わぬその存在感を評価され、光役に抜擢された。詰めかけていた記者は予想外の結果を大々的に報道し、人々は達也の突然の逃走の原因を噂し合った。達也の熱烈なファンの中には、最終審査のやり直しを久世に嘆願する者も少なくなかったらしい。

だが、一度下された結果はくつがえらず、新たな光役を交えての撮影計画が進行し始めた。『息子へ』の影響は未だ残るものの、達幸と達也の直接の繋がりは絶たれたのだ。

良いことは重なるものだ。弁護士が辣腕を振るってくれたおかげで、先日、『息子へ』の販売停止を命じる仮処分決定が裁判所から下された。幸雄の主張が事実無根であり、達幸の名誉を著しく損なうと判断されたのだ。達幸に対する名誉毀損については別件で訴えることになり、相応の時間もかかるだろうが、少なくともこれ以上、あの忌々しい本が人々の手に渡ることは無い。

あとは時間が解決してくれる。何があったのか知らないが、久世を始め、業界でも相当の影響力を持つ審査員や記者たちの前であれほどの醜態を晒したのだ。再起不能とまではいかずとも、復活までにはかなりの時間を要するだろう。そしてその頃には、達也と達幸との間のトラブルなど、移り気な世間は忘れ去っている。

危難は去った。

これでやっと達幸も安心して過ごせると、明良は安堵したのだが――。

ことは、そこで終わらなかったのである。

最終選考の翌週。明良はデスクのパソコンを前に、再び頭を抱えていた。

「…何で、こんなことに…」

ディスプレイに表示されているのは、達也のブログとSNSだ。最終選考までは一日に最低でも三度は更新されていたブログだが、最終選考の三日後に長い記事がアップされて以降、更新は無い。

その最新の記事のタイトルは『兄さんごめんなさい』。内容は、いつにも増してとんでもないものだった。

達也が最終選考で醜態を晒したのは、審査開始前、達幸から『お前と共演などしたくない』『和解なんてまっぴらだ』と心無い言葉を浴びせられたからだというのだ。兄弟共演を家族和解の糸口にしたかったのに、達幸の発言にひどく動揺し、心を傷付けられ、耐えられなくなって逃げ出してしまった――それが達也の言い分だった。

むろん、事実無根である。念のため達幸に確認したが、そんな言葉をかけた覚えは無いと断言した。

しかし、達幸が、達也に対してだけ握手を求めたのは事実だ。心無い言葉を浴びせられたのはその時だと、達也は主張している。

実際に何があったのかを知るのは、達幸と達也だけだ。記者たちのカメラも、その瞬間を捉えてはいない。そして達幸は何も無かったと言い、達也は酷い言葉をぶつけられたと言い張る。

この状況で、達也の言い分の方により注目が集まるのは、もう仕方が無いだろう。達幸を信じてくれる人も大勢居るが、暗い話題の方が取り上げられやすいのは、人の世の常だ。

達也と達幸の『確執』は連日報道され、物知り顔のコメンテーターたちが意見を交わし合った。そのうち論調は達幸を責める方へ傾き、達也に同情が集まった結果、収まりつつあったはずの達幸へのバッシングがぶり返したのである。

達也のSNSに励ましのメッセージが溢れる一方、エテルネに届く非難の手紙は倍増した。達幸が仕事へ赴く先には必ずマスコミが待ち受け、共演者たちにまで纏わり付く有り様だ。

来月には新キャストで『青い焔』の撮影が始まる予定だが、このままでは難しいかもしれないと久世から連絡があった。一連の報道を受け、スポンサーの一部が撤退を匂わせてきたというのだ。

…おそらくそれが、達也の狙いなのだろう。達幸にさらなる傷を負わせ、自分は被害者として同情される。うまくいけば、再起不能に近い状態から一気に主役へ返り咲ける。達幸の苦悩と引き換えに。

この事態を打開するには、もはや達幸自身の口から真実を語るしかないのだろう。松尾も社長も、最終手段としてその準備は整えているはずだ。

だが明良は、達幸にそんな真似などさせたくはなかった。公に過去を語るということは、つらかった過去を再び体験させるということだ。卑劣な男たちの思惑を跳ね返すためであっても、これ以上苦しめたくない。

今まではどれほど周囲が騒ごうとも泰然としていた達幸も、さすがに様子がおかしい。仕事こそ淡々とこなすものの、時折どこか遠くに眼差しを投げ、思い詰めたような顔を覗かせることがある。明良とまぐわっている間であっても。

振り払っても振り払っても、達幸を取り巻く闇は払いのけられない。いっそう濃くなる一方だ。

……どうすれば、達幸の憂いを取り除いてやれるのだろう。

「…んっ…？」

　ふいに胸ポケットのスマートフォンが振動した。取り出してみれば、達幸に付き添っているはずのスタッフからだ。マスコミを警戒し、明良は引き続き達幸の付き添いを控えている。

「もしもし…」

『――鳴谷さんっ！　幸くん、そっちに帰っていませんか⁉』

　着信を取るや、悲鳴のような声が明良の耳に突き刺さった。嫌な予感を覚え、明良は低く答える。

「帰っていませんが…何かありましたか？」

『じ…、実は…っ…』

　途切れ途切れの説明を聞くうちに、全身からさあっと音をたてて血の気が引いていった。異常を察した松尾が席を立ち、どうしたと表情で尋ねてくる。

　明良は一旦断ってから通話を保留し、松尾に向き直った。

「……達幸が、撮影現場から消えました」

「なっ…⁉　それは、確かなのですか？」

「周辺をスタッフ総出で探しましたが、見付からなかったそうです」

　達幸は以前、明良会いたさに、スタッフを置き去りにして一人で帰還した『前科』がある。そこでさっきのスタッフは、今回もそうではないかと一縷の希望を抱き、電話を寄越したのだが、明良は達幸の姿を見ていない。事務所に戻ったのなら、達幸が明良のもとに現れないはずがないのに。

　松尾の決断は早かった。

「…全社員に通達を。私は社長に報告してきます。鳴谷さんは引き続き、現場のスタッフと連絡を取り合って下さい」

「は、はい！」

　にわかに張り詰めたオフィスの中、社員たちが慌ただしく動き始めた。明良の頭に、あの思い詰めた表情が閃《ひらめ》いては消える。

　……達幸…、お前、どうして……。

　達幸はエテルネの稼ぎ頭だ。誘拐の対象にもなり得るし、狂信的なファンに拉致された可能性も考えられる。

だが明良には、どうしても、達幸が事件に巻き込まれたとは思えなかった。たぶん達幸は、自分自身の意志で消えたのだ。

……だが、何のために？　まさか…、積み重なるばかりのバッシングと重圧に耐えかねて？

だとすれば明良は、達也と幸雄を絶対に許せない。どんな手を使ってでも、達幸が受けたのと同じ苦しみを味わわせてやらなければ――。

ともすれば噴き出しそうになる怒りを抑え、明良は現地のスタッフと状況確認をしながら、自分自身でも達幸と連絡を取ろうと試みた。だが、いつもならワンコールもかからずに繋がるはずの電話は電源が切られているとアナウンスが流れるばかりで、当然ながらメッセージやメールにも返事は無い。

松尾の指示により、手すきの社員が全員で撮影現場周辺を捜索に出たが、発見の報告は未だにもたらされない。


「…んっ…？」

明良のスマートフォンが着信したのは、警察の協力を仰ぐべきかどうか、松尾と社長が相談を始めた頃だった。達幸失踪の一報が入ってから、四時間近くが経過している。

「…父さん？　どうして今頃…」

公明が仕事中に電話をかけてきたのは初めてだ。嫌な予感にかられ、明良は着信を取る。

「もしもし、父さん？」

『明良か？　仕事中にすまない。…珍しく達幸から電話があったものだから、どうしても気になって』

「達幸から⁉」

突如、大声を上げた息子に、父は電話の向こうでたじろいだようだった。明良は他言無用と前置きし、現在の状況をかいつまんで説明する。

「達幸はいつ頃、何の用で父さんに電話したの？　教えて欲しい。もしかしたら、居場所がわかるかもしれない」

『……電話があったのは、昼休みだったから…四時間ほど前だ。達也くんの連絡先を教えて欲しいと頼まれた』

「達也くんの…⁉　何のために？」

『どうしても二人きりで会って話したいことがある、と…。せめてお前か松尾さんに同席してもらうよう勧めたんだが、兄弟二人でなければ話せないことだからと、あの子にしては珍しく強硬に言い張って…拒めなかった』

何て軽はずみなと、責めることは出来なかった。公明は幸雄たちを非難しつつも、達幸にとっては肉親なのだからと、繋がりを持ち続けるような人なのだ。兄弟二人きりで話したいと頼まれ、断れるはずがない。

「…それで、教えたのは？」

『幸雄さんから聞いていた、達也くんの電話番号だけだ。てっきり、電話で話すものだとばかり思っていたんだが…時間が経つにつれ、どういうわけか不安が募って…』

とうとう仕事中の明良に電話を寄越した、という経緯だったらしい。明良は自責の念にかられる父を宥め、通話を切るとすぐさま廊下へ駆け出す。

「…鴫谷さん？　どこへ行かれるんですか？」

エレベーターを待つのももどかしく、階段を駆け上がろうとした時、ちょうど到着したエレベーターから松尾が降りてきた。絶妙のタイミングだ。

「松尾さんを探しに行くところだったんです…っ。社長との話し合いは、どうなりましたか？」

「…あと一時間ほど待って、それでも見付からなければ極秘で相談することになりました。幸い、警視庁にはあのバ……社長の親族も在籍していますから、対応してくれるはずです」

今、聞き捨てならないことを聞いた気がするのだが、確かめている暇は無い。

「松尾さん、実は今、僕の父から電話があったんです。達幸から、達也くんの連絡先を教えて欲しいと頼まれたと…ちょうど、達幸が撮影現場から消えた頃だそうです」

「…何ですって？」

疲労の色濃く滲んだ顔が、にわかに緊張を帯びた。

…たぶん松尾も、明良と同じ危険を抱いたのだ。

「父は達也くんの電話番号しか教えなかったそうですが、その後、達幸が消えたとなると…」

「…達也くんと連絡を取って、どこかで落ち合ったとしか…」

人の顔が一気に青褪めるのを目の当たりにしたのは、初めてだった。だがそれはおそらく、お互い様というものだろう。

……僕は、ずっと間違っていたのか……？

達幸を不安に陥れているのは、幸雄や達也たちの言動や巻き起こす騒動、そのものだと思っていた。だから、彼らの問題が片付きさえすれば、達幸は安心して暮らせるようになるのだと。

だが、根本的に間違っていたのかもしれない。

達幸は、幸雄たちの言動にも、彼らによって引き起こされる一連の騒動にも、何ら心を痛めてはいなかったのだ。達幸の関心は常に、明良や松尾の予想とはかけ離れたところにあった。


最終審査の前、達也に捕まった時の記憶が、さっと頭を過る。

帰宅してからも、達幸があの件について言及することは無かった。明良に近付く男には、その場で威嚇しなければ気が済まない達幸だ。だからきっと目撃されずに済んだのだと安堵していた。

——いや、油断していたのだ。

達幸が、明良に邪《よこしま》な思いを抱く雄を、見逃すはずがなかったのに。他の候補者にはしなかった握手を求めたのも、達也の行動に気付いていたからだと思えば納得がいく。

達也が主張するような心無い罵声を浴びせてはいないと、達幸は言った。明良もそれを信じた。

けれど確かに、達幸は達也を…明良を奪おうとする忌々しい雄を挑発するような何かを、囁いたのだろう。その結果、達也は途中から大崩れし、逃げ出した。失格し、芸能人としても窮地に陥った。

それでも、満足していなかったとしたら？

……達也の思惑も何も関係無く、ただ明良の恋人兼飼い犬として、明良を狙う雄に制裁を下し、排除しようと企んでいたのだとしたら……？

「松尾さん…達也くんが、危ない…！」

同じ結論にたどり着いたのか、松尾は頷き、さっとスマートフォンを取り出した。こんな時にどこへかけるのかと尋ねれば、予想外の答えが返ってくる。

「アクトの田部井さんです。彼なら、達也くんの行動を把握しているはずですから」

「田部井さん…達也くんのマネージャーですね。でも、外部の人間に情報を与えるでしょうか？」

「与えたい気持ちにさせればいいんですよ」

松尾は不敵に微笑み、何故か登録されている田部井の番号を呼び出す。

ほどなく通話は繋がった。案の定田部井は渋っていたようだが、松尾が達也の一連の行動や、それに対しエテルネ側が取ろうとしている法的措置について言及したとたん、態度が変わる。

「…達也くんは、自宅に居るそうです」

スマートフォンをしまうと、松尾は通話中に書き付けていたメモをちぎり、明良に手渡した。几帳面な字で記されているのは、都内の住所——田部井から聞き出した達也の自宅マンションだ。

「松尾さん…、すごいです…」

「この程度、造作もありませんよ。…さあ、もう時間がありません。行きましょう」

どこへ、などと、もはや尋ねるまでもない。

明良は頷き、走り出す松尾の後を追った。

幸い、達也の住まうマンションはエテルネからタクシーで二十分もかからないエリアにあった。

エントランスはオートロックだが、松尾が事前にアクトへ立ち寄り、田部井からスペアキーを受け取ってきたおかげで、難無く通過出来る。どう交渉すればスペアキーなど借りられるのか。明良はタクシーに残っていたので現場を見てはいないが、この上司だけは決して敵に回すまいと心に誓った。

「…本当に、達也はここに居るんでしょうか？」

この状況で達幸から面会を求められ、達也が自分の部屋に招き入れるなどありうるのだろうか。エレベーターで移動中、不安になって呟くと、松尾は前を向いたまま頷いた。

「話の持ちかけ方によっては、じゅうぶんありうると思いますよ。たとえば…光役は無理でも、その他の重要なキャストに起用してくれるよう久世監督に頼むから、和解したと発信して欲しい…とか」

おそらくその通りだったのだろうと、明良も思った。個人的にも気に入られている達幸なら、久世監督への口利きは可能だ。達幸は未だ一切の声明を出していないから、達也は達幸の胸の内など確かめようが無い。達幸の方から頭を下げてきたと思えば、自尊心をくすぐられ、求められるがまま自宅へ招き入れてしまうだろう。

……素知らぬ顔の下で、そこまで計算して…本当にあの駄犬は……！

普段はまるで抑制が利かないくせに、どうしてこういう時だけは妙に計算高くなるのか。言ってくれればいいのに。不安も焦燥も苛立ちも、明良にぶちまけてくれれば良かったのに…！

的外れな心配ばかりしている明良には、何も言う気にはなれなかったのだろうか。自己嫌悪に苛まれる明良を松尾が気遣わしげに見遣り、何か言いかけた時、エレベーターが目的の階に到着する。

達也の部屋は、東側の角部屋だ。スペアキーで鍵を開け、松尾と共に駆け込む。

部屋の間取りは、田部井によれば2LDKだが、二人がどこに居るのか、迷うことは無かった。開け放たれたままのドアの奥から、魂を削るような達也の悲鳴がほとばしったからだ。

「ひ、ひっ、ひぃぃぃぃぃぃっ！」

「…達幸…っ！」

最悪の想像が閃き、明良は松尾を押しのけた。奥の部屋に飛び込み、うっと息を呑む。

ちらかったリビングルームで繰り広げられているのは、文明社会にはとうてい相応しくない、肉食獣による獲物の捕食――そうとしか思えなかった。…

いや、そうだと思いたかった。

一体誰が、見たいと願うだろう。毎夜肌を重ね、愛を交わしてきた男が、その弟の喉笛を喰い破ろうとする光景など。

「……やめろぉぉっ……！」

「鳴谷さん！」

追いついた松尾の制止を振り切り、明良は壁際に追い込まれた達也と、覆いかぶさる達幸の間に割って入る。夢中だった。

達也は絶叫した後、恐怖のあまり放心状態に陥ってしまったのか、ぼうっとうずくまったまま逃げようともしない。今にも達幸の鋭い犬歯が、喉笛に突き立てられようとしているのに。

……駄目だ。喰らわせたら、きっと戻れなくなる……！

本能の警告に従い、明良は達也を渾身の力で突き飛ばした。短い悲鳴を上げて横に倒れた達也と、明良が入れ替わるが、達幸は止まらない。

「うあっ……！」

かざした手の甲に、達幸の歯が突き立てられた。ぶつりと薄い皮膚が破られる感触と共に、激痛が襲ってくる。

「…幸…っ、この、やめなさいっ…！」

「駄目です、松尾さん！　来ないで下さい！」

背後から引き剝がそうとする松尾を、明良は痛みを堪えて制止した。達幸の双眸は、明良を捉えてもなお、獣めいたぎらつく光を失っていない。こんな状態の達幸に不用意に接近すれば、どんな目に遭わされることか。

「…達幸…、僕だよ…」

「…………」

「僕は、お前以外の誰のものにもならない。お願いだから…、もう、こんなことはやめてくれ…！」

懸命に訴える明良の視界の端で、松尾が達幸の注意を引かないよう忍び足で移動し、達也を部屋の隅に引きずっていく。それでも全く反応を返さない達幸が、明良の不安を募らせた。明良の言葉を無視するなんて、初めてだ。

……そこまで追い詰められていたのか？　達也を喰い殺さなければ、もう正気には戻れないのか？

手の甲に歯を突き立てられたまま、奇妙な沈黙が落ちる。ほんの一分にも満たない…だが、明良にとっては永遠にも等しく感じられたそれを破ったのは、ごくり、と達幸の喉が上下する音だった。

「…あ、…あ、あ、あー…、ちゃん…？」

「……達幸っ……！」

人間のものとは思えなかった青い瞳から、ゆっくりと、危険な光が失せていく。捕らわれたままの手をそっと引いてみれば、達幸ははっとしたように身じろぎ、突き立てていた歯を抜いてくれた。

「……あーちゃん…、どうして、ここに……？」

呆然と呟く唇は、明良の血で紅く濡れていた。さっき達幸が嚥下したのも、それだったのだろう。血の味など人間なら誰でも差は無いだろうに、明良と判断がつくものなのか。

「…馬鹿…っ！　それは、こっちの台詞だ…！」

ずきずきと熱を持って疼く手の傷にも構わず、明良は達幸の胸にしがみついた。

「いきなり姿を消して…、僕たちが、どれほど心配したと思ってるんだ…！」

「…あーちゃん…、俺、…俺、…」

達幸が明良を抱き返した時、やめなさいっ、と松尾が叫んだ。思わず振り返った瞬間、白い閃光《せんこう》が浴びせられる。

「へ…、へへっ、あんたたちが、そういう仲だったとはな…」

嗤《わら》いながらスマートフォンをちらつかせる達也の足元に、松尾が尻餅をついている。介抱中にいきなり突き飛ばされ、不意を突かれたのか。

「達也くん…」

「…っ…、この写真をばらまかれたくなかったら、兄さん、あんた、今日から俺の下僕になれよ」

達也は一瞬、明良を見て赤面したが、すぐさま達幸に向かって尊大に言い放った。この時、達也の脳裏には、天才・青沼幸の寵愛を受ける異母弟として の輝かしい未来が、まざまざと描かれていたに違いない。

…それも、数十秒ともたずに打ち砕かれる儚い夢だったが。

「ばらまけばいい」

愕然となり、離れようとする明良を抱きすくめたまま、達幸はにたりと笑ったのだ。明良の血に染まった唇を歪めたその表情は、笑みと呼ぶのもおこがましい。獲物を捕らえた獣のそれに酷似したものだったけれど。

ならば対峙する達也は、今にも尻尾を巻いて逃げ出しそうな負け犬か。この光景だけを見れば、優位に立っているのは脅されているはずの達幸の方だ。

「…な、何、言ってんだ、あんた…俺がこの写真をばらまいたらどうなるか、わかってるのか?」

「もちろん。…俺はほとんどの仕事を失って、俳優も続けられなくなる」

「わ、わかってるなら、どうしてっ…」

「決まってる。……その方が、俺は嬉しいから」

俳優を辞めたって、明良と一緒に一生暮らしていけるだけの貯えはある。そもそも俳優を続けているのは、明良の願いだからこそだ。不可抗力で辞めざるを得なくなったのなら、明良も仕方が無いと納得してくれる。

達幸以外の誰にも理解不能な持論をぶちまけ、達幸はうっとりと微笑む。

「ずっとずっとずーっと、あーちゃんと一緒に居られるようにしてくれるんだ。お前には、感謝してもいいくらい」

「……っ…」

「——でも、お前は一番可愛い飼い犬でもないくせに、あーちゃんを奪おうとした。そのことは、絶対…」

——ゆ る さ な い。

達幸がゆっくりと唇を刻んだ直後、達也が叫喚する。

「…あ、あ、ああっ、ゆ、許して、許してぇぇぇっ!」

「た、…達也くん? 達也くん⁉」

糸が切れたようにどさりと倒れた達也を、起き上がった松尾が軽く揺さぶり、顔を覗き込む。その手からスマートフォンを抜け目無く抜き取ったのは、敏腕マネージャーの面目躍如だろう。

「……失神したようです。しばらくは目を覚まさないでしょう」

やがて松尾は顔を上げ、やおら首を振った。


その後、達也のスマートフォンのデータを消去し、田部井にフォローを頼んでから、明良たちはマンションを後にした。

例によって松尾が圧力をかけまくっていたので、アクトからエテルネに抗議が来ることは無いだろうが、実害が無かったとはいえ、達也の性格なら達幸を訴える可能性は高い。そこまでいかずとも、脚光を浴びるため、今回の一件を格好のネタとしてマスコミに売ることもじゅうぶん考えられた。

そうなれば事態は泥沼化し、いつまで経ってもトラブルから抜け出せないと覚悟したのだが——明良と松尾の予想に反し、達也は達幸を訴えもしなければ、マスコミに売りもしなかった。それどころか、父の手記『息子へ』を含め、今までの自分の言動は全て偽りだったと告白したのだ。

光役を射止め、芸能界でのし上がるためにやったことだが、達幸へのバッシングが強くなるにつれ罪悪感に耐えられなくなったという。しかし、明良にはそれが本当の理由ではないとわかってしまった。

達也がそんな殊勝な性格の主ではないというのもあるが、一番大きいのは、同時に達也の芸能界引退が発表されたことだ。

……達也はおそらく、達幸から逃げたかったのだ。

田部井から松尾を経由して聞いた話だが、達幸の襲撃後、まる一日経ってようやく目を覚ました達也は、そこに居もしない達幸をひどく恐れ、しばらくはまともに口も利けない有り様だったという。達幸の孕む狂気に触れ、とうてい自分の手に負える相手ではないと、理解してしまったのかもしれない。あるいは半分だけ繋がっている血に恐れをなしたのか。

…いつか自分もああなってしまうのでは、と。

いずれにせよ、引退によって達幸からは逃れられるかもしれないが、これから巻き起こる騒動からは逃げられない。達也が真実を告白したことによって、世間はころりと掌を返し、達也と幸雄を叩き始めた。間も無く幸雄の仕打ちが公にされれば、すさまじい非難を浴び、芸能界の外でも居場所を失ってしまうだろう。

地方の名士だった青沼家の資産はほとんど失われている。これから先、達也と幸雄はどん底を這いずることになるだろうが、自業自得と諦めるしかあるまい。

「……明良。駄目」

オフィスのデスクで事務仕事にいそしんでいると、足音もたてずに忍び寄ってきた達幸がひょいと手元の書類を取り上げた。止める間も無く背後から覆いかぶさり、マウスを操作し、パソコンの電源まで落としてしまう。まだ、作成すべきデータが残っているのに。

「…おい、達幸…」

「明良、大怪我してるのに、働くなんて駄目」

「大怪我って…」

もうほとんど治ってる、と明良は大きな絆創膏を貼られた手の甲をかざすが、達幸は聞き入れない。椅子を回転させて明良にこちらを向かせ、おもむろに抱き上げる。

「こらっ…、まだ、仕事中だって…」

「怪我人は休むのが仕事だもの。……ね？」

達幸の眼差しを受け、離れたデスクで作業をしていた松尾が苦笑する。

「構いませんよ。今日はもう、急ぎの案件もありませんから」

「松尾さん…」

達幸を甘やかさないで下さいと抗議したかったが、結局呑み込んでしまったのは、ようやく訪れた平穏な空気が愛おしいからだ。ここ最近、いつでも明良をあーちゃんと呼び続けていた達幸が、外では明良と呼べるようになっている。外で行為を求められることもなくなった。それだけ、達幸が余裕を取り戻したという証だ。

「明良、明良、明良…」

仮眠室のベッドに運ばれ、横たわった明良の負傷した手の甲に、達幸は愛おしげに頰をすり寄せる。傷自体は出血に反して浅く、日常生活に支障は無かったのだが、あれ以来、明良は自宅ではドアの開け閉めさえさせてもらえない。

「…大好き…、明良。俺の……」

甘く囁き続ける低音は子守唄にも似て、明良をとろとろとした微睡みに誘っていく。

……どうか、もう二度と、達幸が苦しまずに済みますように。

祈るような気持ちで閉ざしたまぶたに、達幸の唇がそっと落とされた。


眠りに落ちた明良の手の甲に、達幸はそろそろと触れる。

薄い絆創膏を隔てた下には、自分がつけた傷が刻まれている。そこから溢れた鮮血の味を思い出すだけで、達幸の心はほの暗い希望に染まる。

達幸以外の全部が無くなれば、明良は達幸だけを見詰めてくれるのだと信じていた。だから、明良に自分を妊娠して欲しかった。達也も消そうとした。けれど——けれど。

……全部消さなくても…最悪、妊娠してもらえなくても、達幸が明良を喰らい、この身体の中に閉じ込めてしまえば、明良は達幸だけのものになってくれるのではないか……？

明良の血を嚥下した瞬間、芽生えた希望は、やがて達幸を渇命に陥れることになる。

鬼か人か

雲一つ無く晴れ渡った、秋の始まりのある日。

明良《あきら》と達幸《たつゆき》は、東京《とうきょう》郊外のとある乗馬クラブを訪れていた。休日のレジャー…だったら良かったのだが、あいにく仕事の一環だ。MHKが毎年一年をかけて放送する長編歴史ドラマ——国内出身の俳優なら誰もが出演を夢見るそれの来年の主役・本多忠勝《ほんだただかつ》役に、青沼幸《あおぬまこう》が抜擢されたのである。

本多忠勝。徳川《とくがわ》四天王、徳川十六神将、徳川三傑に名を連ね、敵にすらその武勇と忠誠心を惜しみ無く讃えられた、戦国史上に燦然《さんぜん》と名を輝かせる名将中の名将だ。天下の名槍蜻蛉切《とんぼきり》をたずさえて各地の戦場を駆け巡り、数多の武勲を立てながらも生涯一つの傷も負わなかったという逸話は、あまりにも有名である。

達幸にとっては初の武将役だが、達幸ならきっとドラマのタイトル『鬼《おに》か人《ひと》か』に恥じない勇猛無双の忠勝を演じてくれるだろう。演技力に関しては、どこにも不安は無い。

ただ一つ問題なのが馬術だった。戦国の武将は馬に乗れるのが当たり前。『鬼か人か』でも忠勝がさっそうと馬に跨り、敵を鎧袖一触《がいしゅういっしょく》に蹴散らしながら駆け抜けるシーンは見せ場の一つとして描かれている。つまり忠勝を演じる役者もまた、馬に乗れなければならないのだ。

幸いにも、達幸は乗馬の初心者というわけではなかった。かつて戦前の将校役を演じる際、必要に迫られて習っていたのだ。

だが西洋式馬術と戦国時代の日本の馬術では、馬具からして違う。そこで多忙の合間を縫い、MHKから紹介された乗馬クラブを訪れたというわけだ。日本式馬術を教えてくれる数少ないクラブであり、時代劇関係者や俳優の利用も多いという。

職員も芸能人の相手には慣れており、ひと通りのレクチャーの後、達幸と明良を広い馬場に案内してくれた。

達幸の体格に合わせたのだろう。厩舎《きゅうしゃ》から引き出されてきたのは、クラブでも最も馬体が大きいという黒鹿毛《くろかげ》の馬だった。インストラクターいわく穏やかで人懐っこく、不慣れな乗り手にも根気強く付き合ってくれる、初心者向けの馬だそうだ。初めて見る人間だとわかるのか、不思議そうに首を傾げるのが何とも可愛らしい。

「……ヒンッ⁉」

つられて微笑んだ瞬間、馬はびくりと馬体を震わせ、後ずさった。驚く明良を達幸は引き寄せ、腕の中に庇う。

「…明良、平気？」

「あ、…ああ。でも、どうしていきなり…」

インストラクターになだめられた馬はだいぶ落ち着きを取り戻したようだが、つぶらな瞳はおどおどとこちらを窺い、耳はせわしなくあちこちに動いている。確か、あれは馬が不安や恐怖を覚えた時の仕草だったはずだ。

……え、ひょっとして僕が怖がられてるのか？

ショックを受けた明良だが、すぐに気付いた。怯えた馬の視線の先に居るのは、明良ではなく――。

「…明良を、怖がらせるなんて…」

明良すらぞっとするほど低く呟いた達幸の全身から、殺気にも似た空気が立ちのぼる。怒りに満ちた青い瞳に射貫かれ、せっかく落ち着きかけていた馬は恐怖の滲んだいななきを漏らす。

「どう、どうっ！　おい、どうしたんだ…⁉」

インストラクターは必死に静めようとするが、馬は手綱を振り切り、馬場を囲む柵を飛び越えていってしまった。駆け付けた職員たち総出での捕り物がくり広げられる中、達幸はふふんと鼻を鳴らす。

「これでもう、大丈夫」

「……はっ？」

「明良を狙う雄は、追い払ったから。どこにもさらわれずに済むよ」

こいつ本気か、と頭を抱えたくなったが、達幸に限って本気でないわけがなかった。…つまり、穏やかだった馬が怯えて逃げ出した元凶は。

「お前が、脅かしていたせいだったのか……」

「脅かしてなんかないよ。ただ、あいつが馴れ馴れしく明良に近付いてくるから、あっち行けって思い

ＭＨＫの長編歴史ドラマは、尺が尺だけに、ほぼ一年をかけて撮影される長丁場だ。その間にも他の仕事をこなさなければならないため、出演俳優は多忙を極めることになる。

しかも主演で忠勝役の達幸は、甲冑《かっちゅう》を装着した状態で馬を乗れるようになる必要があるのだ。求められる水準が高い分、しっかり技術を学ばなければならない。

「…い、嫌、嫌ぁぁぁ！　明良が傍に居ないなんて、絶対に嫌っ！」

「――あ、松尾さんですか？　今、例の乗馬クラブなんですが、実は…」

泣き叫ぶ達幸に胸が痛まないでもなかったが、明良は心を鬼にして松尾に電話をかけた。事情を聞いた松尾は驚きつつも『幸ならありえますね…』と納得し、すぐに来てくれるという。

「う…、ううっ…、明良ぁぁぁ……」

「…いいか、達幸」

嗚咽する達幸をクラブハウスの裏に連れ出し、明良は涙でぐしゃぐしゃの顔を覗き込む。

ながら見てただけ」

「それを、脅してるって言うんだよ…」

人間の男ですら怯むのだ。馬は繊細で憶病な動物だから、さぞ恐ろしかっただろう。もはや達幸を乗せるどころか、近付きもしなくなってしまうかもしれない。

悲しいことに、明良の予想は的中した。逃げ出した馬は無事連れ戻されたのだが、達幸の顔を見るだけで取り乱すようになっていたのだ。

急きょ別の馬が用意されたが、その馬もまた達幸の迫力に恐れをなし、逃げてしまった。三頭目が連れて来られる前に、明良は決断を下す。

「……達幸、僕は事務所に戻る。代わりに松尾さんに来てもらうから、お前は松尾さんと一緒に帰って来い」

「な、何で⁉」

「僕が居たら、お前は絶対に馬に乗れないだろう。撮影が始まれば、こうしてレッスンを受ける暇なんてろくに無いんだぞ」

良は言い聞かせた。

「お前は主役なんだ。馬に乗れなきゃ、話にならないだろう?」

「ううぅ…、でも、でも明良が……」

「僕は、お前の忠勝が楽しみなんだ。…甲冑を着たお前が戦場を駆け抜ける姿を、観てみたいんだよ」

どんな役でも変幻自在に演じてしまう達幸だが、天下無双の大将と謳《うた》われた忠勝は嵌まり役のはずだ。誰もが画面に釘付けになり、青沼幸のファンはますます増えるに違いない。

「だから、今は頑張ってくれ。……僕のために」

「…う…、…うぅっ、う、うぁぁっ……」

ぐじゅぐじゅと涙を流しながら、達幸は明良を抱きすくめる。結局、松尾が到着するまでなだめ続け、ジャケットの肩もぐしょ濡れになってしまったが、最後には達幸も不承不承頷いてくれたのだった。

そして、月日は流れ——。


雲霞《うんか》のごとく徳川本陣に迫りくる浅井《あさい》・朝倉《あさくら》連合軍、その数実に一万。迎え撃つ徳川軍は夜明けから続く戦いに疲弊し、将から兵卒に至るまで、士気は下がりきっている。

この戦、もはやこれまでか。総大将の家康《いえやす》の脳裏に撤退の二文字が過った時、一騎の武者が浮き足立つ味方の中から躍り出た。両脇から雄鹿の角が生える兜は、八幡神《はちまんしん》の加護を受けし証。漆黒の甲冑の肩からかけた巨大な数珠は、己が討った数多の敬うべき敵を弔《とむら》うがため。いかなる劣勢に立たされようと、本多平八郎《へいはちろう》忠勝の信条はただ勝つことのみ。

名槍・蜻蛉切を片手で軽々と振るい、取り囲もうとする軍勢を瞬く間に屍の山へと変える姿は、果たして鬼か人か。勝利を確信していた一万の軍勢はたった一騎の突進を受け止めきれず、真っ二つに分断されていく。

しかし、いかに忠勝が鬼神のごとく奮戦しようと多勢に無勢は変わらない。浮き足立っていた敵軍が統率を取り戻せば、よってたかって討たれる運命である。ただ主君を救わんがため、一万の軍勢に戦いを挑んだ男が。

――忠勝を死なせるな！

家康の喝《かつ》が飛んだ瞬間、撤退に傾いていた味方の心は奮い立ち、一つになった。忠勝を死なせない。ただその一念で敵軍に喰らい付く。

死にかけていた味方は、忠勝の勇気ある一騎駆けによって見事に息を吹き返した。予想外の猛反撃を受けた浅井・朝倉連合軍は総崩れとなり、後に『姉《あね》川《がわ》の戦《たたか》い』と呼ばれた戦は織田《おだ》・徳川連合軍の逆転勝利に終わる。

『忠勝は家康の盟友である織田信長《のぶなが》に花も実も兼ね備えた武将と激賞され、その武名を天下にとどろかせたのであった――』

深みのあるナレーションがそう締めくくると、画面は暗転し、エンディングのテーマが流れる。

だが、すぐに次の行動に移れた者は少ないだろう。

誰もが目に焼き付いた忠勝の勇姿を反芻し、遠い戦乱の世に思いを馳せたはずだ。今の明良がそうであるように。

「……すごい、な……」

関係者の特権で事前に観せてもらったにもかかわらず、ただそれだけを口にするのが精いっぱいだった。映像の内容は同じなのに、事前に観るのと実際の放送とでは迫力が段違いだ。

「本当？　俺、すごかった？」

ふんふんと荒い鼻息を吹きかけながら、達幸が背後から尋ねる。『鬼か人か』の放送が始まって以来、日曜の夜にはリビングのソファで達幸の膝に乗せられ、すっぽり腕の中に収められた状態でテレビを観るのが日課になっていた。

「ああ、すごかったよ。片手で手綱を操りながら蜻蛉切を振るうシーンは、震えがきた」

人馬一体とは、まさにあのことだろう。忠勝を…達幸を乗せた馬は達幸の指示を完璧に理解し、戦場を縦横無尽に駆け巡っていた。

馬に怯えられ、騎乗すらままならなかった頃を知っている身としては感動もひとしおである。すでに視聴率は四十パーセント代後半に突入し、最近の時代劇枠としては異例の高さに関係者すら驚いているそうだが、ひょっとしたら今日の『姉川の戦い』の回で五十パーセントを超えるかもしれない。国民的なドラマシリーズだというのを差し引いても、じゅうぶん誇っていい数字である。

それもこれも、達幸が馬術のレッスンを真面目に受けたおかげだ。元々運動神経に恵まれ、勘もいい達幸である。たった数回のレッスンでめきめきと上達し、インストラクターも脱帽するほどの腕前を身につけた。

「…本当に、お前は偉いよ。達幸」

明良は達幸の腕をぽんぽんと叩いて緩ませ、くるりと身体の向きを変えた。忠勝役のためにトレーニング量を増やし、厚さを増した胸板に、正面からぎゅっと抱き付く。

「あ、あーちゃん…っ？」

「僕が同行出来なければ、お前は主役でも実力を出しきらないかもしれないって、ほんの少しだけ心配だった。…でも、違ってた。お前は最善を尽くしてくれた」

撮影中に馬が怯えてしまったら事故にも繋がりかねないから、明良は合戦シーンを含むロケにはいっさい同行しなかったのだ。忠勝の人生は戦続きだったから、台本にも合戦シーンが多く、ロケの半分以上は付いて行けなかったことになる。

常に飼い主の傍に居たい飼い犬にはかなりのストレスだっただろうが、達幸は耐えてくれた。…明良が、達幸の忠勝を観たいと言ったから。

「ありがとう、達幸。最高のお前を観せてくれて」

「っ…、あーちゃん…」

ぽたぽたと零れ落ちた大粒の涙が、明良の髪を濡らす。明良はそっと伸び上がり、濡れたまなじりを舐めてやった。

「いい子、いい子。達幸は僕の、自慢の飼い犬だよ」

「あーちゃん…、…うっ、ううっ、あーちゃあああん……っ！」

『――本多平八郎、ここに推参《すいさん》！　我こそが大将首を獲らんと欲する者は、まかり出よ！』

　エンディングの終わった画面に、次回予告が映し出される。押し寄せる軍勢相手に馬上から堂々と名乗りを上げる凛々しい大将と、明良の胸に縋って泣きじゃくる男が同一人物だなんて、誰も思わないだろう。

「お…っ、俺ね…、頑張った…、あーちゃんのために、頑張ったけど…」

「うん、うん」

「やっぱり、あーちゃんが傍に居てくれないのは嫌…こんなの、もう絶対やりたくない…」

　ひっく、ひっくとしゃくり上げる達幸の背中を、明良は優しく叩いてやる。

「大丈夫、大丈夫。もう当分、この手の役は来ないだろうから」

「……本当？」

「ああ、もちろん」

　忠勝役の成功で時代劇のオファーは確実に増えるだろうが、戦国時代を舞台にした話はそこまで多くはない。MHKの歴史ドラマシリーズを除けば、民放の時代劇の主流はやはり江戸時代だ。武士が馬に乗って戦う時代は過ぎている。

「お前ならきっと、髷《まげ》を結って裃《かみしも》を着ても似合うだろうな」

　楽しい想像をふくらませれば、達幸もようやく泣きやみ、つられて微笑む。

「…あーちゃんが傍に居てくれるなら、俺、頑張ってみる」

　――笑い合う二人は、知らない。

　馬に乗ってアクションもこなせる若手俳優が、実は時代劇界において貴重なことも。『鬼か人か』をきっかけに各媒体から武将役の依頼が舞い込み、明良が同行出来ないロケがしばらく増え続けることも。


　……今は、まだ。

「あーちゃんのために、頑張るからね！」

　こんにちは、宮《みや》緒《お》葵《あおい》です。『渇欲《かつよく》』をお読み下さり、ありがとうございました。

　『渇欲』はかつて前レーベルから発行された『渇仰《かつごう》』及び『渇命《かつめい》』シリーズの番外編として、同人誌（全五巻）で発売したものを書き下ろしと共に収録したお話です。時間軸としては『渇仰』と『渇命』の間に起きた、達《たつ》幸《ゆき》の家族絡みのエピソードですね。同人誌はかなり前に販売を終了しており、別の形で纏めたいと思っていたところ、クロスノベルスさんのご厚意で再びお届けすることが出来ました。

　もとが五冊の同人誌ということで、一冊ごとに濡れ場を入れていたんですが、一冊に纏めてみたらとんでもない濡れ場率の高さになりました…。明良《あきら》の身体（主に下半身）が真剣に心配です。

　達幸がどうしてあんな犬になったのかは、家族の影響もあるとは思いますが、元々の素質の方が大きかったんじゃないかと。仮に円満な家族のもとに生まれ育っても、やはりいつかは明良と出逢って、犬に覚醒しそうな気がします。まあその場合は一通りの社交性とか一般常識をしっかり身につけて、今よりさらに始末の悪い犬になっていたでしょうが。明良にとっ

あとがき

てはどちらが良かったんでしょうね…。

　そうそう、このお話の始まりに当たる『渇仰』も、クロスノベルスさんのご厚意により新装版を同時発売して頂いております。こちらはその後のお話である『渇命』と書き下ろしも同時収録した四六判です。このお話単体でももちろんお楽しみ頂けますが、四六判もあわせて読むといっそう楽しいかと思いますので、どちらも購入して頂けると嬉しいです。

　四六判と同じく、こちらのイラストも前レーベルから引き続き梨《なし》とりこ先生に描いて頂けました。梨先生、重ね重ねありがとうございました…！

また先生の描いて下さった明良と達幸に会えて、本当に嬉しいです。

　担当して下さったI様。どんな時もI様が一緒に走り続けて下さったおかげで、こうしてこのお話を読者さんに届けられました。ありがとうございました。

　そしてここまでお読み下さった皆様、明良と達幸を応援して下さり本当にありがとうございます。まだまだこの二人を書いていきたいと思っておりますので、引き続きよろしくお願いいたします。

　それではまた、どこかでお会い出来ますように。

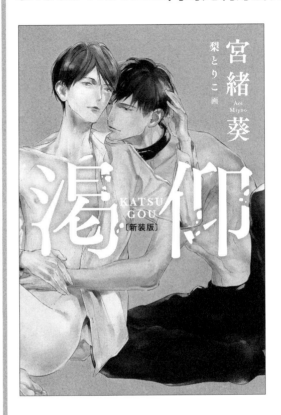

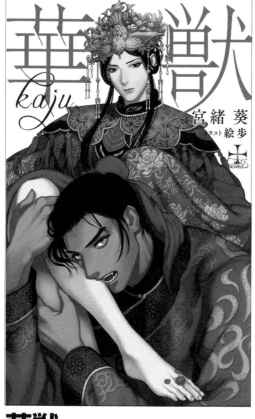

CROSS NOVELS既刊好評発売中

仕上げに——噛むぞ

ベビーシッターは
溺愛アルファと天使に愛される

秀 香穂里

Illust 上原た壱

ブラック企業で働くオメガの凛は公園で寂しげな幼児・はるみを時折見かけるようになった。ある日膝を擦りむいたはるみの手当をしたことから懐かれ、彼の保護者であるアルファの芹沢と出会う。恋などしたことのなかった凛だけれど芹沢と目が合った瞬間から身体の奥底が甘くピリピリと刺激されてしまい——。初めての感覚に戸惑う凛に芹沢ははるみのベビーシッターになってほしいと求めてきて…!? 凛の人生は天使のようなはるみと蠱惑的なアルファ・芹沢に薔薇色に変えられる♥

CROSS NOVELSをお買い上げいただき
ありがとうございます。
この本を読んだご意見・ご感想をお寄せください。
〒110-8625
東京都台東区東上野2-8-7　笠倉出版社
CROSS NOVELS 編集部
「宮緒 葵先生」係／「梨とりこ先生」係

CROSS NOVELS

渇欲

著者
宮緒 葵

2021年12月23日　初版発行　検印廃止

発行者　笠倉伸夫
発行所　株式会社 笠倉出版社
〒110-8625　東京都台東区東上野2-8-7　笠倉ビル
[営業]TEL　0120-984-164
FAX　03-4355-1109
[編集]TEL　03-4355-1103
FAX　03-5846-3493
http://www.kasakura.co.jp/
振替口座　00130-9-75686
印刷　株式会社 光邦
装丁 Asanomi Graphic
ISBN 978-4-7730-6322-6
Printed in Japan